3.–

Scherz Krimi
Spannung mit Niveau

D1984023

Von Dorothy Sayers sind lieferbar:

Eines natürlichen Todes
Der Fall Harrison
Feuerwerk
Die Katze im Sack
Lord Peters schwerster Fall
Der Mann, der Bescheid wußte
Der Tote in der Badewanne

1

»Wenn er aber glaubt, die Frau sei ermordet worden —«
»Mein lieber Charles«, sagte der junge Mann mit dem Monokel, »das darf es nicht geben, daß Leute, und besonders Ärzte, solche Dinge nur glauben. Das kann sie in sehr unangenehme Situationen bringen. Dieser Arzt hatte doch nicht die Spur eines Beweises. Und wenn er unrecht gehabt hätte, welcher Skandal wäre daraus entstanden!«
»Trotzdem«, beharrte sein Tischgenosse, »ist es Pflicht gegenüber der Allgemeinheit, einen Verdacht zu äußern.«
»Deine Pflicht, ja. Zu deinen Pflichten mag es gehören, Verdacht zu hegen, Untersuchungen anzubahnen und jedermann die Hölle heiß zu machen, und wenn du dich geirrt hast, sagt man höchstens, du seist ein schneidiger, tüchtiger Polizeibeamter, wenn auch manchmal ein bißchen übereifrig. Aber die Ärzte, diese armen Teufel, gehen doch immer wie auf einem gespannten Seil! Die Leute rufen nicht gern einen Doktor, der beim kleinsten Anlaß einen Mordverdacht äußert!«
»Entschuldigen Sie —«
Ein junger Mann mit hagerem Gesicht, der allein am Nebentisch saß, hatte sich höchst interessiert an die beiden Herren gewandt.
»Es ist furchtbar unhöflich von mir, mich in Ihr Gespräch zu mischen, aber jedes Wort, das Sie sagten, ist durchaus richtig, und mein Fall beweist es. Ein Arzt — Sie haben keine Ahnung, wie abhängig er von den Launen und Vorurteilen seiner Patienten ist! Die einfachsten Vorsichtsmaßregeln nehmen sie übel. Wenn man es wagt, eine Obduktion vorzuschlagen, sind sie empört bei dem bloßen Gedanken, ›den armen, lieben So-und-So zu zerschneiden‹, und wenn man auch nur um Erlaubnis bittet, eine rätselhafte Krankheit im Interesse der Wissenschaft zu untersuchen, bilden sie sich ein, man wolle etwas Peinliches andeuten. Wenn man hingegen alles laufen läßt, wie es will, und es kommt dann irgend etwas Faules heraus, dann fährt einen der Leichenbeschauer an, und die Zeitungen fallen über einen her, so daß man wünscht, nicht geboren zu sein.«
»Das klingt ja fast, als ginge es Sie persönlich an«, sagte der

Herr mit dem Monokel, von sichtlichem Interesse erfüllt.
»Und ob!« erwiderte der andere. »Hätte ich mich wie ein Mann von Welt benommen, statt meiner sogenannten Berufspflicht nachzukommen, so wäre ich jetzt nicht auf der Jagd nach einer neuen Praxis.«
»Ich bin überzeugt, daß Sie eine interessante Geschichte zu erzählen haben, mein Herr, und wäre Ihnen sehr dankbar, wenn Sie sie uns mitteilen wollten. Wie ich sehe, sind Sie mit dem Essen fertig, vielleicht setzen Sie sich zu uns und erfreuen uns mit Ihrer Erzählung. Sie können von unserer Anteilnahme überzeugt sein.«
»Quatsch nicht so viel, Peter!« sagte sein Tischgenosse. »Mein Freund ist viel vernünftiger, als Sie aus seinen Reden schließen könnten«, fügte er, zu dem Fremden gewendet, hinzu, »und wenn Sie sich etwas von der Seele reden wollen, können Sie überzeugt sein, daß es nicht weitererzählt wird.«
Der andere lächelte etwas gequält.
»Ich erzähle es mit Vergnügen, wenn es Sie nicht langweilt. Es ist nichts als ein Beweis für das Gesagte.«
»Ein Beweis für meine Behauptungen«, sagte der Mann namens Peter triumphierend. »Bitte beginnen Sie, aber wollen Sie nicht etwas trinken? Und fangen Sie, bitte, beim Anfang an, mit allen Einzelheiten, ich bin kleinlich in derlei Dingen. Und mein Freund hier ist genau wie ich.«
»Also«, sagte der Fremde, »um beim Anfang anzufangen, ich bin Arzt und interessiere mich besonders für Krebs. Ich hatte gehofft, darin zum Spezialisten zu werden, doch als ich meine Prüfungen gemacht hatte, besaß ich nicht genug Geld, um mich Forschungsarbeiten widmen zu können. Ich mußte meine Praxis auf dem Lande beginnen, doch blieb ich in Kontakt mit den wissenschaftlichen Größen hier und hoffte, eines Tages hierher zurückzukehren. Ich hatte Aussicht, ein hübsches Vermögen von einem Onkel zu erben, und mittlerweile konnte es nicht schaden, wenn ich Erfahrungen als praktischer Arzt sammelte. Als ich also eine nette kleine Praxis übernahm – sagen wir in X., einem Landstädtchen mit ungefähr 5000 Einwohnern in Hampshire –, kam es mir sehr gelegen, unter meinen Patienten einen Fall von Krebs vorzufinden. Die alte Dame –«
»Wie lange ist das her?« unterbrach Peter.

»Drei Jahre. Es war ein ziemlich hoffnungsloser Fall. Die alte Dame war zweiundsiebzig und bereits einmal operiert worden. Sie war aber ein tapferes Wesen und kämpfte wacker gegen die Krankheit an, hatte auch eine zähe Konstitution. Sie war fest entschlossen, nicht so bald zu sterben. Zu jener Zeit lebte sie allein mit ihrer Nichte, einem jungen Mädchen von ungefähr fünfundzwanzig Jahren. Vorher hatte sie mit ihrer besten Jugendfreundin zusammengelebt, auch einer Tante des jungen Mädchens, von der anderen Seite her. Als diese starb, hatte das Mädchen, die die einzige Verwandte der beiden alten Damen war, ihre Stellung als Pflegerin im Königlichen Freispital aufgegeben, um meine Patientin zu betreuen, und sie hatten sich ungefähr ein Jahr, ehe ich meine Praxis übernahm, in X. niedergelassen. Ich hoffe, ich drücke mich klar aus?«
»Vollkommen. War noch eine Pflegerin vorhanden?«
»Damals nicht. Die Patientin konnte umhergehen, Bekannte besuchen und sich daheim ein wenig mit Blumen, Stricken, Lesen und so weiter beschäftigen — mit so ziemlich allem, womit alte Damen eben ihre Zeit ausfüllen. Natürlich hatte sie manchmal einen schlechten Tag und litt Schmerzen, doch die Nichte war als Pflegerin ausgebildet und konnte alles tun, was nötig war.«
»Wie war diese Nichte?«
»Ein sehr nettes, wohlerzogenes, tüchtiges Mädchen, mit weit mehr Verstand als die Tante. Selbständig, überlegen, ganz moderner Typ. Eine Frau, die nicht leicht den Kopf verliert und nicht vergeßlich ist. Nach einiger Zeit wurde eine neuerliche Operation notwendig. Das war ungefähr acht Monate nach meiner Ankunft in X. Ich brachte die Patientin nach London zu meinem früheren Chef, Sir Warburton Giles, der sie mit Erfolg operierte. Es waren aber offenbar lebenswichtige Organe angegriffen, und, ohne auf Einzelheiten einzugehen, will ich bloß sagen, daß das Ende nur eine Frage der Zeit war. Was getan werden konnte, wurde getan. Meinem dringenden Vorschlag, in der Stadt beim Spezialisten zu bleiben, widersetzte sich die alte Dame energisch. Sie war das Landleben gewöhnt und nur in ihrem eigenen Heim glücklich. Also kehrte sie nach X. zurück und fuhr manchmal zur Behandlung in die nächste größere Stadt, wo ein ausgezeichnetes Krankenhaus ist. Nach der

Operation erholte sie sich erstaunlich schnell und konnte sogar später die Pflegerin entlassen und unter der Obhut ihrer Nichte wieder wie früher leben.«
»Einen Augenblick, Doktor«, warf der Herr namens Charles ein. »Sie sagen, Sie brachten sie zu Sir Warburton Giles und so weiter; daraus entnehme ich, daß sie wohlhabend war?«
»O ja, sie war eine ziemlich reiche Frau.«
»Wissen Sie zufällig, ob sie ein Testament gemacht hatte?«
»Nein. Ich glaube, ich habe schon ihren außerordentlichen Widerwillen gegen den Gedanken an den Tod erwähnt. Sie hatte sich immer geweigert, ein Testament zu machen, weil es sie zu sehr aufregte, an diese Dinge zu denken. Einmal, kurz vor ihrer Operation, wagte ich es, beiläufig daran zu rühren, doch die Wirkung war höchst unangenehm für mich. Auch meinte sie sehr richtig, daß es ganz unnötig sei. ›Du, meine Liebe‹, sagte sie zu ihrer Nichte, ›bist die einzige Verwandte, die ich auf der Welt habe, und dir gehört einmal auf jeden Fall alles, was ich besitze. Ich weiß, du wirst an meine Dienstleute und meine kleine Wohltätigkeiten denken.‹
Übrigens erinnere ich mich – doch das war viel später und hat nichts mit meiner Geschichte zu tun –«
»Bitte«, sagte Peter, »alle Einzelheiten!«
»Nun, ich erinnere mich, daß ich meine Patientin eines Tages in sehr erregtem Zustand antraf. Ihre Nichte sagte mir, sie sei durch den Besuch ihres Rechtsanwaltes, der aus ihrer Heimatstadt gekommen war und auf einer Unterredung mit der alten Dame bestanden hatte, so in Aufregung geraten. Sie sei furchtbar aufgebracht und zornig gewesen und habe erklärt, alle hätten sich gegen sie verschworen, ihr ein vorzeitiges Ende zu bereiten. Der Rechtsanwalt hatte der Nichte vor seiner Abreise eingeschärft, wenn die alte Dame je den Wunsch äußere, ihn zu sprechen, solle sie augenblicklich nach ihm schicken, er käme zu jeder Tages- oder Nachtzeit.«
»Und wurde je nach ihm geschickt?«
»Nein. Die alte Dame war tief gekränkt, und beinahe das letzte Geschäftliche, das sie selbst erledigte, war, ihm ihre Vertretung zu entziehen und sie dem Rechtsanwalt in X. zu übertragen. Bald darauf kam es zu einer dritten Operation, und danach führte sie nur noch ein Krankendasein. Sie begann auch im

Kopf schwach zu werden, verstand nichts mehr von komplizierten Dingen und konnte überhaupt nicht mehr mit geschäftlichen Angelegenheiten betraut werden. Ihre Nichte bekam Generalvollmacht und übernahm die Verwaltung des Vermögens.«

»Wann war das?«

»Im April 1925. Obwohl sie also etwas senil wurde, war ihre körperliche Widerstandskraft doch bemerkenswert. Ich versuchte eine neue Art der Behandlung, die eine ganz erstaunliche Wirkung hatte. Daher war es mir um so peinlicher, als die überraschende Wendung kam.

Ich muß noch erwähnen, daß wir nun doch eine Pflegerin nehmen mußten, da die Nichte die Tag- und Nachtpflege allein nicht schaffte. Die erste Pflegerin kam im April. Sie war eine reizende und äußerst tüchtige junge Person – die ideale Pflegerin. Ich konnte mich absolut auf sie verlassen. Sie war mir von Sir Warburton Giles besonders empfohlen worden und hatte mit ihren achtundzwanzig Jahren die Umsicht und Klugheit einer doppelt so alten Frau. Ich will Ihnen gleich sagen, daß wir eine tiefe Neigung zueinander faßten und uns verlobten. Wir hatten gehofft, noch in diesem Jahr heiraten zu können – wäre nur meine verdammte Gewissenhaftigkeit nicht gewesen!«

Die grimmige Miene des Doktors quittierte Charles mit einem gemurmelten: »Scheußliches Pech!«

»Meine Braut nahm ebenso großen Anteil an dem Fall wie ich – erstens, weil ich ihn behandelte, und dann interessierte auch sie sich besonders für die Krankheit. Sie hofft, mir in meinem Beruf nützlichen Beistand zu leisten, wenn ich je zu dessen Ausübung komme. Doch dies nur nebenbei.

So ging es weiter bis September. Da faßte die Patientin, wie es bei schwachsinnigen Kranken öfter vorkommt, aus irgendeinem Grund eine unerklärliche Abneigung gegen ihre Pflegerin. Sie bildete sich ein, diese wolle sie umbringen – wie sie es auch von dem Rechtsanwalt gedacht hatte –, und versicherte allen Ernstes ihrer Nichte, daß sie vergiftet werde. Vernünftiger Zuspruch war ganz nutzlos – sie schrie, wenn die Pflegerin nur in ihre Nähe kam. In einem solchen Fall gibt es natürlich nichts anderes, als die mißliebige Person fortzuschicken, da sie dem Kranken nicht nützen, sondern nur schaden kann. Ich sandte meine Braut also in die Stadt zurück und telegrafierte an Sir Warburtons Klinik um eine andere Pflegerin.

Die Neue erschien am nächsten Tag. Wenn mir der Wechsel aus persönlichen Gründen natürlich auch nicht angenehm war, so schien sie ihrer Aufgabe doch völlig gewachsen, und die Patientin hatte nichts gegen sie einzuwenden. Doch jetzt machte mir die Nichte zu schaffen. Dem armen Mädchen ging wohl diese langwierige Geschichte auf die Nerven. Sie setzte es sich in den Kopf, daß es ihrer Tante bedeutend schlechter gehe. Ich erklärte ihr, daß es natürlich nach und nach immer schlimmer werde, daß die alte Dame aber außerordentliche Widerstandskraft beweise und daß kein Grund zu momentanen Befürchtungen sei. Doch das beruhigte sie keineswegs, und Anfang November sandte sie einmal mitten in der Nacht nach mir, da ihre Tante im Sterben liege.

Bei meiner Ankunft fand ich die Patientin zwar in großen Schmerzen vor, aber keineswegs in augenblicklicher Gefahr. Ich ließ ihr von der Pflegerin eine Morphiuminjektion geben, gab der Nichte eine Dosis Brom, schickte sie ins Bett und sagte ihr, sie solle sich die nächsten Tage nicht mit der Pflege befassen. Am nächsten Tag untersuchte ich die Patientin sorgfältigst und fand sie sogar besser, als ich erwartet hatte. Ihr Herz war außerordentlich kräftig und ruhig, sie nahm die Nahrung besonders gut auf, und das eigentliche Übel war vorläufig zum Stillstand gebracht.

Die Nichte entschuldigte sich wegen ihrer Erregung und sagte, sie habe tatsächlich geglaubt, es gehe zu Ende. Ich erwiderte, ich könne im Gegenteil nun mit Bestimmtheit behaupten, daß sie noch fünf bis sechs Monate zu leben habe. In Fällen dieser Art, wissen Sie, kann man mit ziemlicher Gewißheit Voraussagungen machen.

›Jedenfalls‹, sagte ich, ›sollen Sie es sich nicht zu sehr zu Herzen nehmen! Wenn der Tod kommt, wird er Erlösung von Leiden bedeuten.‹

›Ja‹, sagte sie, ›die arme Tante! Es ist wohl egoistisch von mir, aber sie ist eben die einzige Verwandte, die ich noch auf der Welt habe.‹

Drei Tage später, als ich mich eben zum Abendessen hinsetzte,

kam ein Telefonanruf, ich möge gleich kommen, die Patientin sei gestorben.«
»Großer Gott!« rief Charles. »Da ist es doch vollkommen klar —«
»Sei still, Sherlock«, sagte sein Freund, »die Geschichte des Doktors wird nicht so vollkommen klar sein. Doch ich sehe, daß der Kellner unruhig wird, und seine Kollegen schon Stühle aufeinanderstellen. Wollen Sie nicht zu mir kommen und die Geschichte in meiner Wohnung beenden? Ich kann Ihnen ein Glas sehr anständigen Portwein vorsetzen. Sie kommen also, ja? Gut. Ober, rufen Sie ein Taxi ... 110 A, Piccadilly.«

2

Die Aprilnacht war klar und kalt und das lebhafte Holzfeuer im Kamin war durchaus willkommen. In den Bücherschränken an den Wänden standen alte, in Kalbleder gebundene Bände, ein großes Klavier war geöffnet, auf einem riesigen Diwan türmten sich Kissen, und zwei mächtige Armsessel standen einladend beim Kamin. Ein Kammerdiener brachte den Portwein und stellte ihn auf ein reizendes altes Tischchen. In den Ecken leuchteten große Vasen mit roten und gelben Tulpen.
Der Doktor war eben zu dem Schluß gekommen, daß sein neuer Bekannter ein Ästhet mit literarischen Neigungen sei, auf der Suche nach einem dramatischen Sujet, als der Diener wieder eintrat.
»Polizeiinspektor Sugg hat angerufen, Mylord, und gebeten, Mylord möchten ihn anrufen, sobald Sie nach Hause kämen.«
»So? Dann verbinden Sie mich mit ihm! Es handelt sich um die Worplesham-Sache, Charles. Sugg hat sie verfahren, wie gewöhnlich. Der Bäcker hat natürlich ein Alibi — das war zu erwarten. Ah, danke ... Hallo! Sind Sie dort, Inspektor? Was habe ich Ihnen gesagt? — Ach, der Teufel hole den Dienstweg! Passen Sie auf: Nehmen Sie sich den Wildhüter vor und versuchen Sie aus ihm herauszukriegen, was er in der Sandgrube sah ... Nein, ich weiß, aber wenn Sie ihn eindringlich genug

fragen, wird er schon damit herausrücken ... Nein, natürlich nicht — wenn Sie fragen, ob er dort war, wird er nein sagen. Sagen Sie, Sie wissen, daß er dort war und was er gesehen hat — und wenn er lang herumdruckt, sagen Sie, Sie lassen den Bach ableiten ... Schon gut. Nichts zu danken. Lassen Sie mich wissen, wenn etwas dabei herauskommt.«

Er legte den Hörer auf.

»Entschuldigen Sie, Doktor. Eine kleine geschäftliche Angelegenheit. Und jetzt fahren Sie mit Ihrer Geschichte fort! Die alte Dame war also tot. Starb vermutlich im Schlaf, auf so unschuldige Art wie möglich. Alles glatt und in schönster Ordnung. Natürlich kein Kampf, keine Wunden, Blutungen oder sonstige Symptome, wie?«

»Ganz richtig. Sie hatte um sechs Uhr etwas gegessen — ein wenig Fleischbrühe und Milchpudding. Um acht gab ihr die Pflegerin eine Morphiuminjektion und ging dann gleich hinaus, um ein paar Blumen über Nacht auf einen kleinen Tisch in der Halle zu stellen. Das Stubenmädchen kam zu ihr, um einiges für den nächsten Tag zu besprechen. Während sie noch redeten, kam Fräulein ..., das heißt, die Nichte, herauf und ging in das Zimmer ihrer Tante. Sie war kaum eine oder zwei Sekunden drin, als sie plötzlich laut nach der Pflegerin rief. Die stürzte hinein und fand ihre Patientin tot.

Mein erster Gedanke war natürlich, daß durch Zufall eine doppelte Dosis Morphium injiziert worden war —«

»Das hätte doch sicher nicht so rasch gewirkt.«

»Nein — doch ich dachte, daß eventuell tiefe Bewußtlosigkeit irrtümlich für Tod gehalten worden sei. Die Pflegerin versicherte aber, daß dies nicht der Fall war, und ich verwarf diese Möglichkeit sofort, nachdem ich die Morphiumröhrchen gezählt hatte. Es waren auch keine Anzeichen vorhanden, daß die Patientin sich durch eine Bewegung angestrengt oder irgendwo angeschlagen hatte. Das Nachttischchen war etwas weggeschoben, aber das hatte die Nichte getan, als sie hereinkam und über das leblose Aussehen ihrer Tante erschrocken war.«

»Und wie war es mit der Fleischbrühe und dem Milchpudding?«

»Daran dachte ich auch — nicht in bösem Sinn, aber ob sie nicht zu viel gegessen hatte — Magenausdehnung — Druck aufs Herz und so weiter. Als ich den Magen aber untersuchte, fand ich das sehr unwahrscheinlich. Es war eine so kleine Menge gewesen, daß zwei Stunden für die Verdauung genügten — auch wäre in diesem Fall der Tod früher eingetreten. Ich stand vor einem vollkommenen Rätsel, ebenso die Pflegerin, die höchst bestürzt war.«

»Und die Nichte?«

»Die Nichte wiederholte nur immer wieder: ›Ich habe es Ihnen gesagt — ich wußte, daß es viel schlechter stand, als Sie glaubten!‹ Um es kurz zu machen: Ich war so bestürzt, daß meine Lieblingspatientin so plötzlich gestorben war, daß ich am nächsten Morgen, nachdem ich mir die Sache überlegt hatte, um Erlaubnis zur Obduktion bat.«

»Gab es Schwierigkeiten?«

»Nicht die geringsten. Ein wenig begreifliche Abneigung natürlich, aber keinerlei Widerstand. Ich sagte, es müsse ein mir unverständlicher krankhafter Zustand vorgelegen haben, den ich nicht diagnostiziert hätte, und es wäre mir eine Beruhigung, eine Untersuchung vornehmen zu können. Das einzige, was der Nichte unangenehm zu sein schien, war der Gedanke an eine offizielle Leichenschau. Ich sagte — vielleicht etwas voreilig in bezug auf die allgemeinen Vorschriften —, daß ich das nicht für nötig halte.«

»Das heißt, Sie boten an, die Obduktion selbst vorzunehmen?«

»Ja — ich zweifelte nicht daran, die Todesursache zu finden, die mir genügen würde, um den Totenschein auszustellen. Glücklicherweise hatte die alte Dame sich einmal günstig über Leichenverbrennung geäußert. Das bedeutete, daß ein besonders qualifizierter Kollege den Totenschein mit mir zusammen unterzeichnen müsse, den ich bat, mir bei der Untersuchung zu assistieren.«

»Und fanden Sie etwas?«

»Nicht das geringste. Der Kollege sagte natürlich, ich sei ein Narr, so ein Getue zu machen. Er meinte, da die alte Dame ohnehin verloren war, genüge es vollkommen, als Todeskrankheit Krebs und als unmittelbare Todesursache Herzschwäche anzugeben und es dabei zu lassen. Ich war jedoch ein gewissenhafter Esel und gab mich nicht zufrieden. Es war nichts zu finden, das den Tod auf natürliche Weise geklärt hätte, und ich bestand auf einer Analyse.«

»Hatten Sie einen tatsächlichen Verdacht —«
»N-nein, nicht direkt. Aber — ich war nun einmal nicht zufrieden. Nebenbei bemerkt ergab die Untersuchung völlig eindeutig, daß das Morphium nichts damit zu tun hatte. Der Tod war so bald nach der Injektion eingetreten, daß das Mittel sich erst zum Teil vom Arm aus verbreitet hatte. Wenn ich es jetzt überdenke, vermute ich, es muß irgendein Schock gewesen sein.«
»Wurde die Analyse geheim durchgeführt?«
»Ja. Doch das Begräbnis mußte natürlich verschoben werden, und das sprach sich herum. Der Leichenbeschauer hörte davon und zog Erkundigungen ein, und die Pflegerin, die sich einbildete, ich hätte sie einer Nachlässigkeit beschuldigt, benahm sich sehr ungeschickt und verursachte viel Gerede und Unruhe.«
»Und dabei kam nichts heraus?«
»Nichts. Keine Spur von einem Gift oder dergleichen, und wir standen nach der Analyse genauso da wie vorher. Natürlich begann es mir zu dämmern, daß ich mich bloßgestellt hatte. Gegen meine berufliche Überzeugung unterzeichnete ich den Totenschein — Herzschwäche als Folge eines Schocks, und meine Patientin wurde ohne offizielle Leichenbeschau nach einer Woche voller Verwirrung endlich begraben.«
»Begraben?«
»Ja. Das verursachte wieder einen Skandal. Die Leute vom Krematorium, die es sehr genau nehmen, hatten die Geschichte gehört und willigten nicht in die Verbrennung ein. So wurde die Leiche auf dem Friedhof beigesetzt. Es waren außerordentlich viele Menschen beim Begräbnis, und der Nichte wurde viel Teilnahme erwiesen. Am folgenden Tag erhielt ich einen Brief von einem meiner einflußreichsten Patienten, in dem er auf meine weiteren ärztlichen Dienste verzichtete. Am nächsten Tag wich mir die Frau des Bürgermeisters auf der Straße aus. Nach und nach verlief sich meine Praxis, und ich entdeckte, daß man von mir als von dem Mann sprach, der das ›reizende Fräulein Soundso des Mordes so gut wie beschuldigt hatte‹. Einmal war es die Nichte, die ich beschuldigt hatte, ein anderes Mal die nette Pflegerin — nicht die leichtsinnige, die entlassen wurde, sondern die zweite, wissen Sie! Eine andere Version war, daß ich der Pflegerin Unannehmlichkeiten berei-

ten wollte, weil ich mich über die Entlassung meiner Braut geärgert hätte. Schließlich hörte ich ein Gerücht, die Patientin habe mich beim ›Liebeln‹ – wie sie sich ausdrückten – mit meiner Braut ertappt, und ich hätte sie aus Rache selbst beseitigt – warum ich aber in diesem Fall den Totenschein zu unterzeichnen gezögert hatte, das zu erklären, bemühten sich die Lästermäuler nicht.

Ein Jahr hielt ich durch, aber schließlich wurde meine Stellung unerträglich. Meine Praxis hatte sich so gut wie ganz verlaufen, also verkaufte ich sie und gönnte mir einen Urlaub, um den üblen Geschmack loszuwerden – und da bin ich nun, auf der Suche nach etwas Neuem. Und die Moral von der Geschichte: man soll in der Ausübung seiner Berufspflicht nicht übereifrig sein!«

Mit einem verärgerten Lachen warf sich der Doktor in seinen Sessel zurück.

»Ich kümmere mich nicht um die Lästermäuler«, fügte er grimmig hinzu, »aber hol sie der Teufel!« und er leerte sein Glas.

»Ganz recht!« stimmte der Hausherr bei und blickte dann einige Minuten nachdenklich ins Feuer.

»Wissen Sie«, begann er plötzlich, »der Fall interessiert mich. Ich habe das Gefühl, hier gäbe es etwas zu untersuchen. Dieses Gefühl hat mich noch nie irregeleitet – wird es auch hoffentlich nie tun. Es hat mich neulich dazu veranlaßt, meine Steuererklärung zu überprüfen, wobei ich entdeckte, daß ich die letzten drei Jahre neunhundert Pfund zuviel gezahlt habe. Es drängte mich erst vorige Woche, einen Chauffeur, der mich über den Horseohe-Paß fahren sollte, zu veranlassen, nachzusehen, ob er genug Benzin habe, wobei er entdeckte, daß der Tank noch ungefähr zwei Liter enthielt – gerade genug, um uns auf die halbe Höhe zu bringen, wo weit und breit keine Tankstelle gewesen wäre. Freilich kannte ich den Mann; so war es nicht nur reines Ahnungsvermögen. Dennoch mache ich es mir zur Regel, alles zu untersuchen, was mir mein Gefühl als untersuchenswert bezeichnet. Ich glaube«, fügte er träumerisch hinzu, »ich war in meiner Kindheit der Schrecken meiner Umgebung. Jedenfalls sind merkwürdige Fälle eines meiner Steckenpferde. Tatsächlich aber bin ich nicht nur der ideale Zuhö-

rer. Ich habe Sie getäuscht. Ich habe ein anderweitiges Interesse«, sagte er und riß sich den falschen Bart ab.
»Ich fing bereits an, Verdacht zu schöpfen«, sagte der Doktor nach einer kleinen Pause. »Ich glaube, Sie müssen Lord Peter Wimsey sein. Ich zerbrach mir den Kopf, woher mir Ihr Gesicht so bekannt ist. Es war natürlich in jeder Zeitung, als Sie vor ein paar Jahren das Riddlesdale-Rätsel entwirrten.«
»Ganz richtig. Es ist ein etwas albernes Gesicht, zugegeben, aber ziemlich entwaffnend, finden Sie nicht? Ich habe es mir nicht ausgesucht, aber ich tue damit, was ich kann. Ich hoffe, es hat sich nicht einen Spürhundausdruck zugelegt oder sonst etwas Unangenehmes. Hier ist der richtige Spürhund – mein Freund, Inspektor Parker von Scotland Yard. Er ist derjenige, der die eigentliche Arbeit tut. Ich mache blödsinnige Vorschläge, und er bemüht sich, sie umständlich zu widerlegen. So kommen wir zur richtigen Erklärung, und die Welt sagt: ›Mein Gott, welchen Spürsinn der junge Mann hat!‹ Also hören Sie, wenn es Ihnen recht ist, möchte ich dieser Sache nachgehen. Wenn Sie mir Ihren Namen und Ihre Adresse sowie den Namen der betreffenden Personen anvertrauen wollen, möchte ich sehr gern versuchen, der Geschichte auf den Grund zu kommen.«
Der Doktor überlegte einen Augenblick, dann schüttelte er den Kopf.
»Es ist sehr freundlich von Ihnen, aber ich will es doch lieber nicht. Ich bin schon in genug Unannehmlichkeiten geraten. Von Berufs wegen hätte ich überhaupt nicht reden sollen, und wenn ich noch mehr Staub aufwirble, müßte ich am Ende noch England verlassen und würde vielleicht als einer jener versoffenen Schiffsärzte in der Südsee enden, die allen Leuten ihre Lebensgeschichte erzählen und den andern als abschreckende Warnung dienen. Schlafende Hunde soll man lieber nicht wecken, wie das Sprichwort sagt. Trotzdem, vielen Dank.«
»Wie Sie wollen«, sagte Wimsey. »Aber ich werde darüber nachdenken, und wenn mir etwas Brauchbares einfällt, werde ich es Sie wissen lassen.«
»Sehr freundlich von Ihnen«, erwiderte der Besucher zerstreut, indem er von dem Diener, der auf Wimseys Klingeln erschienen war, Hut und Stock entgegennahm. »Also gute Nacht und

vielen Dank, daß Sie mich so geduldig anhörten. Übrigens«, fügte er, sich an der Tür umwendend, hinzu, »wie wollen Sie mich denn wissen lassen, wenn Sie weder meinen Namen noch meine Adresse kennen?«

Lord Peter lachte.

»Ich bin Detektiv«, erwiderte er, »und Sie werden noch vor Ende der Woche von mir hören.«

3

»Was hältst du eigentlich von dieser Geschichte?« fragte Parker, als er am nächsten Morgen bei Wimsey zum Frühstück erschienen war, bevor er sich in die Gegend von Notting Dale begab, um einem anonymen Briefschreiber auf die Spur zu kommen. »Ich finde, sie klang, als sei unser Freund ein wenig gar zu felsenfest überzeugt von seinen großartigen Spezialkenntnissen. Schließlich konnte die Alte leicht einen Herzanfall bekommen haben. Sie war doch hochbetagt und schwer krank.«

»Gewiß wäre das möglich, obwohl ich glaube, daß bei Krebs die Patienten tatsächlich selten so unerwartet sterben. In der Regel klammern sie sich ganz erstaunlich an das Leben. Dennoch gäbe es mir nicht so viel zu denken, wenn die Nichte nicht wäre. Sie bereitete alle gewissermaßen auf den Tod vor, indem sie ihre Tante als viel kränker hinstellte, als sie war.«

»Das dachte ich mir auch, als der Doktor seine Geschichte erzählte. Aber was hat die Nichte getan? Sie kann ihre Tante nicht vergiftet, ja nicht einmal erstickt haben, sonst hätten sich an der Leiche Anzeichen dafür gefunden. Und die Tante ist schließlich gestorben — also hat vielleicht die Nichte recht und der halsstarrige junge Medikus unrecht.«

»Jawohl. Und natürlich haben wir nur seine Beschreibung der Nichte und der Pflegerin — die dürfen wir übrigens nicht aus den Augen verlieren. Sie war die letzte, die vor dem Tod der alten Dame bei ihr war, und sie hat ihr jene Injektion gegeben.«

»Ja, ja — aber die Injektion hat doch nichts damit zu tun. Wenn etwas klar ist, so ist es das. Sag mal, glaubst du, daß die Pflegerin vielleicht etwas gesagt hat, was die alte Dame aufregte und ihr einen Schock versetzte? Die Patientin war ja etwas senil, sie kann aber noch genug Verstand gehabt haben, um etwas Erschreckendes aufzufassen. Möglicherweise äußerte sich die Pflegerin auf eine dumme Art über das Sterben – die alte Dame scheint da sehr empfindlich gewesen zu sein.«

»Ah!« sagte Lord Peter. »Darauf habe ich gewartet – daß du auf das kommst. Ist dir klar, daß es eine ziemlich rätselhafte Gestalt in der Geschichte gibt, und das ist der Rechtsanwalt?«

»Du meinst den, der kam, um etwas über ein Testament zu sagen, und so rasch weggeschickt wurde?«

»Ja. Gesetzt den Fall, er wollte, daß die Patientin ein Testament zugunsten jemand ganz anderen machte – jemand, der in der Geschichte, wie wir sie kennen, nicht vorkommt. Und als er kein Gehör fand, sandte er die neue Pflegerin sozusagen als seine Vertreterin hin.«

»Das wäre eine etwas komplizierte Intrige«, sagte Parker zweifelnd. »Er konnte ja nicht wissen, daß die Braut des Doktors weggeschickt würde, außer er verbündete sich mit der Nichte und bewog sie, den Austausch der Pflegerinnen in Szene zu setzen.«

»Die Kombination stimmt nicht, Charles. Die Nichte wird sich doch nicht mit dem Rechtsanwalt verbünden, um sich enterben zu lassen!«

»Nein, allerdings nicht. Trotzdem halte ich etwas von der Idee, daß die alte Frau entweder zufällig oder absichtlich zu Tode erschreckt wurde.«

»Ja – und auf welche Art immer, vor dem Gesetz wäre das wahrscheinlich kein Mord. Immerhin glaube ich, daß es der Mühe wert ist, die Sache zu untersuchen. Das erinnert mich –« Er klingelte. »Bunter, tragen Sie mir einen Brief auf die Post, ja?«

»Sehr wohl, Mylord.«

Lord Peter zog einen Briefblock heran.

»Was willst du schreiben?« fragte Parker, ihm über die Schulter blickend.

Lord Peter schrieb:

»Ist die Zivilisation nicht etwas Wundervolles?«

Er unterschrieb und schob das Blatt in einen Umschlag.
»Wenn man sich alberne Briefe fernhalten will, Charles«, sagte er, »darf man seine Adresse nicht in seinem Hut haben.«
Er grinste.
»Und was beabsichtigst du zunächst zu tun?« fragte Parker.
»Wenn du ein wenig Zeit hast, möchte ich dich bitten, mich zu einer Freundin zu begleiten. Wir werden nicht lange brauchen. Ich denke, es wird dich interessieren. Ich — tatsächlich bist du der erste Mensch, den ich zu ihr mitnehme. Sie wird gerührt und erfreut sein.« Er lachte ein wenig verlegen.
»Oh«, sagte Parker, ebenfalls verlegen. Obwohl die beiden Männer sehr befreundet waren, hatte Wimsey bei seinen persönlichen Angelegenheiten immer eine gewisse Zurückhaltung bewahrt. Diese Enthüllung schien ein neues Stadium ihrer Vertrautheit zu bezeichnen, und sie gefiel Parker nicht so recht. Er führte sein eigenes Leben nach den Prinzipien einer seriösen Mittelstands-Moral, die er seiner Geburt und Erziehung verdankte, und obwohl er theoretisch anerkannte, daß die Welt seines Freundes anders war, hatte er nie erwartet, persönlich diesem anderen Standpunkt zu begegnen.
»— eigentlich ein Experiment«, sagte Wimsey eben. »Jedenfalls hat sie es recht bequem in einer kleinen Wohnung in Pimlico. Du kommst doch mit, nicht, Charles? Ich möchte wirklich, daß ihr beide euch kennenlernt.«
»Gewiß«, sagte Parker hastig, »es wird mich sehr freuen. Seit wann — ich meine —«
»Ach, wir haben dieses Übereinkommen erst vor ein paar Monaten getroffen«, sagte Wimsey, »aber es scheint sich recht gut zu bewähren. Natürlich macht es mir alles viel leichter.«
»Natürlich«, sagte Parker.
»Du wirst auch verstehen — aber ich will nicht weiter darauf eingehen, bis wir hinkommen, dann wirst du schon selbst sehen, daß es eigentlich etwas ganz Neues ist. Ich glaube, gerade so etwas hat es noch nicht gegeben.«
»Gewiß«, sagte Parker. »Der Gute!« fügte er in Gedanken hinzu. »Immer glauben sie, bei ihnen ist es etwas ganz anderes!«
Lord Peter winkte ein Taxi herbei, das sie bald vor St. Georges Square 97 A brachte, ein älteres Haus, das ursprünglich für

eine Familie bestimmt war, aber nun in kleinere Wohnungen unterteilt war. Lord Peter klingelte bei dem obersten Schildchen, auf dem »Climpson« stand, und lehnte sich dann an den Türrahmen.

»Es ist im sechsten Stock«, erklärte er, »da braucht sie etwas länger, um zu öffnen, da kein Aufzug vorhanden ist. Sie wollte aber keine teurere Wohnung, sie meinte, das wäre nicht passend.«

Inspektor Parker war ziemlich erstaunt über die bescheidenen Ansprüche der Dame und wartete geduldig. Es dauerte nicht lange, bis die Tür von einer mageren Frau mittleren Alters mit scharfen, blassen Zügen und lebhaftem Wesen geöffnet wurde. Sie trug ein nettes, dunkles Kostüm mit hochgeschlossener Bluse, eine lange goldene Halskette, an der eine Reihe von Anhängern baumelte, und ihr angegrautes Haar war unter einem Netz geborgen, wie es während der Regierung Eduards hochmodern gewesen war.

»Ach, Lord Peter! Wie mich das freut! Ein etwas früher Besuch, doch Sie werden gewiß entschuldigen, wenn das Wohnzimmer nicht ganz in Ordnung ist. Kommen Sie doch herein! Die Aufstellungen sind fertig. Ich wollte gerade meinen Hut aufsetzen und sie Ihnen bringen. Ich hoffe sehr, Sie werden nicht finden, daß ich ungebührlich lange gebraucht habe, es war eine überraschend lange Liste. Es ist zu liebenswürdig von Ihnen, sich selber herzubemühen.«

»Durchaus nicht, Fräulein Climpson. Dies ist mein Freund, Inspektor Parker, von dem ich Ihnen schon erzählt habe.«

»Es freut mich sehr, Herr Parker — oder sollte ich Herr Inspektor sagen? Entschuldigen Sie, wenn ich mich irre — aber dies ist das erstemal, daß ich in den Händen der Polizei bin. Ich hoffe, es ist nicht unhöflich, wenn ich das sage. Bitte, kommen Sie herauf. Es sind leider viele Treppen, doch hoffentlich macht Ihnen das nichts. Ich wohne so gern hoch. Die Luft ist viel besser, und ich finde, man kann besser arbeiten, wenn man sich nicht beengt fühlt. So, hier sind wir. Bitte, entschuldigen Sie die Unordnung, und nehmen Sie Platz, ich bin gleich wieder da. Lord Peter, rauchen Sie doch! Ich genieße immer den Duft Ihrer Zigaretten, und Sie drücken sie immer so sorgfältig aus.«

Das Zimmerchen war tatsächlich außerordentlich nett, trotz der unzähligen Nippes und Fotografien, die jedes Fleckchen Raum einnahmen. Das einzige, was die musterhafte Ordnung störte, war ein Teebrett mit einer gebrauchten Tasse und Eierschalen. Fräulein Climpson trug es auch sofort hinaus.

Parker, von dem Redeschwall etwas verwirrt, ließ sich behutsam auf einen kleinen Lehnstuhl nieder, auf dem ein hartes, dickes Kissen das Zurücklehnen unmöglich machte. Lord Peter setzte sich ans Fenster, zündete sich eine Zigarette an und verschränkte die Hände über den Knien. Fräulein Climpson, aufrecht am Tisch sitzend, betrachtete ihn mit einem geradezu rührend zufriedenen Ausdruck.

»Ich bin alle diese Fälle sehr sorgfältig durchgegangen«, begann sie, nach einem dicken Packen Schriften greifend. »Meine Notizen sind vielleicht etwas ausführlich, doch hoffe ich, die Rechnung der Typistin wird nicht zu groß sein. Meine Schrift ist auch sehr klar, so daß keine Irrtümer entstehen können. Ach Gott, was für traurige Geschichten manche dieser armen Frauen zu erzählen hatten! Aber ich habe alles genau untersucht, mit der gütigen Beihilfe des Geistlichen – so ein netter Herr und so hilfreich! –, und ich bin überzeugt, daß in der Mehrzahl der Fälle Ihre Hilfe gut angewendet sein wird. Wenn Sie es mit mir durchgehen wollen –«

»Augenblicklich nicht, Fräulein Climpson«, unterbrach Lord Peter sie hastig. »Jetzt brauchen wir Ihre Hilfe für etwas ganz anderes.«

Fräulein Climpson zog ein sehr geschäftsmäßig aussehendes Notizbuch hervor und hörte aufmerksam zu.

»Die Erkundigungen zerfallen in zwei Teile«, sagte Lord Peter. »Der erste Teil dürfte etwas langweilig sein. Ich möchte, daß Sie so gut sind, ins Landesarchiv zu gehen und dort die Totenscheine von Hampshire vom Monat November 1925 nachzuschlagen oder nachschlagen zu lassen. Ich weiß weder die Stadt noch den Namen der Verstorbenen. Was wir suchen, ist der Totenschein einer alten Dame von 73 Jahren; Todeskrankheit: Krebs, unmittelbare Todesursache: Herzschwäche; der Totenschein ist von zwei Ärzten unterzeichnet, einer davon hat eine offizielle Stellung, wie Polizei-Arzt oder Arzt an einem großen Krankenhaus, oder ein von der Feuerbestattung bestallter Arzt. Wenn Sie Ihre Suche rechtfertigen müssen, so sagen Sie, Sie stellen eine Statistik über Krebs auf; tatsächlich brauchen wir nur den Namen der Frau und der Stadt.«

»Wenn aber mehr als eine den Bedingungen entsprechen?«

»Ah, dann beginnt eben der zweite Teil, wo Ihr außerordentlicher Takt und Ihr Scharfsinn uns beistehen müssen. Wenn Sie alle ›möglichen‹ Fälle gesammelt haben, werde ich Sie bitten, in jede der betreffenden Städte zu fahren und dort behutsam und geschickt Erkundigungen einzuziehen, um herauszukriegen, welches der Fall ist, den wir suchen. Natürlich darf man Ihre Absicht nicht merken. Sie müssen mit irgendeiner schwatzhaften Dame, die in der Gegend wohnt, bekannt werden und sie auf natürliche Weise zum Reden bringen. Sie müssen auch die Schwatzhafte spielen — ich weiß, es liegt nicht in Ihrer Natur, doch Sie werden sich wohl soweit verstellen können — und alles herausbringen, was Sie können. Ich glaube, es wird sehr leicht sein, wenn Sie nur erst einmal die richtige Stadt haben; denn ich weiß, daß es eine Menge übles Gerede über diesen Todesfall gab, der bestimmt noch lange nicht vergessen ist.«

»Wie werde ich wissen, ob es der richtige ist?«

»Wenn Sie Zeit haben, möchte ich, daß Sie eine kleine Geschichte anhören. Aber wohlgemerkt, Fräulein Climpson, wenn Sie an den betreffenden Ort kommen, so haben Sie nie ein Wort davon gehört. Doch das brauche ich Ihnen nicht erst zu sagen. Also, Charles, du hast eine sozusagen offizielle Art, diese Dinge klar darzustellen. Sei so gut und erzähle Fräulein Climpson das Wesentliche von dem, was wir gestern zu hören bekamen.«

Parker gab die Geschichte des Doktors in großen Zügen wieder. Fräulein Climpson hörte sehr aufmerksam zu und machte sich Notizen über die Daten und Einzelheiten. Parker bemerkte, daß sie großen Scharfsinn zeigte im Erfassen dessen, worauf es ankam; sie stellte sehr kluge Fragen, und ihre grauen Augen blickten höchst intelligent. Als er geendet hatte, wiederholte sie die Geschichte, und er mußte sie zu ihrem klaren Kopf und ihrem vorzüglichen Gedächtnis beglückwünschen.

»Ein alter Freund von mir pflegt zu sagen, ich hätte einen guten Rechtsanwalt abgegeben«, sagte sie, »aber als ich jung war, hatten die Mädchen nicht die Bildung oder die Gelegenheit, wie sie sie heute haben. Ich hätte gern eine gute Ausbildung genossen, aber mein seliger Vater war derlei bei Frauen durchaus abgeneigt. Sehr altmodisch würden die heutigen jungen Leute ihn finden.«

»Macht nichts, Fräulein Climpson«, sagte Wimsey, »Sie haben gerade die Befähigung, die wir brauchen und die ziemlich selten ist, also können wir von Glück sagen. Und diese Angelegenheit wollen wir so rasch wie möglich vorwärtsbringen.«

»Ich gehe gleich ins Landesarchiv«, erwiderte die Dame energisch, »und werde Sie benachrichtigen, sobald ich nach Hampshire abreise.«

»Schön«, sagte Lord Peter und erhob sich. »Und jetzt wollen wir gehen. Ja, und daß ich nicht vergesse, ich muß Ihnen doch etwas geben für Reisespesen und so weiter. Ich glaube, es ist am besten, Sie geben sich für eine Dame in guten Verhältnissen aus, die einen netten kleinen Ort sucht, an den sie sich zurückziehen kann. Reich sollen Sie nicht sein — mit reichen Leuten wird man nicht so leicht vertraulich. Leben Sie so, als ob Sie ungefähr 800 Pfund im Jahr hätten — Ihr vorzüglicher Geschmack und Ihre Erfahrung werden Ihnen schon das Richtige vorschreiben, um diesen Eindruck zu erwecken. Wenn Sie gestatten, gebe ich Ihnen jetzt einen Scheck über 50 Pfund, und wenn Sie Ihre Forschungsreise antreten, lassen Sie mich wissen, was Sie brauchen.«

»Du lieber Gott, ich weiß nicht«, begann Fräulein Climpson.

»Geschäftsspesen«, fiel Wimsey rasch ein, »Sie verrechnen mir Ihre Ausgaben wie gewöhnlich.«

»Natürlich«, sagte Fräulein Climpson würdevoll. »Ich werde Ihnen auch gleich eine Quittung geben.«

Nachdem das ordnungsgemäß erledigt war, begleitete Fräulein Climpson die beiden Herren trotz deren Widerspruch wortreich die sechs Treppen hinunter. Die Tür schloß sich hinter ihnen.

»Darf ich fragen —?« begann Parker.

»Es ist nicht, was du denkst«, sagte Seine Lordschaft ernsthaft.

»Natürlich nicht«, erwiderte Parker.

»Na, ich wußte ja, du hast unsaubere Gedanken. Traurig, daß sogar unsere besten Freunde im geheimen an Dinge denken, die sie öffentlich verleugnen.«

»Sei kein Esel! Wer ist dieses Fräulein Climpson?«

»Fräulein Climpson ist ein Beweis dafür, wie verschwenderisch in diesem Lande die besten Kräfte ungenutzt gelassen werden. Siehe die Elektrizität. Siehe die Wasserkräfte. Siehe die Gezeiten. Siehe die Sonne! Millionen von Krafteinheiten verpuffen in jeder Minute im Raum. Tausende von alten Jungfern, die vor ungenutzten Kräften platzen, werden durch unser dummes soziales System gezwungen, ihr Leben in Pensionen oder in Stellungen als Gesellschafterinnen zu verbringen, wo ihre prachtvollen Schwatzfähigkeiten und ihre Neugierde verschwendet oder sogar der Allgemeinheit schädlich werden, während das Geld der Steuerzahler zur Bezahlung von Arbeit vergeudet wird, die diesen weiblichen Wesen besonders angepaßt wäre und die jetzt von Polizeileuten wie dir ungenügend geleistet wird —«

»Ja, ja, ganz recht«, sagte Parker. »Du meinst, daß Fräulein Climpson dir gewissermaßen Suchdienste leistet?«

»Sie ist mir Ohr und Zunge«, sagte Lord Peter in hochdramatischem Ton, »und besonders Nase. Sie stellt Fragen, die ein junger Mann nicht aussprechen dürfte, ohne zu erröten. Sie wittert Unrat im Dunkeln. Sie ist tatsächlich unbezahlbar.«

»Gar keine schlechte Idee«, meinte Parker.

»Natürlich – meine, daher glänzend! Denk doch nur! Man will Fragen stellen lassen. Wen schickt man? Einen Mann mit großen Plattfüßen und einem Notizbuch, der unartikulierte Brummlaute von sich gibt. Ich schicke eine Dame, die einen wollenen Jumper strickt und baumelnde Sachen um den Hals trägt. Natürlich stellt sie Fragen – jedermann erwartet das. Niemand ist überrascht. Niemand wird alarmiert. Womit die sogenannte Überflüssigkeit angenehm und nutzbringend verwendet wird. Eines Tages wird man mir ein Denkmal errichten mit der Inschrift:

DEM MANNE, DER
TAUSENDE VON ÜBERFLÜSSIGEN FRAUEN
GLÜCKLICH MACHTE,
OHNE VERLETZUNG IHRER SITTSAMKEIT
ODER ÜBERANSTRENGUNG SEINER KRÄFTE

»Wenn du nur nicht soviel reden würdest!« jammerte sein Freund. »Und was waren diese getippten Aufstellungen? Bist du auf deine alten Tage zum Philanthropen geworden?«

»Nein, nein«, sagte Wimsey und winkte ein Taxi herbei. »Das erkläre ich dir später einmal. Eine kleine private Aktion meinerseits – Versicherung gegen die soziale Revolution – wenn sie kommt. ›Was hast du mit deinem großen Reichtum angefangen, Genosse?‹ ›Ich erwarb seltene Erstausgaben.‹ ›Aristokrat! An die Laterne!‹ ›Halt! Verschont mich! Ich ging gegen 500 Geldverleiher vor, die die Arbeiter bedrückten.‹ ›Genosse, du hast wohlgetan, wir wollen dein Leben schonen. Du wirst zum Kanalräumer befördert.‹ Voilà! Man muß mit der Zeit gehen. Bürger Chauffeur, bringt mich zum Britischen Museum! Kann ich dich irgendwo absetzen? Nein? Auf Wiedersehen. Ich gehe jetzt ein Manuskript des Tristan aus dem zwölften Jahrhundert studieren, solange die alte Ordnung noch herrscht.«

4

Brief von Fräulein Alexandra Katharina Climpson an Lord Peter Wimsey:

»Bellevue«,
Nelson-Allee,
Leahampton, Hampshire,
bei Frau Hamilton Budge.

»Mein lieber Lord Peter, 29. April 1927.

Sie werden sich freuen zu hören, daß ich nach meinen zwei falsch geratenen Orten endlich an den richtigen gekommen bin. Der Totenschein von Agathe Dawson ist der richtige, und der gräßliche Skandal bezüglich Dr. Carrs noch sehr lebendig, wie ich zu meinem Bedauern der menschlichen Natur sagen muß. Es ist mir gelungen, in der Parallelstraße der Wellington-Allee, wo Fräulein Dawson lebte, Zimmer zu bekommen. Meine Hausfrau scheint sehr nett zu sein, obwohl sie eine schreckliche Schwätzerin ist, was aber in diesem Fall nur günstig sein kann. Sie rechnet mir für ein hübsches Schlaf- und Wohnzimmer mit voller Pension $3^1/_2$ Pfund die Woche. Ich hoffe, Sie werden das nicht zu teuer finden, denn die Lage ist gerade die, die Sie wünschten. Ich lege eine genaue Abrechnung meiner bisherigen Ausgaben bei. Sie werden entschuldigen, daß ich Wäsche erwähne, die einen ziemlich großen Posten ausmacht. Aber Wolle ist heute so teuer, und es ist notwendig, daß jedes Detail meiner Ausstattung meiner vermeintlichen Lage entspricht. Ich habe auch alles durchgewaschen, damit es nicht zu neu aussieht, was verdächtig sein könnte.

Doch Sie werden schon mit Ungeduld erwarten, daß ich zur Sache komme. Am Tage nach meiner Ankunft erzählte ich Frau Budge, daß ich sehr an Rheumatismus leide (was leider stimmt!) und erkundigte mich nach den Ärzten in dieser Gegend. Worauf sie mir eine lange Reihe aufzählte und zugleich die gesunde Lage der Stadt pries. Ich sagte, ich würde einen älteren Arzt vorziehen, da die jungen, meiner Meinung nach, nicht verläßlich seien. Frau Budge stimmte mir begeistert zu, und ein wenig diskretes Fragen brachte die ganze Geschichte von Fräulein Dawsons Krankheit und dem ›Treiben‹, wie sie es nannte, Dr. Carrs mit der Pflegerin ans Tageslicht. ›Ich habe der ersten Pflegerin nie getraut‹, sagte Frau Budge, ›wenn sie auch ihre Ausbildung in einem großen Spital genossen hatte und angeblich vertrauenswürdig war. Ein schlaues, rothaariges Ding, und ich glaube, daß das ganze Getue Dr. Carrs mit Fräulein Dawson und seine täglichen Visiten mehr dem Zweck dienten, mit der Pflegerin Philliter zu liebeln. Kein Wunder, daß das arme Fräulein Whittaker es schließlich nicht mehr duldete und sie hinauswarf — spät genug, meiner Meinung nach. Nachher war Dr. Carr nicht mehr ganz so aufmerksam — behauptete er doch bis zur letzten Minute, der alten Dame ginge es ganz gut, während Fräulein Whittaker noch tags zuvor gesagt hatte, sie sei überzeugt, die Tante werde ihr bald entrissen werden.‹

Ich fragte, ob Frau Budge Fräulein Whittaker persönlich kenne. Fräulein Whittaker ist die Nichte, wissen Sie.

›Persönlich nicht‹, sagte sie, obwohl sie sie bei Handarbeitsnachmittagen im Pfarrhaus getroffen hatte. Aber sie

hatte alles über den Fall erfahren, da ihr Dienstmädchen die leibliche Schwester des Mädchens von Fräulein Dawson ist. Das ist wohl ein glücklicher Zufall, nicht? Sie wissen doch, wie diese Mädchen schwatzen!
Ich erkundigte mich auch über den Pfarrer, Herrn Tredgold, und bat meinen guten Freund, den Pfarrer von Holborn, um eine Empfehlung an ihn. Dadurch hoffe ich Fräulein Whittaker bald kennenzulernen, denn wie ich höre, soll sie ›eine Säule der Kirche‹ sein.
Das ist alles, was ich bisher tun konnte, doch ich werde nicht müßig sein und wieder schreiben, sobald ich etwas zu berichten habe. Nebenbei bemerkt, befindet sich der Briefkasten gerade an der Ecke der Wellington-Allee, so daß ich meine Briefe an Sie (fern von Späheraugen!) selbst hineinwerfen und gleichzeitig einen Blick auf Fräulein Dawsons — jetzt Fräulein Whittakers — Haus, ›Akazienhof‹, werfen kann.

Womit ich verbleibe Ihre ergebene

Alexandra Katharina Climpson.«

Die kleine, rothaarige Pflegerin musterte ihren Besucher mit einem raschen, etwas mißtrauischen Blick.
»Bitte, es stimmt alles«, sagte dieser entschuldigend, »ich bin nicht hier, um Ihnen Seife oder ein Grammophon zu verkaufen, ich sammle auch nicht für Wohltätigkeitszwecke. Ich bin wirklich Lord Peter Wimsey und gekommen, um einige Fragen an Sie zu richten. Ich weiß, es gibt eigentlich keine Entschuldigung dafür, daß ich einfach so zu Ihnen hereingeschneit komme — lesen Sie je Zeitung?«
Die Pflegerin Philliter vermutete, sie werde für einen Geisteskranken gebraucht, und der Patient sei selbst gekommen, sie zu holen. — »Manchmal«, sagte sie vorsichtig.
»Nun, da haben Sie vielleicht meinen Namen hier und da gelesen, bei einem Mordbericht und dergleichen. Ich spüre nämlich auf, wissen Sie. Als Steckenpferd und harmlose Ablenkung natürlicher Wißbegierde, die sich sonst nach innen schlagen und Seelenforschung und Selbstmord hervorrufen könnte. Sehr natürliche, gesunde Beschäftigung — nicht zu anstrengend, nicht zu ruhevoll; trainiert und stärkt den Verstand.«

»Jetzt weiß ich, wer Sie sind«, sagte die Pflegerin bedächtig. »Sie — Sie haben Zeugnis abgelegt gegen Sir Julian Freke. Tatsächlich haben Sie ihm den Mord nachgewiesen, nicht wahr?«

»Jawohl — es war ziemlich unangenehm«, sagte Lord Peter einfach. »Und jetzt habe ich eine ähnliche kleine Sache an der Hand und brauche Ihre Hilfe.«

»Wollen Sie sich nicht setzen?« sagte die Pflegerin und ging ihm mit gutem Beispiel voran. »Was habe ich denn mit der Sache zu tun?«

»Sie kennen Dr. Eduard Carr, denke ich — früher in Leahampton — gewissenhaft, aber punkto Weltweisheit schwach — nicht klug wie die Schlangen, wie es die Bibel rät, sondern gerade das Gegenteil.«

»Wie?« rief sie aus. »Glauben Sie, daß es ein Mord war?«

Er betrachtete sie ein paar Sekunden lang. Ihre Miene war gespannt, ihre Augen blitzten unter den starken, geraden Brauen. Sie hatte ausdrucksvolle, ziemlich große Hände mit starken, flachen Gelenken. Er beobachtete, wie sie die Lehnen des Sessels umklammerten.

»Ich habe keine Ahnung«, erwiderte er nachlässig. »Aber ich möchte Ihre Ansicht hören.«

»Meine?« — Sie hielt sich offensichtlich zurück. »Wissen Sie, ich soll keine Meinung über meine Fälle äußern.«

»Sie haben sie mir bereits mitgeteilt«, sagte Seine Lordschaft und grinste. »Obwohl ich dabei vielleicht eine kleine Voreingenommenheit zugunsten von Dr. Carrs Diagnose in Rechnung stellen sollte.«

»Nun ja — aber es ist nicht nur meine persönliche Empfindung. Ich meine, mein Urteil über einen Krebsfall würde nicht von der Tatsache beeinflußt, daß ich mit Dr. Carr verlobt bin. Ich habe mit ihm zusammen bei vielen solchen Fällen gearbeitet und weiß, daß sein Urteil wirklich zuverlässig ist — ebenso wie ich weiß, daß er als Autofahrer gerade das Gegenteil ist.«

»Richtig. Ich nehme an, daß, wenn er sagt, der Tod war unerklärlich, er es auch wirklich war. Damit wäre ein Punkt gewonnen. Nun zu der alten Dame! Ich entnehme seiner Erzählung, daß sie später ein wenig sonderbar wurde — etwas wirr im Kopf, sozusagen?«

»Ich weiß nicht, ob ich das behaupten könnte. Natürlich, wenn sie unter dem Einfluß von Morphium stand, war sie oft stundenlang bewußtlos oder halb bewußtlos. Aber bis zu meiner Abreise, möchte ich sagen, war sie ganz — nun, vollkommen normal. Sie war eigensinnig, wissen Sie, auch zu ihren besten Zeiten, so etwas, was man einen Charakter nennt.«

»Aber Dr. Carr sagte mir, sie bildete sich merkwürdige Dinge ein — daß man sie vergiften wolle!«

Die rothaarige Pflegerin strich langsam mit den Händen die Armlehnen des Sessels entlang und zögerte.

»Wenn es Ihr Berufsgewissen erleichtert«, sagte Lord Peter, der erriet, was in ihr vorging, »kann ich Ihnen sagen, daß mein Freund, Detektiv-Inspektor Parker, die Sache mit mir zusammen untersucht, was mir immerhin ein gewisses Recht gibt, Fragen zu stellen.«

»Dann — ja — dann glaube ich, frei sprechen zu dürfen. Diese Vergiftungsidee habe ich nie recht verstanden. Ich habe nie etwas bemerkt — keinerlei Abneigung, meine ich, oder Angst vor mir. Im allgemeinen zeigen es die Patienten, wenn sie sich sonderbare Gedanken über ihre Pflegerin machen. Die arme alte Dame war aber immer äußerst freundlich und lieb zu mir. Sie küßte mich, als ich fortging, gab mir ein kleines Geschenk und sagte, es täte ihr leid, mich zu verlieren.«

»Sie zeigte keinerlei Ängstlichkeit, wenn Sie ihr zu essen gaben?«

»Nun, die letzten Wochen gestattete man mir nicht, ihr Nahrung zu verabreichen. Fräulein Whittaker sagte, ihre Tante habe sich diese komische Idee in den Kopf gesetzt, und gab ihr alle ihre Mahlzeiten selbst.«

»Ah! Das ist sehr interessant! War es auch Fräulein Whittaker, die diese fixe Idee Ihnen gegenüber zuerst erwähnte?«

»Ja. Und sie bat mich, mit Fräulein Dawson nicht darüber zu reden, damit sie sich nicht aufrege.«

»Und taten Sie das auch nicht?«

Die Pflegerin schüttelte den Kopf. »So etwas würde ich in keinem Fall einem Patienten gegenüber erwähnen. Es tut nie gut.«

»Sprach Fräulein Dawson je zu jemand anderem darüber? Zu Dr. Carr, zum Beispiel?«

»Nein. Fräulein Whittaker behauptete, ihre Tante habe auch vor dem Doktor Angst, weil sie sich einbilde, daß er mit mir im Bündnis sei. Natürlich machte diese Geschichte die unfreundlichen Dinge, die man nachher von uns erzählte, wahrscheinlicher. Ich vermute, daß sie möglicherweise ein paar Blicke oder geflüsterte Worte zwischen uns beobachtete und dadurch auf die Idee kam, daß wir etwas gegen sie planten.«

»Wie stand es mit dem Dienstmädchen?«

»Damals waren neue Mädchen da, mit denen sie kaum darüber geredet hätte, und ich konnte doch keinesfalls über meine Patientin mit dem Personal sprechen.«

»Natürlich nicht. Warum gingen die anderen Mädchen? Wie viele waren es? Gingen sie alle auf einmal?«

»Zwei gingen zugleich. Es waren Schwestern. Die eine zerschlug eine Unmenge Geschirr, und Fräulein Whittaker kündigte ihr, da ging dann die andere auch.«

»Na ja, es kann einem schon zu dumm werden, das schöne Porzellan so auf dem Boden herumkollern zu sehen! Es hatte also nichts mit — es war nicht wegen —«

»Es war nicht, weil sie sich mit der Pflegerin zu gut vertrugen, wenn Sie das meinen«, sagte diese lächelnd. »Es waren nette, gefällige Mädchen, wenn auch nicht gerade sehr aufgeweckte.«

»Gut. Aber gab es vielleicht einen ungewöhnlichen kleinen Zwischenfall, der Licht auf die Sache werfen könnte? War da nicht einmal ein Rechtsanwalt zu Besuch, der Ihre Patientin sehr aufregte? Oder war das vor Ihrer Zeit?«

»Ja. Ich hörte durch Dr. Carr davon. Und er wußte weder den Namen des Rechtsanwalts, noch weshalb er kam oder sonst etwas.«

»Schade«, sagte Seine Lordschaft. »Ich hatte mir viel von dem Rechtsanwalt versprochen. Es ist ein so unheimlicher Zauber, finden Sie nicht auch, um Rechtsanwälte, die unerwartet mit ihren Taschen erscheinen, die Leute bei geheimnisvollen Konferenzen erschrecken und dann mit der dringenden Aufforderung verschwinden, sie sofort holen zu lassen, wenn etwas passiert. Wäre der Rechtsanwalt nicht gewesen, hätte ich Dr. Carrs medizinisches Problem vielleicht kaum mit dem Respekt behandelt, den es verdient. Er ist wohl nicht wiedergekommen oder hat geschrieben, wie?«

»Ich weiß nicht. Warten Sie mal – mir fällt da eben etwas ein. Ich erinnere mich, daß Fräulein Dawson noch einen ähnlichen hysterischen Anfall hatte, wo sie dasselbe sagte, nämlich, ›daß man versuche, sie vor ihrer Zeit umzubringen‹.«

»Wann war das?«

»Ungefähr zwei Wochen vor meinem Weggehen. Fräulein Whittaker war mit der Post bei ihr oben gewesen, glaube ich, es waren einige Papiere zu unterzeichnen, und das scheint sie sehr aufgeregt zu haben. Ich kam von meinem Spaziergang zurück und fand sie in einer schlimmen Verfassung. Die Mädchen könnten Ihnen mehr darüber erzählen als ich, denn sie waren zu der Zeit auf dem Flur beschäftigt, hörten, wie sie sich gebärdete, und liefen hinunter, um mich zu holen. Ich fragte die Mädchen natürlich nicht aus, was vorgefallen war – eine Pflegerin kann doch nicht hinter dem Rücken ihrer Patientin mit den Dienstleuten schwatzen! Fräulein Whittaker sagte, ihre Tante habe eine ärgerliche Mitteilung von einem Rechtsanwalt erhalten.«

»Ja, das sieht aus, als steckte etwas dahinter. Erinnern Sie sich, wie die Mädchen hießen?«

»Wie war nur der Name? Ein wenig komisch, sonst hätte ich ihn mir nicht gemerkt – Gotobed, das war es – Bertha und Evelyn Gotobed. Ich weiß nicht, wo sie hingingen, aber Sie könnten das wohl herauskriegen.«

»Nun noch eine letzte Frage, bei deren Beantwortung Sie weder an christliche Nächstenliebe noch an das Gesetz gegen Verleumdung denken sollen: Wie war Fräulein Whittaker?«

Ein undefinierbarer Ausdruck überflog das Gesicht der Pflegerin.

»Groß, schön, von sehr entschiedenem Auftreten«, sagte sie, anderen halb widerstrebend Gerechtigkeit widerfahren lassend, »eine außerordentlich tüchtige Pflegerin – sie war doch im Königlichen Freispital, bevor sie zu ihrer Tante kam. Ich glaube, sie würde auf der Bühne eine wundervolle Pflegerin abgegeben haben. Sie mochte weder mich noch ich sie – wissen Sie, Lord Peter, es ist besser, ich sage Ihnen das gleich, damit Sie alles, was ich Ihnen über sie sage, etwas mildern können – aber wir wußten beide Tüchtigkeit zu schätzen und achteten einander.«

»Warum mochte sie Sie nicht, Fräulein Philliter? Mir ist selten eine sympathischere Person als Sie begegnet. Sie entschuldigen doch, daß ich das erwähne?«
»Ich weiß wirklich nicht.« Die Pflegerin schien etwas verlegen. »Ihre Abneigung gegen mich wurde scheinbar immer heftiger. Sie — vielleicht haben Sie die Geschichte gehört, die die Leute in der Stadt erzählten, als ich fortging? — daß Dr. Carr und ich — Oh! Es war wirklich schändlich, und ich hatte eine äußerst peinliche Unterredung mit der Oberin, als ich hierher zurückkehrte. Die Nichte muß diese Geschichten verbreitet haben, wer sonst hätte es getan?«
»Nun — Sie haben sich aber doch mit Dr. Carr verlobt, nicht wahr?« fragte Lord Peter sanft. »Bitte, ich meine nicht, daß das kein sehr angenehmes Ereignis war und so weiter, aber —«
»Aber sie sagte, ich vernachlässige die Patientin. Das habe ich nie getan; so etwas fiele mir gar nicht ein.«
»Natürlich nicht. Aber glauben Sie nicht, daß vielleicht schon die Verlobung ein Vergehen war? Ist Fräulein Whittaker verlobt?«
»Nein. Sie meinen, ob sie eifersüchtig war? Ich bin überzeugt, daß Dr. Carr nicht den geringsten, aber auch nicht den allergeringsten —«
»O bitte, regen Sie sich nicht auf! Aber auch ohne den allergeringsten Anlaß von seiten Dr. Carrs — er ist nun einmal eine sehr einnehmende Persönlichkeit. Glauben Sie nicht, daran könnte etwas sein?«
»Einmal dachte ich das auch«, gab Fräulein Philliter zu, »doch später, als sie ihm solche Unannehmlichkeiten wegen der Untersuchung bereitete, gab ich den Gedanken wieder auf.«
»Aber sie wendete nichts ein gegen die Untersuchung?«
»Nein, das tat sie nicht. Aber man kann sich bei seinen Nachbarn ins Recht setzen, Lord Peter, und auch bei Teegesellschaften im Pfarrrhaus dafür sorgen, daß die Leute wissen, welcher Ansicht man im Grunde ist. Ich war nie dort, aber fragen Sie mal jemanden, der dabei war. Ich kenne diese Teegesellschaften.«
»Nun, das ist nicht so unmöglich. Jemand, der sich zurückgesetzt fühlt, kann sehr gemein werden.«
»Vielleicht haben Sie recht«, meinte die Pflegerin nachdenklich.

»Aber«, fügte sie plötzlich hinzu, »das ist allein doch kein Beweggrund, eine unschuldige Frau zu ermorden?«
»Das ist das zweitemal, daß Sie dieses Wort gebrauchen«, sagte Wimsey. »Es gibt noch keinen Beweis, daß es ein Mord war.«
»Das weiß ich.«
»Aber Sie halten es für möglich?« — »Jawohl.«
»Und Sie glauben, daß sie es getan hat?« — »Ja.«
Lord Peter ging zum Erkerfenster, wo eine Aspidistra stand, und strich nachdenklich über deren Blätter. Das Schweigen wurde durch eine dralle Pflegerin unterbrochen, die, nachdem sie rasch eingetreten war, anpochte und kichernd meldete:
»Entschuldigen Sie, bitte, aber nach Ihnen, Philliter, herrscht heute nachmittag große Nachfrage. Eben kommt Dr. Carr zu Ihnen.« — Dr. Carr folgte der Meldung auf dem Fuß. Er war sprachlos, als er Wimsey sah.
»Ich sagte Ihnen ja, ich würde binnen kurzem wieder auftauchen«, sagte Lord Peter heiter. »Sherlock ist mein Name und Holmes meine Natur. Ich bin entzückt, Sie zu sehen, lieber Doktor! Ihre kleine Angelegenheit ist in guten Händen, und da ich sehe, daß ich hier überflüssig bin, verschwinde ich.«
»Wie kommt denn der hierher?« fragte Dr. Carr, nicht restlos erfreut.
»Hast du ihn nicht geschickt? Ich finde ihn sehr nett.«
»Er ist verrückt!« sagte Dr. Carr.
»Er ist klug!« entschied die rothaarige Pflegerin.

5

»Sie denken also daran, sich in Leahampton niederzulassen, Fräulein Climpson?« fragte Fräulein Murgatroyd. »Wie nett das wäre! Ich hoffe, es wird dazu kommen. Haben Sie die Absicht, ein Haus zu mieten?«
»Ich bin nicht ganz sicher«, erwiderte Fräulein Climpson, »ich muß mich erst ein wenig umsehen. Vielleicht wüßte der Herr Pfarrer von etwas Passendem.«
»Das ist schon möglich. Sagen Sie mal — ich glaube gehört zu haben, daß Sie in der Nelson-Allee wohnen?«

»Ja, bei Frau Budge.«
»Dort sind Sie sicher gut aufgehoben. Eine sehr nette Frau, obwohl unermüdlich im Reden. Kann sie Ihnen nichts vorschlagen? Wenn es irgendwo was Neues gibt, weiß sie bestimmt davon.«
»Ja«, sagte Fräulein Climpson, die Gelegenheit mit einer Schnelligkeit ergreifend, die Napoleon Ehre gemacht hätte, »sie hat etwas von einem Haus in der Wellington-Allee gesagt, das vielleicht bald zu vermieten sein würde.«
»Wellington-Allee? Da bin ich aber überrascht! Ich dachte dort alle Leute zu kennen. Sollten das die Parfitts sein – die reden seit sieben Jahren davon. Frau Peasgood, hören Sie mal! Fräulein Climpson hier sagt, die Parfitts ziehen endlich aus!«
»Ach Gott!« rief Frau Peasgood. »Das ist aber ganz was Neues –«
»Ich glaube nicht, daß es der Name Parfitt war«, beeilte sich Fräulein Climpson zu sagen. »Es war ein Fräulein – wie denn nur gleich? – ja, ein Fräulein Whittaker, glaube ich, die Frau Budge erwähnte?«
»Fräulein Whittaker?« riefen beide Damen zugleich. »Ach nein, bestimmt nicht.«
»Ich bin sicher, Fräulein Whittaker hätte es mir erzählt, wenn sie daran dächte, ihr Haus zu vermieten. Wir sind doch so befreundet!« fuhr Fräulein Murgatroyd fort. »Frau Budge muß das geträumt haben.«
»Soweit würde ich nun wieder nicht gehen«, warf Frau Peasgood ein. »Es mag schon etwas sein. Fräulein Whittaker hat mir öfter im Vertrauen erzählt, sie würde gern eine Hühnerzucht anfangen. Vielleicht will sie es jetzt tun.«
»Frau Budge hat nicht gerade gesagt, daß Fräulein Whittaker auszieht«, erwiderte Fräulein Climpson. »Sie sagte nur, glaube ich, daß Fräulein Whittaker durch den Tod einer Verwandten allein zurückgeblieben sei und es sie nicht wundern würde, wenn sie das Haus zu einsam fände.«
»Ach, das sieht Frau Budge ähnlich!« rief Frau Peasgood. »Nicht daß ich mir das nicht schon selbst gedacht hätte! Ich sagte ihr es neulich: ›Finden Sie es nicht sehr einsam in dem Haus, meine Liebe? Jetzt, wo Ihre arme Tante nicht mehr lebt?‹ Es wäre sicher sehr gut, wenn sie entweder wegzöge

oder jemanden zu sich nähme. Das ist kein natürliches Leben, so allein, für eine junge Person. Ich gehöre zu den Leuten, die immer alles gerade heraus sagen, wissen Sie, Fräulein Climpson!«

»Ich auch«, erwiderte Fräulein Climpson rasch, »und das sagte ich auch zu Frau Budge, die von merkwürdigen Umständen bei dem Tod der alten Dame gesprochen hatte. In einem Haus, über das in irgendeiner Weise geredet wurde, möchte ich nämlich nicht leben«, meinte Fräulein Climpson vollkommen wahrheitsgemäß.

»Aber es war gar nichts, absolut nichts«, rief Fräulein Murgatroyd eifrig. »Eine niederträchtigere Erfindung hat es nie gegeben. Es war ein ganz natürlicher Tod und eine Erlösung obendrein für die arme Seele, die zum Schluß furchtbar gelitten hat. Es war eine schändliche Lüge, die der junge Dr. Carr (den ich nie mochte) verbreitete, um sich wichtig zu machen. Als ob ein Arzt je den Zeitpunkt so genau bestimmen könnte, wo es dem lieben Gott gefallen wird, einen Leidenden zu sich zu berufen! Das arme Fräulein Whittaker hat wirklich eine schreckliche Zeit mitgemacht. Aber es wurde nachgewiesen, einwandfrei nachgewiesen, daß gar nichts an der Geschichte wahr war – ich hoffe, der junge Mann hat sich ordentlich geschämt.«

»Darüber kann es zwei Meinungen geben, Fräulein Murgatroyd«, sagte Frau Peasgood. »Ich finde, man hätte eine Leichenbeschau vornehmen müssen. Ich halte Dr. Carr für einen sehr tüchtigen Arzt, wenn er auch nicht zu den altmodischen Hausärzten gehört, die ältliche Leute vorziehen. Es war sehr schade, daß diese nette Pflegerin, die Philliter, weggeschickt wurde – die Forbes war zu gar nichts nütze.«

»Die Forbes war eine reizende Person«, sagte Fräulein Murgatroyd in scharfem Ton und errötete vor Entrüstung, ältlich genannt zu werden.

»Das mag sein«, entgegnete Frau Peasgood, »Tatsache ist, daß sie eines Tages irrtümlich 0,6 statt 0,2 Gramm Calomel einnahm und beinahe daran starb. Das hat sie selbst mir erzählt, und was sie einmal tat, kann ihr auch ein zweites Mal passieren.«

»Aber Fräulein Dawson hat man ja nichts eingegeben«, sagte Fräulein Murgatroyd, »und jedenfalls hatte die Forbes ihre

Gedanken bei der Patientin und nicht bei dem Flirt mit dem Doktor. Ich habe mir immer gedacht, Dr. Carr ist wütend auf sie, weil sie die Stelle seiner Flamme einnahm, und nichts wäre ihm lieber gewesen, als ihr Unannehmlichkeiten zu bereiten.«

»Sie meinen doch nicht, daß er den Totenschein verweigert und den ganzen Wirrwarr verursacht hätte, nur um die Pflegerin zu ärgern? Das würde doch kein Arzt wagen!«

»Natürlich nicht«, sagte Frau Peasgood, »niemand mit einem Funken Verstand könnte so etwas glauben.«

»Danke sehr, Frau Peasgood«, rief Fräulein Murgatroyd spitz. Glücklicherweise hatte die Pfarrfrau Unheil gewittert und kam eilig mit einem Teller Kuchen herbei, um abzulenken. Fräulein Climpson, ihrer Mission eingedenk, erzählte ihr nun auch von dem Haus in der Wellington-Allee.

»Ja, davon weiß ich wirklich nichts«, erwiderte die Pfarrfrau, »aber hier kommt Fräulein Whittaker. Kommen Sie, ich mache Sie mit ihr bekannt«, und sie zog Fräulein Climpson zu einem Lehnstuhl neben dem Teetisch.

»Liebes Fräulein Whittaker, lassen Sie sich mit Fräulein Climpson bekannt machen! Sie ist Ihre Nachbarin, und wir hoffen, daß sie sich hier ansiedeln wird.«

»Das wäre reizend«, meinte Fräulein Whittaker.

Der erste Eindruck, den Fräulein Climpson von Mary Whittaker hatte, war, daß sie bei der Teegesellschaft im Pfarrhaus gar nicht am Platz war. Mit ihren schönen, stark ausgeprägten Zügen und dem ruhigen, sicheren Auftreten hätte sie viel eher in die Großstadt gepaßt. Sie hatte ein angenehmes, zurückhaltendes Wesen und trug ein wundervoll gearbeitetes Kostüm, das, ohne männlich zu wirken, doch die Vorzüge einer vollendeten Figur nicht zu sehr unterstrich. Ihre klaren hellen Augen unter den wohlgeformten Brauen hatten einen Blick, der Fräulein Climpson bekannt vorkam, doch konnte sie sich nicht erinnern, wann und wo sie schon einem ähnlichen Ausdruck begegnet war. In der Nacht wird es mir einfallen, dachte sie zuversichtlich. Aber ich will heute noch nichts von dem Haus sagen, es wäre zu aufdringlich bei der ersten Begegnung. Doch das Schicksal wollte es anders und hätte beinahe ihr diplomatisches Vorgehen zum Scheitern gebracht. Das jüngste Fräulein Findlater, Vera, kam in ihrer überschwenglichen Art auf Mary Whittaker zugesprungen und ließ sich neben sie auf das Sofa fallen.

»Mary, Liebste, warum hast du mir nichts gesagt? Du willst wirklich jetzt deinen Plan mit der Hühnerfarm ausführen? Ich hatte keine Ahnung, daß du schon soweit bist. Du versprachst doch, es mir zuerst zu sagen!«

»Aber ich weiß doch selbst nichts davon«, erwiderte Fräulein Whittaker kühl. »Wer hat dir denn diesen Bären aufgebunden?«

»Frau Peasgood sagte, sie hörte es von —« Sie zögerte, wandte sich aber dann lebhaft an Fräulein Climpson: »Darf ich mich selbst vorstellen? Ich bin Vera Findlater und hasse jede Förmlichkeit. Ist es also wahr, Mary, daß du dein Haus an Fräulein Climpson vermietest und in Alford eine Hühnerfarm gründen willst?«

»Nicht daß ich wüßte. Ich habe Fräulein Climpson eben erst kennengelernt.« Der Ton ihrer Stimme ließ erraten, daß ihr an der Fortsetzung der Bekanntschaft wenig lag.

»Du lieber Gott!« rief Vera Findlater und schüttelte ihren blonden Pagenkopf. »Da habe ich mich wohl blamiert?« Sie blickte Fräulein Climpson fragend an.

»Das ist ein großer Irrtum«, sagte diese energisch, »was müssen Sie nur von mir denken, Fräulein Whittaker! So etwas sagte ich natürlich nicht. Ich erwähnte nur gelegentlich, daß ich mich vielleicht um ein Haus in dieser Gegend umsehen würde, und da erzählte mir jemand, ich weiß wirklich nicht mehr, wer, Sie dächten vielleicht einmal daran, Ihr Haus zu vermieten. Ich versichere Sie, das war alles.« Womit Fräulein Climpson zwar nicht völlig bei der Wahrheit geblieben war, dies jedoch mit ihrem Gewissen abmachte. »Fräulein Murgatroyd«, fügte sie hinzu, »stellte es gleich richtig, indem sie sagte, Sie hätten das gewiß ihr zuerst mitgeteilt.«

Fräulein Whittaker lachte.

»Als erstem hätte ich es dem Häusermakler mitgeteilt«, sagte sie. »Es ist ja richtig, ich dachte wohl daran, unternahm aber noch keinerlei Schritte.«

»Oh, wie schön, wenn du das tätest!« rief Vera Findlater. »Ich würde mich sofort um eine Stelle auf deiner Farm bewerben. Ich sehne mich danach, aus dieser Stadt wegzukommen. Sie haben keine Ahnung, was für ein Klatschnest dieses Leahampton ist, Fräulein Climpson! Du mußt ja mehr als genug davon haben, Mary, wenn ich an diesen unangenehmen Dr. Carr und all den Tratsch denke. Ich wundere mich nicht, daß du das Haus loswerden willst. Ich kann mir nicht vorstellen, daß du dich darin je wieder behaglich fühlst.«

»Ja, warum denn nicht?« fragte Fräulein Whittaker leichthin. Zu leichthin? fragte sich Fräulein Climpson.

»Ach, ich meine nur«, sagte Fräulein Findlater, »es muß nicht gerade sehr heiter sein, in einem Haus zu wohnen, wo jemand gestorben ist. Das arme Fräulein Dawson — obwohl es natürlich eine Erlösung für sie war — aber dennoch —«

Offenbar, dachte Fräulein Climpson, lenkt sie ab.

»Es gibt sehr wenige Häuser, in denen noch nie jemand gestorben ist«, sagte Fräulein Whittaker. »Ich sehe nicht ein, warum einen das bekümmern sollte.« Worauf sie mit geschicktem Übergang das Gespräch auf ein anderes Thema lenkte.

An jenem Abend schrieb Fräulein Climpson an Lord Peter:

»Fräulein Whittaker hat mich zum Tee eingeladen. Sie sagte mir, so gern sie ein tätiges Landleben führen möchte, könne sie sich doch nicht von dem Haus in der Wellington-Allee trennen. Es sei ihr zu sehr ans Herz gewachsen. Sie schien sehr bemüht, diesen Eindruck bei mir zu erwecken. Wäre man da nicht versucht, mit Shakespeare zu sagen: ›Die Dame, wie mich dünkt, beteuert zu viel‹? Wie wundervoll doch Shakespeare ist! Für jede Situation findet man in seinen Werken das passende Wort!«

6

»Weißt du, Wimsey, ich vermute, du bist ganz auf dem Holzweg«, sagte Inspektor Parker. »Ich glaube nicht, daß der leiseste Grund zu der Vermutung vorhanden ist, daß es bei dem Tod der Dawson nicht mit rechten Dingen zugegangen ist. Du hast keinen anderen Anhaltspunkt als die Ansicht eines eingebildeten jungen Arztes und viel albernen Klatsch.«

»Dein Verstand geht nur amtliche Wege, Charles«, erwiderte sein Freund. »Deine pflichtgemäße Leidenschaft für Beweise untergräbt nach und nach deine glänzenden Geisteskräfte und erstickt deine Instinkte. Du bist überzivilisiert, das ist's. Mit dir verglichen, bin ich ein Naturkind. Ich *weiß*, daß etwas bei diesem Fall nicht in Ordnung ist.«

»Wieso?«

»Wieso? Nun, geradeso wie ich weiß, daß etwas bei dem sogenannten Lafite '76, den mir dieser verdammte Robinson neulich vorsetzte, nicht in Ordnung ist. Er hat einen scheußlichen Nachgeschmack.«

»Ach was, Nachgeschmack! Kein Anzeichen von Gewaltanwendung oder Gift. Kein Beweggrund vorhanden, die alte Frau aus dem Weg zu räumen. Und wir haben keine Möglichkeit, jemand zu überführen.«

»Hör mal«, sagte Lord Peter, »willst du eine Wette gegen mich halten? Ich wette zehn zu eins, daß Agathe Dawson ermordet wurde, zwanzig zu eins, daß Mary Whittaker es getan hat, und fünfzig zu eins, daß ich es ihr innerhalb eines Jahres nachweise. Gilt's?«

Parker lachte. »Ich bin ein armer Teufel, Herr«, wich er aus.

»Da hast du's!« triumphierte Lord Peter. »Du bist selbst nicht ganz sicher. Wärst du es, so hättest du gesagt: ›Das hieße dir das Geld aus der Tasche stehlen, mein Alter‹, und in dieser Gewißheit prompt abgeschlossen.«

»Ich habe genug mitangesehen, um zu wissen, daß es keine Gewißheit gibt«, erwiderte der Detektiv, »aber ich halte die Wette – in – halben Kronen«, fügte er vorsichtig hinzu.

»Na, die dreimal zweieinhalb Shilling werden dich nicht ruinieren«, meinte Wimsey. »Also will ich mich daranmachen, meine Behauptungen zu beweisen.«

»Und welche Schritte gedenkst du zu unternehmen?« erkundigte sich Parker sarkastisch. »Willst du eine neuerliche Exhumierung veranlassen und nach Gift forschen? Oder willst du dich Fräulein Whittakers bemächtigen und ihr Daumenschrauben ansetzen?«

»Durchaus nicht. Ich bin moderner. Ich werde zeitgemäße psychologische Methoden anwenden. Ich lasse die vermutliche Verbrecherin sich selbst überführen.«

»Ach!« spottete Parker.
»Gewiß. Es ist eine bekannte Tatsache, daß Verbrecher keine Ruhe haben. Sie –«
»Sie kehren immer wieder zur Stelle ihrer Untat zurück.«
»Unterbrich mich nicht, zum Kuckuck! Sie unternehmen unnötige Schritte, Spuren zu verwischen, die sie gar nicht hinterließen, und rufen dadurch Verdacht, Untersuchung, Beweis und Verurteilung hervor. Doch – um die Perlen meiner Beredsamkeit nicht vor die Säue zu werfen: Diese Annonce will ich in alle Morgenblätter einrücken lassen. Fräulein Whittaker wird wohl irgendeins lesen. Zwei Fliegen auf einen Schlag!«
»Zeig her«, brummte Parker.
»Bertha und Evelyn Gotobed, vormals in Diensten von Fräulein Agathe Dawson in Leahampton, Wellington-Allee, werden ersucht, sich mit J. Murbles, Rechtsanwalt in London, Staple Inn, in Verbindung zu setzen.«
»Gut, nicht wahr?« fragte Wimsey. »Das muß in dem unschuldigsten Gemüt Mißtrauen erwecken. Ich wette, Mary Whittaker fällt darauf herein.«
»Auf welche Art?«
»Das weiß ich nicht. Das ist eben das Interessante. Ich hoffe, dem guten alten Murbles wird nichts geschehen. Es täte mir furchtbar leid um ihn, er ist ein so vollendeter Familienanwalt. Aber schließlich und endlich, ein Mann seines Berufs muß auf Gefahren gefaßt sein.«
»Blödsinn!« sagte Parker. »Aber ich bin auch der Ansicht, daß es gut wäre, mit den Mädchen zu sprechen, wenn du etwas über den Haushalt der Dawson erfahren willst. Dienstboten wissen immer alles.«
»Es ist nicht nur das. Erinnerst du dich nicht, daß die Pflegerin Philliter sagte, die Mädchen seien, kurz bevor sie selbst ging, entlassen worden? Wenn wir die merkwürdigen Umstände von Fräulein Philliters Entlassung – Fräulein Dawsons Weigerung, Nahrung von ihr anzunehmen, was von ihrer tatsächlichen Haltung der Pflegerin gegenüber keineswegs bestätigt wurde – auch übergehen, ist es nicht bemerkenswert, daß diese Mädchen unter irgendeinem Vorwand gerade drei Wochen, nachdem Fräulein Dawson diesen hysterischen Anfall hatte, fortgeschickt wurden? Sieht es nicht aus, als sei jeder, der sich

vielleicht an jene Episode erinnern könnte, aus dem Haus entfernt worden?«
»Nun, es gab doch einen guten Grund, die Mädchen zu entlassen.«
»Die Teekanne? – Na, heutzutage ist es nicht so leicht, gute Dienstboten zu bekommen! Frauen sind da jetzt viel nachsichtiger als in den guten alten Zeiten. Ferner – was diesen Anfall betrifft: Warum wählte Fräulein Whittaker gerade den Augenblick, als die hochintelligente Philliter spazierengegangen war, um ihre Tante mit der Unterschrift zu belästigen? Wenn die alte Dame sich leicht über Geschäfte aufregte, warum nicht eine tüchtige Person zur Hand haben, die sie beruhigen könnte?«
»Aber Fräulein Whittaker ist ja selbst eine geschulte Pflegerin! Sie war sicher tüchtig genug, selbst ihrer Tante zu helfen.«
»Ich bin vollkommen überzeugt davon, daß sie eine äußerst tüchtige Person ist«, sagte Wimsey mit Nachdruck.
»Schon gut. Du bist voreingenommen. Aber gib die Annonce auf jeden Fall in die Zeitungen. Schaden kann es nicht.«
Lord Peter, der eben klingeln wollte, zögerte; sein Mund wurde schlaff, wodurch sein langes schmales Gesicht einen etwas dämlichen, unentschlossenen Ausdruck erhielt.
»Du glaubst doch nicht –«, begann er. »Ach, zum Teufel!« Er drückte auf die Klingel. »Es *kann* nicht schaden, wie du sagst. Bunter, veranlassen Sie, daß diese Annonce bis auf weiteres täglich in den hier verzeichneten Blättern erscheint.«

Am Dienstag morgen erschien die Annonce zum erstenmal. Während der Woche geschah nichts Bemerkenswertes, außer daß Fräulein Climpson etwas bekümmert schrieb, daß es dem jüngsten Fräulein Findlater gelungen war, Mary Whittaker zu veranlassen, endlich etwas Entscheidendes der Hühnerfarm wegen zu unternehmen. Sie waren miteinander weggefahren und wollten einige Wochen wegbleiben. Fräulein Climpson fürchtete, sie könnte unter diesen Umständen ihr reichliches Gehalt nicht rechtfertigen. Sie hatte sich jedoch mit Fräulein Findlater angefreundet, die versprochen hatte, ihr von allem, was sie unternahmen, zu berichten. Lord Peter antwortete ihr in beruhigendem Sinne.

Am folgenden Dienstag saß Inspektor Parker eben beim Frühstück, als das Telefon klingelte.
»Bist du's, Charles?« fragte Lord Peter. »Hör mal, Murbles hat einen Brief bezüglich der Bertha Gotobed bekommen. Sie ist letzten Donnerstag aus ihrer Wohnung verschwunden, und ihre Hauswirtin, die beunruhigt ist und die Annonce gelesen hat, wird kommen und uns alles erzählen. Kannst du um elf Uhr in Staple Inn sein?«
»Weiß nicht«, sagte Parker leicht gereizt. »Ich hab' einen Auftrag, den ich ausführen muß. Damit kannst du doch allein fertig werden.«
»O ja!« Die Stimme klang verdrießlich. »Doch ich dachte, es würde dir auch Spaß machen. Was für ein undankbarer Kerl du bist! Du nimmst nicht das geringste Interesse an dem Fall.«
»Nun – ich glaube eben nicht daran, weißt du! Schon gut, fluch nicht so! Werde sehn, was sich machen läßt. Um elf? – gut! – Du, hör mal –!« Doch das Telefon war stumm.
»Aufgehängt«, sagte Parker bitter. »Bertha Gotobed. Hm! Ich hätte geschworen –«
Er langte über den Frühstückstisch nach dem *Täglichen Schrei*, der am Marmeladetiegel lehnte und las mit zusammengepreßten Lippen einen Bericht, dessen große Titellettern ihm grade ins Auge gesprungen waren, als das Telefon klingelte.

MÄDCHEN IM WALD VON EPPING
TOT AUFGEFUNDEN

FÜNFPFUNDNOTE IM HANDTÄSCHCHEN . . .

Er nahm den Hörer wieder auf und verlangte Wimseys Nummer. Der Diener meldete sich.
»Seine Lordschaft sind im Bad, Herr. Soll ich Sie verbinden?«
Nach einer Weile ertönte Lord Peters etwas gedämpftes »Hallo«.
»Erwähnte die Hauswirtin, wo Bertha Gotobed angestellt war?«
»Ja – sie war Kellnerin in einem großen Restaurant. Woher plötzlich dieses Interesse, nachdem du mich früher so angefahren hast?«

»Hast du keine Zeitung gelesen?«

»Nein, diese Dummheiten lasse ich mir bis zum Frühstück. Was ist los? Sind wir nach Shanghai beordert? Oder —«

»Sei still, du Narr, es ist was Ernstes! Wir kommen zu spät!«

»Wieso?«

»Bertha Gotobed wurde heute früh im Wald von Epping tot aufgefunden.«

»Tot? Wie? Woran starb sie?«

»Keine Ahnung. Gift vielleicht. Oder Herzschwäche. Keine Gewalttat. Kein Raub. Keine Spuren. Ich muß sofort zu Scotland Yard.«

»Gott verzeih mir, Charles. Weißt du, ich hatte so ein eigentümliches Gefühl, als du sagtest, die Annonce könne nicht schaden. Tot! Das arme Mädel! Charles, ich fühle mich als Mörder. Also mach, daß du nach Scotland Yard kommst, und erzähl ihnen, was du weißt. Ich komme dir sofort nach. Jedenfalls gibt es jetzt keinen Zweifel mehr.«

»Aber hör mal, es könnte ja auch ganz und gar nichts mit deiner Annonce zu tun haben.«

»Gebrauch doch mal deinen gesunden Menschenverstand, Charles! Ja, noch etwas: Ist die Schwester erwähnt?«

»Ja. Man fand einen Brief von ihr bei der Leiche, durch den diese identifiziert wurde. Sie hat vorigen Monat geheiratet und ist nach Kanada gezogen.«

»Das hat ihr das Leben gerettet. Wenn sie zurückkommt, gerät sie in die schrecklichste Gefahr. Wir müssen sie erreichen und warnen. Und herausbekommen, was sie weiß. Adieu. Ich muß mich jetzt anziehen.«

Inspektor Parker begab sich eiligst zu Scotland Yard.

Der Oberkommissar Sir Andrew Mackenzie war ein alter Freund Lord Peters. Er empfing den aufgeregten jungen Mann freundlich und hörte seine etwas verworrene Erzählung über Krebs, Testamente, geheimnisvolle Rechtsanwälte und Annoncen aufmerksam an.

»Ein merkwürdiger Zufall«, sagte er in nachsichtigem Ton, »und ich verstehe, daß Sie sich darüber aufregen. Aber Sie können ganz beruhigt sein. Ich habe den Bericht des Polizeiarztes. Er ist vollkommen überzeugt, daß der Tod ein ganz natürlicher war. Es ist kein Anzeichen irgendeiner Gewaltanwendung zu finden. Man wird natürlich noch eine Obduktion vornehmen, ich glaube aber, es ist nicht der leiseste Grund vorhanden, irgendein Verbrechen zu vermuten.«

»Aber was machte sie im Wald von Epping?«

Sir Andrew zuckte die Achseln.

»Das muß natürlich untersucht werden. Dennoch – junge Leute wandern oft umher, wie Sie wissen. Es soll auch ein Bräutigam vorhanden sein – er hat bei der Eisenbahn zu tun, glaube ich. Collins ist hingefahren, um mit ihm zu reden. Oder vielleicht war sie mit einem andern Freund zusammen.«

»Aber wenn es ein natürlicher Tod war – überließe doch niemand eine Kranke oder Sterbende sich selbst?«

»*Sie* nicht. Aber angenommen, es ist vielleicht ein bißchen umhergetollt worden und das Mädel fiel auf einmal tot hin, wie das bei Herzleiden öfters vorkommt – da ist ihr Gefährte vielleicht erschrocken und davongelaufen. So etwas ist schon vorgekommen.« – Lord Peter sah nicht sehr überzeugt drein.

»Wie lang ist sie tot?«

»Ungefähr fünf oder sechs Tage, glaubt der Arzt. Sie ist zufällig gefunden worden, dieser Teil des Waldes wird wenig begangen. Eine Gesellschaft junger Leute wanderte mit ein paar Terriers, und einer der Hunde hat die Leiche aufgespürt.«

»Lag sie auf einem freien Platz?«

»Nein, in einem Gebüsch – einem Platz, wo ein verliebtes junges Paar Verstecken spielen könnte.«

»Oder ein Mörder mit der Polizei«, sagte Wimsey.

»Nun, nun, wie Sie meinen«, erwiderte Sir Andrew lächelnd. »Wenn es ein Mord war, muß es eine Vergiftung gewesen sein, denn, wie gesagt, es sind weder Wunden noch Kampfspuren zu sehen. Ich schicke Ihnen den Bericht über die Obduktion. Wenn Sie mittlerweile mit Inspektor Parker hinfahren wollen, kann ich Ihnen natürlich jede Erleichterung gewähren. Und wenn Sie etwas entdecken, lassen Sie mich's wissen!«

Wimsey dankte, holte Parker aus einer angrenzenden Kanzlei und machte sich eilends auf den Weg.

»Das gefällt mir nicht!« sagte er. »Das heißt, natürlich ist es befriedigend, daß unsere ersten Schritte auf dem Weg der Psychologie eine Reaktion hervorgerufen haben, aber ich wollte, es wäre keine so gewaltsame gewesen! Es ist besser, wir

fahren direkt nach Epping und sprechen später mit der Hauswirtin. Übrigens habe ich einen neuen Wagen, der dir gefallen wird.«
Parker warf einen Blick auf das schlanke schwarze Ungeheuer, zwängte sich in seinen Sitz, und im nächsten Augenblick waren sie bereits davongeschossen, geräuschlos und in einem Tempo, daß ihm angst und bange wurde.
Ihre Ankunft im Wald verursachte eine ziemliche Sensation bei dem Häufchen von Leuten, die aus Dienstgründen oder Neugier dort umherstanden. Lord Peter wurde augenblicklich von Reportern und Pressefotografen belagert, die von seiner Anwesenheit einen Sensationsbericht erhofften. Sergeant Walmisley kam ihm höflich zu Hilfe, wies die Zuschauer zurecht und führte ihn zu der Stelle, wo die Tote gefunden worden war.
Sie war bereits in die Totenkammer übergeführt worden, doch eine Vertiefung im feuchten Boden zeigte deutlich, wo sie gelegen hatte. Lord Peter seufzte, als er hinsah.
»Der Teufel hole dieses feuchte, warme Wetter!« fluchte er. »Aprilregen, dann wieder Sonne — könnte nicht schlimmer sein! Ist die Leiche stark verändert, Inspektor?«
»Leider, Mylord, besonders an den ausgesetzteren Stellen. Doch die Identität ist nicht zu bezweifeln.«
»Das dachte ich auch nicht. Wie lag sie da?«
»Auf dem Rücken, ganz ruhig und natürlich, die Kleider geordnet. Sie muß sich gerade niedergesetzt haben, als sie sich schlecht fühlte und zurückfiel.«
»Hm. Der Regen hat alle Fußspuren und sonstigen Zeichen auf dem Boden verwischt. Und grasig ist er auch. Hinderliche Sache, Gras, nicht wahr, Charles?«
»Ja. Von den Zweigen ist nichts geknickt, Inspektor?«
»O nein, kein Zeichen eines vorhergegangenen Kampfes, wie ich schon meldete.«
»Aber wenn sie hier gesessen und zurückgefallen wäre, wie Sie meinen, glauben Sie nicht, daß ihr Gewicht einige von diesen jungen Trieben geknickt hätte?«
Der Beamte sah den Mann von Scotland Yard forschend an.
»Sie vermuten doch nicht, daß sie hergebracht und dorthin gelegt wurde?«

»Ich vermute gar nichts«, entgegnete Parker, »ich lenkte nur Ihre Aufmerksamkeit auf einen Punkt, den Sie erwägen sollten, glaube ich. Was sind das für Räderspuren?«
»Das ist unser Wagen, Herr.«
»Und das niedergetretene Gras stammt auch von Ihren Leuten, vermutlich?«
»Teils, und teils von der Gesellschaft, die die Leiche auffand.«
»Andere Spuren haben Sie nicht bemerkt?«
»Nein, Herr. Vergangene Woche regnete es ziemlich. Außerdem waren Kaninchen und Wiesel hier.«
»So? Nun, Sie sollten sich noch ein wenig im weiteren Umkreis umsehn. Und alle diese Leute hätten nicht so nahe kommen dürfen! Entfernen Sie sie. Hast du alles gesehen, was du wolltest, Peter?«
Wimsey hatte mit seinem Stock im Stamm einer Eiche gestochert, nun zog er ein Paket aus einer Spalte hervor, das dort hineingestopft worden war. Die beiden Polizeileute eilten eifrig herbei, aber es war nur ein Schinkenbrot und eine leere Bierflasche, nachlässig in fettiges Zeitungspapier gewickelt.
»Ausflügler«, sagte Walmisley geringschätzig. »Hat vermutlich nichts mit der Leiche zu tun.«
»Ich glaube, da irren Sie«, sagte Wimsey ruhig. »Wann ist das Mädchen eigentlich verschwunden?«
»Sie hat das Restaurant, in dem sie angestellt war, am Mittwoch, dem 27., um fünf Uhr nachmittags verlassen. Morgen sind es acht Tage«, sagte Parker.
»Und das ist das *Abendblatt* vom Mittwoch, dem 27.«, sagte Wimsey. »Späte Ausgabe, die nicht vor sechs Uhr ausgetragen wird. Wenn es also nicht jemand anderer mitbrachte und hier sein Abendessen verzehrte, wurde es wahrscheinlich von dem Mädchen selbst oder ihrem Begleiter mitgebracht. Es ist höchst unwahrscheinlich, daß jemand hier, wo die Leiche herumlag, gegessen hat.«
»Stimmt. Aber Sie nehmen doch an, daß der Tod am Mittwoch oder Donnerstag eintrat. Sie kann aber vorher woanders gewesen sein – hat vielleicht in der Stadt oder sonstwo bei jemandem gewohnt.«
»Wieder geschlagen!« sagte Wimsey. »Dennoch, es ist ein merkwürdiger Zufall.«

»Sicher, Mylord, und ich bin sehr froh, daß Sie die Sachen gefunden haben. Wollen Sie sie aufbewahren, Inspektor, oder soll ich es tun?«

»Nehmen Sie sie und legen Sie's zu dem übrigen«, sagte Parker und streckte die Hand aus, um Wimsey das Paket, das ihn unverhältnismäßig zu interessieren schien, fortzunehmen. »Ich glaube, Seine Lordschaft hat recht, das Paket kam mit dem Mädchen zugleich hierher, was ganz danach aussieht, als wäre sie nicht allein gekommen. Möglicherweise war ihr junger Freund dabei. Sieht aus wie die alte, ewig neue Geschichte. Achtung auf die Flasche, es könnten Fingerabdrücke darauf sein!«

»Die Flasche kannst du haben«, sagte Wimsey. »Aber ich möchte deine Aufmerksamkeit auf das Schinkenbrot lenken.«

»Was ist's damit? Ein gewöhnliches Schinkenbrot, nicht?«

»Gerade das ist es nicht, mein Bester. Es ist echter dunkler Bradenham-Schinken, von dem das Pfund über fünf Shilling kostet – ich frage dich also, wie kommt die kleine Kellnerin und der Eisenbahnbeamte dazu, sich an solch einer Delikatesse zu erlaben?«

»Das ist wirklich seltsam«, sagte Parker. »Ich dachte, daß nur reiche Leute –«

»Nur reiche Leute oder solche, für die Essen eine schöne Kunst ist«, sagte Wimsey. »Diese beiden Kategorien sind durchaus nicht identisch, obwohl sie manchmal zusammentreffen.«

»Das kann von Bedeutung sein«, sagte Parker und wickelte die Gegenstände sorgfältig ein. »Gehen wir jetzt die Leiche besichtigen!«

Die Besichtigung war keine angenehme Sache, denn das Wetter war feucht und warm, und es waren tatsächlich Wiesel am Werk gewesen. Wimsey überließ nach einem kurzen Blick die beiden Polizisten ihrer Aufgabe und beschäftigte sich nur mit dem Handtäschchen der Toten. Er überflog den Brief von Evelyn Gotobed (jetzt Evelyn Cropper) und notierte sich deren kanadische Adresse. Aus einem inneren Fach förderte er den Ausschnitt seiner eigenen Annonce zutage und verweilte einige Zeit in Betrachtung der Fünfpfundnote, die neben einem Zehnshillingschein lag; außerdem war noch etwas Silber- und Kupfergeld da, ein Schlüssel und eine Puderdose.

»Sie lassen doch nach der Herkunft dieser Note forschen, Walmisley?«
»Gewiß, Mylord!«
»Und der Schlüssel wird wohl der Wohnungsschlüssel sein?«
»Zweifellos. Wir haben ihre Hauswirtin ersucht herzukommen, um die Leiche zu indentifizieren. Nicht daß wir noch im Zweifel wären, es ist nur Formsache. Vielleicht erweist sie sich auch sonst als nützlich. Ah — das scheint sie ja schon zu sein!«
Die mollige, mütterlich aussehende Frau, die mit einem jungen Polizisten aus einem Taxi stieg, erkannte unter heftigem Schluchzen, aber ohne jede Schwierigkeit, in der Toten Bertha Gotobed. »So ein liebes junges Ding!« jammerte sie. »So was Schreckliches! Ich war gleich besorgt, als sie letzten Mittwoch nicht nach Hause kam, und hab' es hundertmal verwünscht, daß ich ihr diese verruchte Annonce zeigte! Ah, da haben Sie sie ja, Herr. Schrecklich, daß so ein alter Sünder, der sich noch dazu Rechtsanwalt nennt, junge Mädchen mit einer Lüge anlocken kann. Als sie aber ewig nicht zurückkam, schrieb ich dem Elenden, ich sei ihm auf der Spur und werde nicht rasten, bis er bestraft wird.«
Lord Peter hatte Mühe, bei diesem Ausfall gegen den hochachtbaren Herrn Murbles in Staple Inn seinen Ernst zu bewahren. »Wie schockiert der alte Herr gewesen sein muß!« raunte er Parker zu. »Na, ich kann mich freuen, wenn ich ihn das nächstemal treffe.«
Frau Gulliver jammerte weiter:
»Beide so anständige Mädchen, und Fräulein Evelyn, die mit diesem netten jungen Mann aus Kanada verheiratet ist! Und der brave John Ironsides, der die arme Bertha heuer zu Pfingsten, wenn überhaupt, hätte heiraten sollen! Sie war keine von der leichten Sorte, darum gab ich ihr auch ruhig den Wohnungsschlüssel, da sie manchmal bis spät am Abend Dienst hatte.«
»Wohnte sie lange bei Ihnen, Frau Gulliver?«
»Nicht länger als fünfzehn Monate, aber ich brauche nicht einmal fünfzehn Tage, um zu wissen, ob eine ein braves Ding ist oder nicht. Ich sehe es ihnen sofort an — nun ja, man hat seine Erfahrung.«
»Kam sie zugleich mit ihrer Schwester zu Ihnen?«

»Jawohl. Sie kamen zu mir, als sie Arbeit in London suchten, und sie hätten in schlechtere Hände fallen können, wo sie beide vom Land und so hübsche, frische junge Dinger waren.«

»Die beiden hatten zweifellos außerordentliches Glück, Frau Gulliver«, sagte Lord Peter, »und müssen sehr froh gewesen sein, sich Ihnen anvertrauen und Ihren guten Rat einholen zu können.«

»Ja, das glaube ich auch«, sagte Frau Gulliver, »obwohl die Jungen heutzutage nicht viel Rat von den Alten annehmen. Fräulein Evelyn, jetzige Frau Cropper, hatte diese Idee mit London einmal im Kopf, und sie war immer die energischere von beiden. Sie hat es ja auch sehr gut mit Herrn Cropper getroffen, der regelmäßig Gast im Restaurant war.«

»Ja, da hatte sie Glück. Haben Sie eine Ahnung, wieso die beiden auf die Idee kamen, nach London zu gehen?«

»Ja, das ist merkwürdig, daß Sie mich das fragen, Herr, denn ich hab' es auch nie verstanden. Die Dame, bei der sie auf dem Lande in Stellung waren, die hat Fräulein Evelyn auf den Gedanken gebracht. Eines Tags gab es mit Bertha einen Verdruß, weil sie eine alte Teekanne zerbrochen hatte, die scheinbar sehr wertvoll war, und da kündigte ihr die Dame. ›Sie müssen gehen‹, sagte sie, ›aber ich gebe Ihnen ein gutes Zeugnis, da werden Sie bald wieder eine Stelle finden. Ihre Schwester wird wohl mit Ihnen gehen wollen, warum gehen Sie da nicht beide nach London? Dort können Sie viel mehr verdienen, und das Leben ist auch viel interessanter als hier‹, sagte sie. Und sie erzählte ihnen so viel von London, wie schön es dort sei und welch glänzende Stellungen es gebe, daß sie ganz versessen darauf wurden. Sie gab ihnen zum Schluß auch ein Geldgeschenk und benahm sich überhaupt sehr nobel.«

»Hm!« sagte Wimsey. »Die Teekanne schien ihr wohl sehr am Herzen gelegen zu haben. Zerschlug Bertha viel Geschirr?«

»Mir hat sie nie etwas zerbrochen, Herr. Aber dieses Fräulein Whittaker – so hieß sie – war eine von den eigensinnigen Damen, bei denen alles nach ihrem Kopf gehen muß. Fräulein Evelyn glaubte aber immer, daß etwas dahinterstecken muß, sie war die schlauere von beiden. Ich dachte, sie habe jemand anderen an die Stelle Berthas setzen wollen, und daher den ersten Vorwand benützt, um sie loszuwerden.«

»Schon möglich«, sagte Wimsey. »Ich vermute, Sergeant, man hat Evelyn Gotobed verständigt?«
»Natürlich, Mylord. Wir haben ihr sofort telegrafiert.«
»Schön. Lassen Sie es mich bitte sofort wissen, wenn Sie von ihr hören.«
»Wir sind ja immer in Kontakt mit Inspektor Parker, Mylord.«
»Gut. Also Charles, ich verlasse dich jetzt, ich muß eine Depesche abschicken. Oder willst du mit mir fahren?«
»Nein, danke. Deine Art zu fahren entspricht mir zu wenig den Vorschriften; als Polizist bin ich auf Seite des Gesetzes.«
»Auch gut. Auf Wiedersehen in der Stadt.«

7

»Nun«, sagte Wimsey, als Parker am selben Abend von Bunter hereingeleitet wurde, »bringst du was Neues?«
»Ja, ich habe eine neue Theorie für das Verbrechen, die deine in Grund und Boden bohrt. Ich habe auch Indizien dafür.«
»Welches Verbrechen meinst du?«
»Nun, das von Epping. Daß die alte Dawson überhaupt ermordet wurde, glaube ich nicht. Das ist nur so eine Idee von dir.«
»Schön. Und jetzt wirst du mir erzählen, daß Bertha Gotobed ein Opfer der Mädchenhändler geworden ist.«
»Wieso weißt du das?« fragte Parker etwas verdrießlich.
»Weil Scotland Yard zwei fixe Ideen hat, die immer auftauchen, wenn einem jungen Frauenzimmer etwas zustößt. Entweder sind es Mädchenhändler oder Opiumhöhlen – manchmal sogar beides. Du wirst jetzt sagen, es sei beides.«
»Das wollte ich tatsächlich. Es ist doch so oft der Fall, weißt du! Wir haben die Fünfpfundnote aufgespürt.«
»Das ist wichtig.«
»Ja, sie scheint mir der Schlüssel zu dem Ganzen zu sein. Es ist die Note einer Serie, die einer Frau Forrest aus der South-Audley-Straße ausgezahlt wurde. Ich war dort, um Erkundigungen einzuholen.«
»Hast du die Dame gesprochen?«

»Nein, sie war ausgegangen. Das, sagte man mir, sei sie meistens. Tatsächlich scheinen ihre Gepflogenheiten kostspielig, unregelmäßig und geheimnisvoll zu sein. Sie hat eine elegant möblierte Wohnung oberhalb eines Blumenladens.«

»Eine mit Bedienung?«

»Nein. Eine von den ganz ruhigen, wo man auch den Aufzug selbst in Gang setzt. Die Dame kommt nur gelegentlich, meistens abends, verbringt ein bis zwei Nächte dort und verschwindet wieder. Das Essen liefern Fortnum & Mason. Die Rechnungen werden prompt, entweder bar oder mit Scheck, bezahlt. Ungefähr um elf Uhr, wenn Frau Forrest gewöhnlich schon fort ist, kommt eine ältliche Putzfrau.«

»Sieht man die Dame nie?«

»Doch! Die Leute in der Wohnung unter ihr und die Verkäuferin im Blumenladen konnten mir eine leidliche Beschreibung von ihr geben. Groß, sehr aufgeputzt, trägt Schuhe mit straßbesetzten Haken — du kennst die Sorte —, Haar stark gebleicht, aufdringliches Parfüm, zu heller Puder, lackrot geschminkter Mund —«

»Großartig, wie du das beschreibst! Sehr sachverständig!«

»Fährt einen Viersitzer-Renault, dunkelgrün, Garage gleich um die Ecke. Habe mit dem Mann dort gesprochen: Der Wagen war in der Nacht des 27. ausgefahren. Fuhr um 11.30 weg, kam am nächsten Morgen, ungefähr acht Uhr, zurück.«

»Wieviel Benzin wurde verbraucht?«

»Wir haben es ausgerechnet: gerade genug für eine Fahrt nach Epping und zurück. Ferner erzählt die Putzfrau, daß an jenem Abend ein Souper für zwei stattfand, bei dem drei Flaschen Champagner getrunken wurden. Auch ist noch ein Schinken da.«

»Ein Bradenham-Schinken?«

»Wie soll die Putzfrau das wissen? Ich halte es aber für wahrscheinlich, da ich von Fortnum & Mason erfuhr, daß sie Frau Forrest vor ungefähr vierzehn Tagen einen Bradenham-Schinken lieferten.«

»Das dürfte entscheidend sein. Ich nehme an, du glaubst, Bertha Gotobed wurde von Frau Forrest zu dunklen Zwecken hingelockt, soupierte mit ihr —«

»Nein, ich glaube, ein Mann war dort.«

»Ja natürlich. Frau Forrest bringt die beiden zusammen und verläßt sie. Das arme Mädel wird gründlich betrunken gemacht — und dann passiert etwas.«

»Ja — ein Schock vielleicht oder ein Betäubungsmittel.«

»Und sie schaffen sie eilends weg und sind sie los. Das ist ganz gut möglich. Die Obduktion wird uns da wohl etwas sagen können. Ja, Bunter, was gibt's?«

»Telefon, Mylord, für Herrn Parker.«

»Entschuldige«, sagte Parker, »ich bat die Leute im Blumenladen, mich hier anzurufen, wenn Frau Forrest nach Hause kommt. Möchtest du mit mir hingehen, wenn sie dort ist?«

»Sehr gern.«

Parker kehrte mit der Miene unterdrückten Triumphs vom Telefon zurück.

»Sie ist eben in ihre Wohnung gegangen. Komm schnell! Wir nehmen ein Taxi, ich möchte sie nicht verfehlen.«

Die Wohnungstür wurde von Frau Forrest selbst geöffnet. Wimsey erkannte sie nach der Beschreibung sofort. Als sie Parkers Karte sah, ließ sie die beiden Herren ohne jeden Einwand eintreten und ging ihnen in einen rosa und blauen Salon voran, der offenbar von einer erstklassigen Firma eingerichtet worden war.

»Bitte, setzen Sie sich. Wollen Sie rauchen? Und Ihr Freund?«

»Mein Kollege, Herr Templeton«, sagte Parker schnell.

Frau Forrests etwas harte Augen schienen mit geübtem Blick den Unterschied zwischen Parkers fertig gekauftem Anzug und dem seines »Kollegen«, der die Arbeit eines erstklassigen Schneiders nicht verleugnen konnte, festzustellen, doch ließ sie sich außer einer erhöhten Verteidigungsbereitschaft nichts anmerken. Parker hatte ihren Blick bemerkt. »Sie taxiert uns berufsmäßig«, dachte er, »und ist sich nicht ganz klar, ob Wimsey ein empörter Bruder oder Gatte oder Ähnliches ist. Tut nichts. Sie soll sich nur den Kopf zerbrechen. Vielleicht bringen wir sie aus der Fassung.«

»Wir sind mit einer Untersuchung beschäftigt, gnädige Frau«, begann er mit strenger Förmlichkeit, »die sich auf gewisse Ereignisse des 26. vorigen Monats bezieht. Ich glaube, Sie waren damals in der Stadt?«

Frau Forrest zog die Augenbrauen zusammen und dachte angestrengt nach. Wimsey konstatierte, daß sie wohl nicht so jung sei, als ihr apfelgrünes Kleid sie erscheinen ließ. Sie mußte sich den Dreißigern nähern, ihre Augen waren reif und wissend.

»Ja, ich glaube. Ich war damals ein paar Tage in der Stadt. Womit kann ich Ihnen helfen?«

»Es handelt sich um eine gewisse Banknote, welche nachgewiesenermaßen in Ihrem Besitz war«, sagte Parker, »eine Fünfpfundnote mit der Nummer x/y 58929. Sie wurde Ihnen am 19. durch Lloyds Bank als Zahlung für einen Scheck ausgefolgt.«

»Schon möglich. Ich erinnere mich nicht an die Nummer, aber ich glaube, um diese Zeit einen Scheck einkassiert zu haben. Ich kann gleich in meinem Scheckbuch nachsehen.«

»Das ist nicht notwendig. Es würde uns aber sehr viel helfen, wenn Sie sich erinnern könnten, wem Sie die Note gezahlt haben.«

»Ah, ich verstehe. Nun, das ist recht schwierig. Ich zahlte damals meine Schneiderin – doch nein, das war mit Scheck. Die Garage habe ich bar bezahlt, und ich glaube, da war eine Fünfpfundnote darunter. Dann speiste ich mit einer Freundin bei Verry – das war die zweite Fünfpfundnote, erinnere ich mich, aber es war noch eine dritte. Ich hob fünfundzwanzig Pfund ab – drei Fünfer und zehn Einer. Wo ist nur der dritte Fünfer hingekommen? Ach natürlich, wie dumm von mir! Ich setzte ihn auf ein Pferd.«

»Durch einen Agenten?«

»Nein. Ich hatte eines Tags nichts Rechtes vor, also fuhr ich nach Newmarket. Ich setzte die fünf Pfund auf irgendeinen Cowboy oder Lulu oder Meridian, 50: 1. Natürlich gewann das elende Vieh nicht, das tun sie doch nie! Ein Mann im Zug hatte mir den Tip gegeben, schrieb mir den Namen auf, und ich reichte es beim erstbesten Buchmacher ein – einem komischen kleinen Kerl, mit einer heiseren Stimme, und – sah es niemals wieder.«

»Können Sie sich erinnern, welcher Tag das war?«

»Ich glaube, es war Samstag. Ja, bestimmt.«

»Ich danke Ihnen sehr, Frau Forrest. Es wird uns eine große Hilfe sein, wenn wir die Spur dieser Noten verfolgen können.

Eine von ihnen ist seither aufgetaucht — unter merkwürdigen Umständen.«

»Darf ich erfahren, welchen Umständen? Oder ist das Dienstgeheimnis?«

Parker zögerte. Es wäre besser gewesen, er hätte von Anfang an Frau Forrest unverblümt gefragt, wieso ihre Fünfpfundnote bei der toten Kellnerin in Epping gefunden wurde. Vielleicht wäre sie verblüfft und dadurch verwirrt worden. Nun hatte sie sich hinter dieser Renntipgeschichte verschanzt; eine Banknote, die einem unbekannten Buchmacher bei einem Rennen übergeben wurde, war fast unmöglich aufzuspüren. Bevor er etwas sagen konnte, mischte sich Wimsey mit hoher verdrießlicher Stimme, über die sein Freund ganz verdutzt war, zum erstenmal ins Gespräch.

»So kommen wir doch nicht ans Ziel«, klagte er. »Ich schere mich den Teufel um die dumme Banknote, und Sylvia bestimmt noch viel weniger.«

»Wer ist Sylvia?« fragte Frau Forrest, außerordentlich erstaunt.

»Wer ist Sylvia? Wer ist Sylvia?« wiederholte Wimsey. »Sylvia ist sehr aufgeregt, und der Arzt fürchtet, es kann ihrem Herzen schaden. Sylvia Lyndhurst ist meine Cousine, Frau Forrest, und was sie wissen will, was wir alle wissen wollen, ist, wer hier am Abend des 26. April mit Ihnen soupierte. Wer war es? Wer war es? Können Sie mir das sagen?«

Diesmal war Frau Forrest sichtlich betroffen. Sogar unter der dicken Puderschicht sah man Röte in ihre Wangen steigen und wieder schwinden, während ihre Augen mehr als Schrecken spiegelten — eine Art bösartige Wut vielmehr, wie eine Katze sie zeigt, die in die Enge getrieben wurde.

»Am 26.?« stammelte sie. »Ich kann mich nicht —«

»Ich muß es wissen!« rief Wimsey. »Und das Mädel, die Evelyn, behauptete es ganz bestimmt. Wer war es, Frau Forrest? Beantworten Sie mir das!«

»Es — es war niemand da«, brachte Frau Forrest schwer atmend hervor.

»Nun, nun, Frau Forrest, denken Sie mal nach«, sagte Parker, den Wink aufnehmend, »Sie werden uns doch nicht erzählen wollen, daß Sie allein drei Flaschen Veuve Clicquot und zwei

Soupers vertilgten.«
»Den Schinken nicht zu vergessen«, warf Wimsey wichtigtuerisch ein, »den Bradenham-Schinken, der von Fortnum & Mason heraufgeschickt wurde. Also, Frau Forrest —«
»Warten Sie einen Augenblick, nur einen Augenblick. Ich will Ihnen alles sagen.«
Die Hände der Frau umklammerten die rosa Seidenkissen. »Ich — möchten Sie so gut sein, mir etwas zum Trinken zu holen? Im Speisezimmer, da drinnen — auf dem Büfett.«
Wimsey stand rasch auf und verschwand im nächsten Zimmer. Er brauchte ziemlich lange, fand Parker. Frau Forrest lehnte sich zusammengesunken zurück, doch ihr Atem ging nun ruhiger, und sie schien sich zu sammeln. Denkt sich eine Geschichte aus, dachte er grimmig. Doch konnte er, ohne brutal zu werden, im Augenblick nicht mehr drängen.
Lord Peter schlug ziemlich viel Lärm hinter der Flügeltür. Gläser klirrten, und man hörte ihn herumtappen. Doch er kam bald darauf zurück.
»Verzeihen Sie, daß ich so lange brauchte«, sagte er und reichte Frau Forrest ein Glas Kognak mit Soda. »Ich konnte den Siphon nicht finden, obwohl er vor meiner Nase stand. Immer zerstreut, sagen meine Freunde. Dann verspritzte ich eine Menge Soda auf das Büfett. Nun? Fühlen Sie sich besser? Das ist recht. Vielleicht noch ein Gläschen, wie? Ach, Unsinn, das kann nicht schaden. Erlauben Sie, daß ich mir auch eins hole? Fühle mich auch nicht recht wohl. Aufregende, heikle Affäre, was?«
Er ging, das Glas in der Hand, wieder hinaus, während Parker unruhig auf seinem Stuhl herumrückte. Amateurdetektive waren manchmal etwas hinderlich. Diesmal brachte Wimsey vernünftigerweise gleich die Flaschen und drei Gläser auf einem Teebrett herein.
»Nun, nun«, sagte Wimsey, »jetzt, wo Sie sich wohler fühlen, werden Sie uns unsre Frage doch wohl beantworten können, Frau Forrest?«
»Darf ich zuerst wissen, welches Recht Sie haben, mich danach zu fragen?«
Parker warf einen erbitterten Blick auf seinen Freund. Das kam davon, wenn man den Leuten Zeit gab, zu überlegen.

»Recht?« platzte Wimsey heraus. »Recht? Natürlich haben wir ein Recht. Die Polizei hat das Recht, Fragen zu stellen, wenn etwas nicht in Ordnung ist. Hier handelt es sich um Mord! Recht – ha!«
»Mord?« Ein merkwürdig gespannter Ausdruck kam in ihre Augen. »In diesem Fall, fürchte ich, kann ich Ihnen nicht helfen«, sagte sie. »Am 26. soupierte wohl ein Freund mit mir, aber soviel ich weiß, ist er weder ermordet worden noch hat er jemand ermordet.«
»Es war also ein Mann?« fragte Parker.
Frau Forrest neigte den Kopf. »Ich lebe getrennt von meinem Mann«, murmelte sie.
»Ich bedaure, Sie dringend um Namen und Adresse dieses Herrn bitten zu müssen«, sagte Parker.
»Ist das nicht etwas viel verlangt? Vielleicht, wenn Sie mir weitere Einzelheiten mitteilen würden –«
»Ja«, fiel Wimsey wieder ein, »wenn wir nur sicher wüßten, daß es nicht Lyndhurst war. Meine Kusine ist ganz außer sich, sie hat total den Kopf verloren. Im Vertrauen gesagt, ist sie mit einem Revolver auf den armen Lyndhurst losgegangen. Zum Glück schießt sie so schlecht, daß diesmal ein Mord verhindert wurde. Und da dachten wir, da Lyndhurst tatsächlich bis zu diesem Häuserblock nachgespürt wurde, wenn Sie uns einen bestimmten Beweis geben könnten, daß er es nicht war, würde es sie beruhigen und ein Mord könnte verhindert werden.«
Frau Forrests Gesichtsausdruck milderte sich zu einem Lächeln.
»Ich glaube die Situation zu verstehen, Herr Templeton«, sagte sie, »und wenn ich Ihnen den Namen sage, nehme ich an, daß es im strengsten Vertrauen bleibt?«
»Selbstverständlich, selbstverständlich«, sagte Wimsey. »Das ist wirklich sehr nett von Ihnen!«
»Sie schwören, daß Sie nicht Spione meines Mannes sind?« fragte sie schnell. »Ich will mich von ihm scheiden lassen. Wie kann ich wissen, daß dies nicht eine Falle ist?«
»Gnädige Frau«, sagte Wimsey ernst, »ich schwöre Ihnen auf meine Ehre als Gentleman, daß ich nicht die leiseste Verbindung mit Ihrem Gemahl habe. Ich habe überhaupt noch nie von ihm gehört.«
Doch nun schüttelte sie den Kopf.

»Ich glaube«, sagte sie, »daß es Ihnen nicht viel nützen würde, wenn ich Ihnen den Namen sage. Wenn Sie ihn fragen, ob er hier war, wird er jedenfalls nein sagen, nicht wahr? Ich versichere Ihnen jedoch feierlich, Herr Templeton, daß ich nichts von Ihrem Freund, Herrn Lyndhurst, weiß —«
»Major Lyndhurst«, warf Wimsey kläglich ein.
»Und wenn Frau Lyndhurst sich damit nicht zufrieden gibt und zu mir kommen will, will ich mein möglichstes tun, sie davon zu überzeugen. Genügt das?«
»Danke sehr«, sagte Wimsey. »Mehr kann man wirklich nicht erwarten. Sie entschuldigen meine Erregung, nicht wahr? Ich bin ziemlich nervös veranlagt, und die ganze Sache war äußerst aufregend. Empfehle mich. Kommen Sie, Inspektor, es ist alles in Ordnung — Sie sehen ja, daß alles in Ordnung ist. Ich danke Ihnen nochmals tausendmal. Bitte, bemühen Sie sich nicht!«
Auf wohlerzogen dämliche Art weiterschwatzend, ging er durch das schmale Vorzimmer, von Parker in polizeilich steifer Haltung gefolgt. Kaum hatte sich jedoch die Wohnungstür hinter ihnen geschlossen, packte Wimsey seinen Freund am Arm und schob ihn in den Aufzug.
»Ich dachte, wir kämen nie los!« stieß er hervor. »Jetzt rasch — wie kommen wir zu der Hinterseite dieser Wohnungen?«
»Was suchst du auf der Hinterseite?« brummte Parker. »Stoß mich doch nicht so! Ich hätte dich zu der Arbeit überhaupt nicht mitnehmen dürfen, aber wenn ich es schon tue, hättest du wenigstens den Anstand haben können, dich still zu verhalten.«
»Stimmt«, sagte Wimsey heiter, »aber jetzt nur noch diese Kleinigkeit, dann kannst du deiner tugendhaften Entrüstung Luft machen. Hier um die Ecke, in dieses Hintergäßchen. So, da sind wir. Paß auf, ob jemand kommt!«
Er umklammerte eine Dachrinne und klomm mit der Behendigkeit eines Fassadenkletterers daran in die Höhe, bis er zu einem Fenster von Frau Forrests Wohnung kam. Hier machte er rasch etwas los und hielt es, während er vorsichtig wieder hinabglitt, von sich weg, als sei es zerbrechlich.
Zu seiner Verblüffung sah Parker, daß es eins der hochgestielten Gläser war, aus denen sie oben getrunken hatten.
»Ja, was um alles in der Welt —?« fragte Parker.
»Still! Ich bin Hawkshaw, der Detektiv, und sammle Finger-

abdrücke. Deshalb trug ich das Glas hinaus und brachte ein andres zurück. Das erste hängte ich beim Badezimmerfenster hinaus. Leider war nur mehr wenig auf der einzigen Zwirnspule, die ich fand; daher mußte ich diese Klettertour unternehmen. Gib acht, rühr das Glas nicht an!«

»Wozu, zum Teufel, brauchst du Fingerabdrücke?«

»Du bist wirklich ein dankbarer Geselle! Wir wissen doch nicht, ob Frau Forrest nicht jemand ist, den Scotland Yard seit Jahren sucht. Jedenfalls könntest du die Abdrücke mit denen auf der Bierflasche vergleichen, wenn dort welche sein sollten. Außerdem weiß man nie, wann einem Fingerabdrücke zustatten kommen können. Es ist immer gut, sie bei der Hand zu haben. Luft rein, ja? Sei so gut und rufe ein Taxi, ich kann mit dem Glas in der Hand nicht winken, das würde komisch aussehen. Übrigens – hör mal!«

»Nun?«

»Ich sah noch etwas. Das erstemal, als ich hinausging, warf ich einen Blick in ihr Schlafzimmer.«

»Ja?«

»Was, glaubst du, fand ich in der Waschtischlade?«

»Nun?«

»Eine Injektionsspritze!«

»Wirklich?«

»Ja, und eine unschuldige kleine Schachtel mit Ampullen und einem Rezept: ›Injektion für Frau Forrest. Nur bei heftigem Schmerz zu gebrauchen.‹ Was hältst du davon?«

»Das werde ich dir sagen, wenn wir den Befund von der Leichenuntersuchung haben«, sagte Parker, auf den die letzte Mitteilung sichtlich Eindruck gemacht hatte. »Du hast das Rezept nicht mitgenommen, was?«

»Nein, und ich habe der Dame auch nicht gesagt, wer wir sind und auf was wir aus sind. Aber die Adresse des Apothekers habe ich mir notiert.«

»Ja?« sagte Parker. »Gelegentlich, mein Junge, hast du doch 'ne Spur gesunden Detektivverstand.«

8

Brief von Fräulein Alexandra Katharina Climpson an Lord Peter Wimsey:

»Bellevue«,
Nelson-Allee,
Leahampton.

»Mein lieber Lord Peter! 12. Mai 1927.

Es war mir noch nicht möglich, alle gewünschten Informationen zu erhalten, da Fräulein Whittaker einige Wochen verreist war, um Hühnerfarmen zu besichtigen. Ich glaube, sie beabsichtigt ernstlich, eine solche mit Vera Findlater zu bewirtschaften, obwohl ich nicht recht begreife, was sie an diesem überschwenglichen und etwas albernen jungen Ding findet. Diese jedoch hat offenbar eine große Schwäche für Fräulein Whittaker, und für Schmeicheleien sind wir ja alle empfänglich.

Indessen hat mir Fräulein Murgatroyd, die mit dem alten Fräulein Dawson sehr befreundet war, einiges über deren Leben erzählt.

Bis vor fünf Jahren lebte Fräulein Dawson in Warwickshire mit ihrer Kusine, einem Fräulein Clara Whittaker, die väterlicherseits eine Großtante von Mary Whittaker ist. Diese Clara war offenbar ein ›Charakter‹, galt zu ihrer Zeit als höchst emanzipiert, da sie einige gute Heiratsanträge abgelehnt, sich das Haar kurzgeschnitten (!) und schließlich eine Pferdezucht begonnen hatte.

Agathe Dawson war mit ihr in die Schule gegangen, und die beiden waren sich sehr zugetan. Als Resultat dieser Freundschaft heiratete Agathens Schwester Harriet den Bruder Clara Whittakers, James. Da Agathe einer Heirat abgeneigt war, lebten die beiden Freundinnen miteinander in einem großen alten Haus mit riesigen Stallungen in Crofton, einem Dorf in Warwickshire. Clara Whittaker erwies sich als außerordentlich tüchtige Geschäftsfrau und verdiente an ihrer Pferdezucht sehr gut. Agathe kümmerte sich nur um Haushalt und Dienerschaft.

Als Clara starb, hinterließ sie ihr ganzes Geld in Hintansetzung ihrer eigenen Familie, mit der sie — der engherzigen Haltung wegen, die diese bezüglich der Pferdezucht eingenommen hatte — nicht zum Besten stand, ihrer Freundin Agathe. Ihr Neffe, Charles Whittacker, der Vater Marys, war äußerst erbost, daß er das Geld nicht bekam, obwohl er kein Recht hatte, sich darüber zu beklagen, denn er hatte den Zwist in durchaus unchristlicher Weise aufrechterhalten.

Er und seine Familie waren die einzigen Verwandten Fräulein Dawsons von der Whittaker-Seite, und als er und seine Frau bei einem Autounfall ums Leben kamen, forderte Fräulein Dawson Mary auf, ihre Pflegerinnenlaufbahn aufzugeben und zu ihr zu kommen. Sie ließ keinen Zweifel darüber, daß es ihre Absicht sei, Mary ihr Geld zu hinterlassen, wenn diese einer einsamen alten Frau ihren Lebensabend erheitern wolle.

Mary nahm an. Sie und ihre Tante — oder, besser gesagt, Großtante —, die das große Haus in Crofton nach Claras Tod aufgegeben hatte, kamen nach kurzem Aufenthalt in London nach Leahampton. Wie Sie wissen, litt die arme alte Dame schon damals an der schrecklichen Krankheit, der sie später erlag, so daß Mary nicht lange auf Clara Whittakers Geld zu warten hatte.

Ich hoffe, diese Mitteilungen werden Ihnen einigermaßen nützlich sein. Von der übrigen Familie wußte Fräulein Murgatroyd natürlich nichts, doch hatte sie immer gehört, daß es keine überlebenden Verwandten mehr gebe, weder auf der Whittaker- noch auf der Dawson-Seite.

Wenn Fräulein Whittaker zurückkehrt, hoffe ich, sie öfter zu sehen. Ich lege meine Abrechnung bis zum heutigen Tag bei und hoffe, sie wird Ihnen nicht zu verschwenderisch erscheinen.

Womit ich verbleibe Ihre ergebene

Alexandra Katharina Climpson.«

»P. S. Ich vergaß zu erwähnen, daß Fräulein Whittaker ein kleines Auto hat. Ich kenne mich in diesen Dingen natürlich nicht aus, aber Frau Budges Dienstmädchen erzählte mir, daß Fräulein Whittakers Mädchen ihr sagte, es sei ein Austin 7 (ist das richtig?). Es ist grau und hat die Nummer XX 9917.«

Inspektor Parker wurde gemeldet, als Lord Peter eben dieses Dokument zu Ende gelesen hatte und sich müde in eine Ecke des Sofas zurücklehnte.
»Was gibt's Neues?« fragte er und warf ihm den Brief hin. »Weißt du, ich fange an zu glauben, daß du mit der Bertha-Gotobed-Affäre recht hattest, und fühle mich recht erleichtert. Ich glaube aus mannigfachen Gründen nicht ein Wort von Frau Forrests Geschichte und hoffe jetzt, daß die Beseitigung Berthas ein reiner Zufall war und mit meiner Annonce nichts zu tun hatte.«
»Wirklich?« fragte Parker bitter und goß sich einen Whisky mit Soda ein. »Na, ich hoffe, es wird dich freuen zu hören, daß bei der Untersuchung der Leiche nicht das leiseste Anzeichen gefunden wurde, daß es nicht mit rechten Dingen zuging. Keine Spur von Gewalt oder Gift. Es scheint schon längere Zeit Herzschwäche bestanden zu haben, und das Urteil ist: Herzschlag nach einer schweren Mahlzeit.«
»Das regt mich nicht auf«, sagte Wimsey. »Wir tippten ja auf Schock, wie du weißt. Liebenswürdiger Herr, dem man in der Wohnung der freundlichen Dame vorgestellt wurde, benimmt sich nach Tisch plötzlich komisch und macht unsittliche Anträge. Tugendhaftes Mädchen erschrickt heftig. Schwaches Herz versagt. Kollaps. Schluß. Große Erregung des liebenswürdigen Herrn und der freundlichen Dame, die nicht wissen, was mit der Leiche beginnen. Glücklicher Einfall: Auto, Wald von Epping; alle ab, singend und sich die Hände waschend. Wo steckt da die Schwierigkeit?«
»Es zu beweisen, ist die Schwierigkeit. Übrigens, auf der Flasche waren keine Fingerabdrücke, nur Flecke.«
»Handschuhe, vermutlich. Was jedenfalls nach Absicht aussieht. Auf einem gewöhnlichen Ausflug zieht man keine Handschuhe an, um eine Bierflasche zu öffnen.«
»Ich weiß. Aber wir können nicht alle Leute verhaften, die Handschuhe tragen.«
»Ich gebe zu, daß es schwierig ist, aber wir sind ja erst am Anfang. Was ist's mit den Injektionen?«
»Vollkommen in Ordnung. Wir haben den Apotheker sowie den Arzt befragt. Frau Forrest leidet an heftigen neuralgischen Schmerzen, und die Injektionen wurden ihr verordnet. Es ist

eine sehr leichte Dosis und könnte unmöglich tödlich wirken. Habe ich dir nicht außerdem gesagt, daß sich keine Spur von Morphium oder einem anderen Gift in der Leiche fand?«

»Na schön«, sagte Wimsey und blickte eine Weile nachdenklich ins Feuer.

»Ich sehe, der Fall verschwindet nach und nach aus den Zeitungen«, begann er plötzlich.

»Ja. Das Resultat der Unternehmung wurde ihnen mitgeteilt, und morgen wird ein Artikel erscheinen, daß es ein natürlicher Tod war und damit basta.«

»Schön. Je weniger Aufhebens davon gemacht wird, desto besser. Hat man von der Schwester in Kanada gehört?«

»Ah, das habe ich vergessen! Vor drei Tagen erhielten wir ein Telegramm. Sie kommt herüber.«

»Tatsächlich? Mit welchem Schiff?«

»Dem *Stern von Quebec* – nächsten Freitag.«

»Hm. Holst du sie ab?«

»Nein! Warum?«

»Ich finde, jemand sollte hingehen. Ich bin ja beruhigt – aber doch nicht ganz zufrieden. Ich glaube, ich werde selbst hingehen, wenn du nichts dagegen hast. Ich muß diese Dawson-Geschichte herausbekommen – und diesmal will ich sicher sein, daß die Person keinen Herzschlag bekommt, ehe ich sie ausfrage.«

»Ich finde, du übertreibst gewaltig, Peter!«

»Besser bewahrt als beklagt«, entgegnete Seine Lordschaft. »Trink doch noch einen! Übrigens, was hältst du von Fräulein Climpsons letztem Brief?«

»Ich finde nichts Besonderes darin.«

»Nicht?«

»Er ist ein bißchen verworren, aber es scheint alles in Ordnung zu sein.«

»Ja. Das einzige, was wir jetzt wissen, ist, daß Mary Whittakers Vater erbost war, daß Fräulein Dawson das Geld seiner Tante erbte, und fand, es hätte ihm gehört.«

»Na, du verdächtigst ihn doch wohl nicht, Fräulein Dawson ermordet zu haben? Er ist vor ihr gestorben, und seine Tochter bekam ohnehin das Geld.«

»Ja, gewiß. Aber nimm an, Fräulein Dawson hätte es sich anders überlegt? Vielleicht hatte sie sich mit Mary Whittaker

zerstritten und wünschte ihr Geld jemand anderem zu hinterlassen.«
»Ah, ich verstehe – und wurde aus dem Wege geräumt, ehe sie ein Testament machen konnte?«
»Wäre das nicht möglich?«
»Gewiß. Außer, daß alles dafür spricht, daß Testamentmachen ungefähr das letzte war, zu dem sie überredet werden konnte.«
»Richtig – solange sie auf gutem Fuß mit Mary stand. Aber wie war's mit jenem Morgen, den die Philliter erwähnte, an dem sie sagte, alle versuchten sie vor ihrer Zeit umzubringen? Mary mag wirklich ungeduldig geworden sein, daß sie so unendlich lange im Sterben lag. Wenn Fräulein Dawson das merkte, hätte sie es ihr sicher sehr übelgenommen und vielleicht die Absicht ausgesprochen, ein Testament zugunsten von jemand anderm zu machen – als eine Art Versicherung gegen vorzeitiges Ableben!«
»Warum schickte sie dann nicht um ihren Rechtsanwalt?«
»Vielleicht versuchte sie es. Aber schließlich war sie bettlägerig und hilflos. Mary hatte vielleicht verhindert, daß die Botschaft abgesandt wurde.«
»Das klingt ganz plausibel.«
»Nicht wahr? Daher brauche ich Evelyn Croppers Aussage. Ich bin vollkommen überzeugt, daß diese Mädchen fortgeschickt wurden, weil sie mehr als nötig gehört hatten. Woher sonst diese Begeisterung für London, die ihnen suggeriert wurde?«
»Ja. Auch ich fand diesen Teil von Frau Gullivers Erzählung ein wenig sonderbar. Übrigens, was ist mit der zweiten Pflegerin?«
»Mit der Forbes? Gute Idee. Die hatte ich fast vergessen. Glaubst du, sie finden zu können?«
»Natürlich, wenn du es für wichtig hältst.«
»Und ob! Für verdammt wichtig. Hör mal, Charles, du scheinst nicht sehr begeistert von diesem Fall!«
»Weißt du, ich bin gar nicht sicher, ob es überhaupt ein Fall ist. Wieso bist du so furchtbar erpicht darauf? Du bist ja förmlich versessen, einen Mord daraus zu machen, wo wir doch so gut wie gar keine Anhaltspunkte dafür haben. Warum?«
Lord Peter stand auf und ging mit großen Schritten im Zimmer auf und ab.

»Warum?« wiederholte er. »Weil ich glaube, daß dies der Fall ist, den ich immer gesucht habe. Der Fall der Fälle. Der Mord ohne erkennbare Mordwerkzeuge, Motive oder Anhaltspunkte. Die Norm. Alle diese hier« – er wies auf den Bücherkasten –, »alle diese Bücher handeln von Verbrechen. Doch sie behandeln nur abnorme Verbrechen.«

»Was meinst du mit abnormen Verbrechen?«

»Die Fehlschläge. Die Verbrechen, die entdeckt wurden. In welchem Verhältnis, glaubst du, stehen sie zu den erfolgreichen, von denen wir nie etwas erfahren?«

»In unserem Vaterland«, sagte Parker etwas steif, »bringen wir es immerhin zuwege, die Mehrzahl der Verbrecher aufzuspüren und zu verurteilen –«

»Ja, mein Guter, ich weiß, daß, wo es bekannt wird, daß ein Verbrechen begangen wurde, ihr den Täter in wenigstens sechzig von hundert Fällen erwischt. Aber in dem Augenblick, wo ein Verbrechen auch nur vermutet wird, fällt es ipse facto in die Kategorie der Fehlschläge. Danach ist es nur eine Frage größerer oder geringerer Tüchtigkeit seitens der Polizei. Aber was ist mit den Verbrechen, die nicht einmal geargwöhnt wurden?«

Parker zuckte die Achseln. »Wie kann das ein Mensch beantworten?«

»Man kann es nur vermuten. Wenn man alle die Bücher hier läse, käme man zu dem Schluß, daß Mord immer fehlschlägt. Aber du lieber Gott, es sind die Fehlschläge, die den Lärm machen. Erfolgreiche Mörder veröffentlichen doch nichts darüber. Glückliche Mörder schweigen ebenso wie glückliche Frauen, die es auch nicht in die Welt schreien, wie gut ihre Ehe ist. Und wahrscheinlich stehen die Erfolgreichen in demselben Verhältnis zu den Fehlschlägen, wie die guten Ehen zu den geschiedenen.«

»Überschätzt du das nicht ein wenig?«

»Ich weiß es nicht. Niemand weiß es. Das eben ist das Teuflische. Aber frag mal irgendeinen Arzt, wenn er zufällig aufgeknöpfter Laune ist, ob er nicht schon öfters einen düsteren Verdacht hegte? An unserem Freund Carr sehen wir doch, was geschieht, wenn ein Arzt ein wenig mehr Mut hat als die übrigen.«

»Nun, er konnte ja nichts beweisen.«

»Ich weiß. Aber das bedeutet nicht, daß es nichts zu beweisen gibt. Denk an die Dutzende und Dutzende von Morden, bei denen nicht der leiseste Verdacht auf Mord bestand, bis der Esel von einem Mörder zu weit ging und etwas Dummes anstellte, das alles verriet. Wie zum Beispiel Palmer, der Frau, Bruder, Schwiegermutter und verschiedene illegitime Kinder in Frieden beiseiteräumte – bis er den Fehler beging, auch die Köchin auffallenderweise um die Ecke zu bringen! Denk an George Joseph Smith – da hat sich auch niemand um seine ersten zwei Bräute geschert, die er ertränkte! Erst als er es zum drittenmal tat, erregte es Verdacht. Und so könnte ich dir noch viele nennen –«

»Aber sie wurden schließlich doch erwischt.«

»Ja, weil sie Dummheiten begingen. Wenn einer jemanden vergiftet, der früher kerngesund war, oder an dem Tag, nachdem ein Testament zu seinen Gunsten gemacht wurde, den Erblasser umbringt und dergleichen mehr, wird er natürlich erwischt. Aber wenn er es nicht zu auffällig und auf eine Art macht, die nach Unfall oder natürlichem Tod aussieht, es auch nicht allzuoft wiederholt, läuft er gar keine Gefahr. Ich möchte schwören, daß nicht alle Herzkrankheiten und gastrischen Entzündungen, die im Totenschein stehen, allein das Werk der Natur sind. Mord ist so leicht, Charles, so verdammt leicht – sogar ohne besondere Ausbildung.«

Parker sah betroffen aus.

»Du magst recht haben. Ich selbst habe schon merkwürdige Geschichten gehört. Aber Fräulein Dawson –«

»Fräulein Dawson hat mich verzaubert. Welch ein wundervolles Objekt! So alt und krank, dem Sterben nahe. Keine Verwandten, die Fragen stellen könnten. Keine guten Freunde in der Nachbarschaft. Und so reich! Auf mein Wort, Charles, ich liege oft im Bett und denke über Mittel und Wege nach, Fräulein Dawson zu ermorden.«

»Nun, bevor dir nicht etwas einfällt, das der Untersuchung standhält und kein Motiv braucht, solange hast du nicht das Richtige gefunden«, sagte Parker, dem diese ungemütliche Unterhaltung auf die Nerven ging.

»Das gebe ich zu«, erwiderte Lord Peter, »aber das beweist nur, daß ich bloß ein drittklassiger Mörder wäre.«

9

»Hallo, hallo? Spricht dort Dr. Carr? Hier Lord Peter Wimsey ... Ja ... Durchaus nicht ... Wir sind im Begriff, Sie zu rechtfertigen und mit Triumphgirlanden zu bekränzen ... Nein, wirklich ... Wir sind zu dem Schluß gekommen, daß die Sache ernst ist ... Ja ... Ich brauche die Adresse der Pflegerin Forbes ... Ja, danke ... Hallo, noch eins, sie übernimmt keine Wöchnerinnenpflege, wie? ... Nein? Danke tausendmal. Adieu!«

Lord Peter hängte auf, pfiff eine fröhliche Melodie, zog nach einer Besprechung mit Bunter den für seine Mission passendsten Anzug an und fuhr nach Tooting, zur Pflegerin Forbes.

Diese bedauerte unendlich; sie hätte Herrn Simms-Gaythorpe gern den Gefallen getan, aber Wöchnerinnenpflege übernehme sie nie. Wer ihn so falsch informiert habe?

»Ja«, sagte Herr Simms-Gaythorpe mit einem etwas dämlichen Lachen, »eigentlich wurde ich ja nicht falsch informiert, aber Fräulein Murgatroyd – Sie kennen ja Fräulein Murgatroyd aus Leahampton? – sagte, Sie seien eine so reizende Person – entschuldigen Sie meine Offenheit – und da dachte ich, ich wollte es doch versuchen, Sie für meine Frau zu gewinnen. In solchen kritischen Zeiten ist es angenehm, jemand Jungen und Heiteren um sich zu haben, meine Frau ist natürlich ängstlich, das erstemal, Sie verstehen –?«

Die Pflegerin Forbes, ein knochiges Frauenzimmer so um die Vierzig, bedauerte noch mehr, dem liebenswürdigen Herrn nicht dienen zu können.

»Es war sehr freundlich von Fräulein Murgatroyd. Kennen Sie sie gut? Eine entzückende Person, nicht?«

Lord Peter stimmte zu.

»Fräulein Murgatroyd hatte einen so guten Eindruck von der Art, wie Sie das arme alte Fräulein Dawson pflegten. War eine entfernte Verwandte von mir, Kusine zehnten Grades oder so ähnlich. Ein bißchen exzentrisch, wie die ganze Familie, aber sonst eine reizende alte Dame, nicht wahr?«

»Ich gewann sie sehr lieb«, sagte die Pflegerin. »Solange sie noch völlig bei Verstand war, war sie eine sehr angenehme und rücksichtsvolle Patientin. Da sie große Schmerzen hatte, bekam sie natürlich viel Morphium.«

»Ach ja, die arme Seele! Ich denke manchmal, es ist wirklich jammerschade, daß es nicht erlaubt ist, bei Schwerkranken ein wenig nachzuhelfen, sozusagen; sie sind doch eigentlich so gut wie gestorben, warum läßt man sie nur noch länger leiden?«
Die Pflegerin sah ihn scharf an.
»Das ginge wohl nicht an«, sagte sie, »obwohl der Standpunkt des Laien verständlich ist. Dr. Carr war nicht Ihrer Meinung«, fügte sie eisig hinzu.
»Ich fand den ganzen Wirbel einfach empörend«, sagte der liebenswürdige Herr. »Ich sagte damals meiner Frau, warum ließ man die arme Alte nicht in Frieden in ihrem Grab, wo es doch klar war, daß sie auf die natürlichste Art von ihren Leiden erlöst wurde.«
»Es war allen sehr peinlich, und mich versetzte es in eine sehr unangenehme Lage. Ich sollte ja nicht darüber reden, Herr Simms-Gaythorpe, aber da Sie zur Familie gehören —«
»Natürlich, natürlich. Ist Ihnen übrigens nie die Idee gekommen«, Herr Simms-Gaythorpe beugte sich vertraulich vor, »daß da etwas dahinterstecken könnte?«
Die Pflegerin preßte die Lippen aufeinander.
»Wissen Sie«, fuhr der Herr fort, »es hat schon Fälle gegeben, daß Ärzte reiche alte Damen zur Abfassung eines Testamentes zu ihren Gunsten zu bewegen versuchten. Meinen Sie nicht —?«
Die Pflegerin gab zu verstehen, daß sie nichts zu meinen habe.
»Nein, natürlich nicht, gewiß nicht. Aber im Vertrauen gesagt, meine Kusine Mary — ich nenne sie so, aber sie ist gar nicht verwandt mit mir — ist natürlich ein riesig nettes Mädchen, aber ich bildete mir ein, sie war nicht gerade erpicht darauf, den Anwaltonkel holen zu lassen, wie?«
»Oh, Herr Simms-Gaythorpe, da irren Sie aber bestimmt! Fräulein Whittaker war im Gegenteil sehr besorgt, daß ihre Tante in dieser Beziehung nur ja jede Möglichkeit habe. Tatsächlich sagte Sie mir einmal: ›Wenn Fräulein Dawson je den Wunsch äußern sollte, einen Rechtsanwalt zu sprechen, schicken Sie augenblicklich um ihn.‹ Das tat ich denn auch natürlich.«
»Ja? Und kam er nicht?«
»Freilich kam er. Es war keine Schwierigkeit dabei.«

»Also! Das zeigt wieder, wie sich manche von diesen Schwätzerinnen irren können! Ich bin ganz sicher, daß Frau Peasgood sagte, kein Rechtsanwalt sei geholt worden.«
»Ich weiß nicht, wieso Frau Peasgood davon hätte etwas wissen sollen«, sagte die Pflegerin geringschätzig, »ihre Erlaubnis wurde jedenfalls nicht eingeholt.«
»Gewiß nicht – es wird eben soviel geredet! Aber, sagen Sie mal, wenn ein Testament da war, warum wurde es nicht vorgelegt?«
»Das habe ich nicht gesagt, Herr Simms-Gaythorpe. Es gab kein Testament. Der Rechtsanwalt kam, um eine General-Vollmacht auszustellen, damit Fräulein Whittaker Schecks unterzeichnen und dergleichen für ihre Tante besorgen konnte. Das war sehr notwendig, wissen Sie, da die Geisteskräfte der alten Dame stark nachließen.«
»Ja – gegen das Ende war sie wohl ziemlich verwirrt.«
»Als ich sie im September von der Pflegerin Philliter übernahm, war sie noch ganz vernünftig, bis auf diese eine Idee vom Vergiftetwerden.«
»Fürchtete sie das wirklich?«
»Sie sagte mir ein- oder zweimal: ›Ich werde niemandem zuliebe sterben, Schwester.‹ Sie hatte großes Vertrauen zu mir und kam besser mit mir aus als mit Fräulein Whittaker, um die Wahrheit zu sagen, Herr Simms-Gaythorpe. Doch im Oktober begann sie geistig sehr nachzulassen und redete oft wirr.«
»In den letzten Wochen hätte sie also kaum mehr ein Testament machen können, auch wenn sie es gewollt hätte?«
»Nein, ich glaube, da hätte sie es nicht mehr zustande gebracht.«
»Aber früher, damals als der Rechtsanwalt dort war, hätte sie es noch können?«
»Ja, gewiß.«
»Aber sie tat es nicht?«
»Ach nein. Ich war auf ihren ausdrücklichen Wunsch die ganze Zeit bei ihr.«
»Aha! Nur Sie und Fräulein Whittaker.«
»Nicht einmal Fräulein Whittaker die meiste Zeit. Ich sehe, was Sie meinen, Herr Simms-Gaythorpe, aber Sie sollten jeden unfreundlichen Gedanken in bezug auf Fräulein Whittaker auf-

geben. Der Rechtsanwalt war beinahe eine Stunde mit Fräulein Dawson und mir allein, während der Schreiber im Nebenzimmer die nötigen Papiere ausfertigte. Es wurde damals alles erledigt, weil ein zweiter Besuch des Rechtsanwalts zu anstrengend für Fräulein Dawson gewesen wäre. Fräulein Whittaker kam erst ganz zum Schluß herein. Hätte Fräulein Dawson gewünscht, ein Testament zu machen, so hatte sie reichlich Gelegenheit dazu.«

»Das freut mich zu hören«, sagte Herr Simms-Gaythorpe und erhob sich, um zu gehen. »Diese kleinen Zweifel bringen unangenehme Stimmungen in Familien hervor, wissen Sie! Doch jetzt muß ich gehen. Tut mir furchtbar leid, daß Sie nicht zu uns kommen können, meine Frau wird sehr enttäuscht sein! Ich muß mich eben bemühen, jemand ebenso Reizenden zu finden. Adieu.«

Im Wagen kratzte sich Lord Peter nachdenklich den Kopf.

»Wieder eine Annahme zunichte geworden«, murmelte er. — »Nun, ich habe noch zwei Pfeile im Köcher. Erstens Evelyn Cropper und dann Crofton in Narwickshire — auf dieser Linie heißt es weitergehen, sollte ich meinen.«

10

»Ach, Fräulein Evelyn, mein armes, liebes Fräulein Evelyn!«

Die schwarzgekleidete junge Frau fuhr herum.

»Oh, Frau Gulliver — wie lieb von Ihnen, mich abzuholen!«

»Und ich bin froh, daß diese beiden Herren so gut waren, mir dies zu ermöglichen«, rief die gute Gulliver und umarmte die junge Frau stürmisch. Der ältere der beiden erwähnten Herren zog die zwei sanft aus dem Strom der Reisenden, der sich über die Laufbrücke ergoß.

»Armes Kind«, klagte Frau Gulliver, »die ganze weite Reise allein zu machen, während die arme liebe Bertha hier im Grab liegt und so schreckliche Dinge erzählt werden, wo sie immer so ein braves Ding war!«

»Ich hatte keine Ruhe, ich sagte zu meinem Mann: ›Ich muß hinüber‹, und da er die Farm nicht verlassen konnte, ließ er

mich allein fahren.«
»Der liebe Herr Cropper, er war immer so gut!« sagte Frau Gulliver. »Doch ich vergesse ganz die beiden Herren, die mich hergebracht haben, um Sie abzuholen. Dies ist Lord Peter Wimsey, und dies Herr Murbles, der die unglückselige Annonce in die Zeitung gesetzt hat, mit der alles angefangen hat. Hätte ich sie nur nie Ihrer armen Schwester gezeigt! Obwohl ich überzeugt bin, der Herr hatte nur die besten Absichten, jetzt, wo ich ihn gesehen habe, nachdem ich ihn vorher im schlimmsten Verdacht hatte.«
»Freut mich, Sie kennenzulernen«, sagte Frau Cropper, sich mit der Gewandtheit, die sie durch die Arbeit in einem großen Restaurant erworben hatte, an ihn wendend. »Knapp vor meiner Abreise bekam ich noch einen Brief von meiner armen Schwester, mit Ihrer Annonce. Ich werde nicht klug daraus und möchte gern diese schreckliche Sache aufgeklärt wissen. Was sagt die Polizei – war es ein Mord?«
»Bei der Leichenbeschau wurde es als natürlicher Tod erklärt«, erwiderte Herr Murbles, »doch wir glauben, daß der Fall einige Widersprüche enthält, und wären Ihnen sehr dankbar für Ihre Hilfe bei unseren Nachforschungen und bei einer anderen Sache, die vielleicht auch in Beziehung dazu steht!«
»Gern«, sagte Frau Cropper. »Ich sage Ihnen gern, was ich weiß, wenn es auch nicht viel ist, denn alles ist mir ein schreckliches Rätsel. Nur dürfen Sie mich nicht lange aufhalten, denn ich will so schnell als möglich zu Mutter fahren. Sie muß ja in einem furchtbaren Zustand sein, sie hing so an Bertha, und sie ist ganz allein!«
»Wir werden Sie gar nicht aufhalten, Frau Cropper«, sagte Herr Murbles. »Wir schlagen Ihnen vor, wenn Sie es gestatten, Sie nach London zu begleiten und auf der Fahrt einige Fragen an Sie zu richten, und dann möchten wir Sie – gleichfalls mit Ihrer Erlaubnis – bis zu Ihrer Mutter bringen, wo immer sie lebt.«
»In Christchurch bei Bournemouth«, sagte Lord Peter. »Ich führe Sie mit dem Wagen direkt hin, wenn Sie wollen, das erspart viel Zeit.«
»Ja, sollen wir nicht weitergehen, sonst versäumen wir den Zug?«

»Ganz recht«, sagte Herr Murbles. »Darf ich Ihnen meinen Arm anbieten?«
Die Gesellschaft begab sich, nach den üblichen Ausschiffungsformalitäten, auf den Weg zum Bahnhof. Als sie die Schranken zum Bahnsteig passierten, stieß Frau Cropper einen kleinen Schrei aus und beugte sich vor, als habe etwas ihre Aufmerksamkeit erregt.
»Was gibt's, Frau Cropper?« sagte Lord Peter. »Glauben Sie, jemanden zu erkennen?«
»Sie bemerken wirklich alles«, erwiderte Frau Cropper. »Sie würden einen guten Kellner abgeben — bitte, das soll keine Beleidigung sein, sondern ein wirkliches Kompliment, von einer, die es versteht. Ja, ich glaubte tatsächlich jemanden zu erkennen, aber das kann nicht sein, denn im Augenblick, wo sie meinem Blick begegnete, drehte sie sich um.«
»Wer, glauben Sie, war es?«
»Es kam mir vor, als wäre es Fräulein Whittaker, bei der Bertha und ich früher dienten.«
»Wo war sie?«
»Dort drüben bei der Säule, eine große, brünette Dame mit rotem Hut und grauem Pelz. Aber sie ist schon fort.«
»Entschuldigen Sie.« Lord Peter machte sich von Frau Gulliver los, hängte sie Herrn Murbles an den freien Arm und verschwand in der Menge. Herr Murbles, den dieses sonderbare Benehmen nicht im geringsten störte, führte die beiden Frauen in ein leeres Abteil erster Klasse, an dem ein großer Zettel hing mit der Aufschrift: »Reserviert für Lord Peter Wimsey und seine Gesellschaft.« Frau Cropper erhob irgendeinen Einwand ihrer Fahrkarte wegen, aber Herr Murbles erwiderte nur, daß alles in Ordnung sei; sie hätten nur für völlige Ungestörtheit gesorgt.
»Ihr Freund ist nicht mitgekommen, scheint mir?« fragte Frau Cropper, als sich der Zug in Bewegung setzte.
»Das würde ihm nicht ähnlich sehen«, erwiderte Herr Murbles und entfaltete in aller Ruhe ein paar Reisedecken.
Lord Peter ließ sich jedoch eine Viertelstunde lang nicht blicken, dann streckte er plötzlich mit einem liebenswürdigen Lächeln den Kopf herein und sagte:
»Ich bin den ganzen Zug abgegangen, habe aber keine Frau

gesehen, auf die Ihre Beschreibung paßt. Ich habe Bunter noch auf dem Bahnhof auf die Spur gesetzt. Und nun, Frau Cropper, zur Sache! Vor allem wären wir Ihnen dankbar, wenn Sie uns irgendeinen Wink bezüglich des Todes Ihrer Schwester geben könnten. Wir möchten Sie nicht unnötig aufregen, doch wir haben den Eindruck, daß etwas dahinter steckt.«

»Ich möchte nur eines sagen, Mylord, Bertha war wirklich ein braves Mädel, dafür kann ich mich verbürgen. Sie hätte sich nie mit ihrem jungen Mann umhergetrieben. Ich weiß, die Leute haben alles mögliche getratscht, aber Bertha hätte nie etwas Unrechtes getan. Das wollte ich Ihnen nur sagen.«

»Wir glauben so etwas auch gar nicht, Frau Cropper. Aber halten Sie es für möglich, daß sich Ihre Schwester von irgendeiner Frau, die mit einer glaubwürdigen Geschichte daherkam, hätte einfangen lassen und von ihr in – nun – in eine Situation gebracht wurde, die sie dann heftig erschreckte? War sie vorsichtig und den raffinierten Londonern gewachsen?«

Und er erzählte in großen Umrissen Parkers Theorie von der einnehmenden Frau Forrest und dem vermutlichen Souper bei ihr.

»Nun, Mylord, ich möchte nicht gerade sagen, daß Bertha sehr scharfsinnig war. Sie war immer bereit, alles zu glauben, was man ihr erzählte, und glaubte von allen Menschen nur das Beste. Nicht so wie ich, ich traue niemandem über den Weg. Aber ich hatte sie eindringlich gewarnt, sich nicht mit Frauen einzulassen, die sie auf der Straße ansprächen. Also hätte sie auf der Hut sein müssen.«

»Natürlich konnte es auch jemand sein, den sie schon ganz gut kannte – sagen wir, aus dem Restaurant, eine Dame, die sie für vertrauenswürdig genug hielt, um sie zu besuchen, oder die ihr einen guten Posten angeboten hatte. Man kann es nicht wissen.«

»Ich glaube, sie hätte es in ihren Briefen erwähnt, wenn sie mit jemandem besser bekannt geworden wäre. Sie erzählte mir immer soviel über die Gäste. Und ich glaube nicht, daß sie wieder in Dienst gegangen wäre. Davon hatten wir genug, nach Leahampton!«

»Ach ja. Das bringt uns zu dieser andern Geschichte, über die ich Sie oder Ihre Schwester befragen wollte, bevor das traurige

Ereignis stattfand. Sie waren in Stellung bei Fräulein Whittaker, wie Sie eben erwähnten. Können Sie uns genau sagen, warum Sie eigentlich fortgingen? Es war doch eine gute Stelle, nicht?«

»Ja, Mylord, eine ziemlich gute, obwohl man natürlich viel weniger Freiheit hatte, als wenn man in einem Restaurant angestellt ist. Und natürlich ließ sich die alte Dame sehr viel bedienen. Nicht, als ob uns das etwas gemacht hätte, sie war sehr lieb und gut und auch sehr freigebig.«

»Und als sie erkrankte, hat Fräulein Whittaker wohl alles geleitet?«

»Ja, Mylord. Aber es war keine schwere Stelle – eine Menge Mädchen beneideten uns. Nur war Fräulein Whittaker sehr heikel.«

»Besonders was das Porzellan betraf, wie?«

»Das hat man Ihnen also erzählt?«

»Ich erzählte es, liebes Kind«, warf Frau Gulliver ein, »ich erzählte ihnen alles, wieso ihr eure Stelle aufgabt und nach London kamt.«

»Und wir fanden«, sagte Herr Murbles, »daß es, sagen wir, etwas voreilig von Fräulein Whittaker war, zwei so tüchtige, nette und brave Mädchen unter einem so nichtigen Vorwand zu entlassen.«

»Da haben Sie recht, Herr. Bertha – ich sagte Ihnen, sie war die vertrauensselige – war sofort bereit zu glauben, daß sie im Unrecht war, und meinte, es sei sehr nett von Fräulein Whittaker, ihr die zerbrochene Teekanne zu verzeihen und soviel Interesse daran zu nehmen, daß wir nach London gingen. Ich aber dachte, da stecke mehr dahinter, nicht wahr, Frau Gulliver?«

»Jawohl, das waren Ihre Worte. Und ich gab Ihnen recht.«

»Und brachten Sie diese plötzliche Entlassung«, fuhr Herr Murbles fort, »mit etwas, das vorgefallen war, in Verbindung?«

»Ja, das tat ich«, sagte Frau Cropper lebhaft. »Ich sagte zu Bertha – doch sie wollte nichts davon hören –, ich sagte: ›Paß auf, Fräulein Whittaker mag uns nicht mehr im Haus haben, nach dem Krach, den sie mit der alten Dame hatte.‹«

»Und was für ein Krach war das?« fragte Herr Murbles.

»Ja, ich weiß nicht, ob ich Ihnen das sagen darf, es ist doch alles vorüber, und wir versprachen, es nicht weiterzuerzählen.«

»Das hängt natürlich von Ihrem eigenen Gewissen ab«, sagte Herr Murbles, Wimsey zurückhaltend, der ungestüm einfallen wollte. »Wenn es Ihnen jedoch Ihren Entschluß erleichtert, kann ich Ihnen, im strengsten Vertrauen, sagen, daß Ihre Mitteilungen von äußerster Wichtigkeit sind bei der Untersuchung sehr merkwürdiger Umstände, auf die wir aufmerksam gemacht wurden. Und es besteht sogar die Möglichkeit, daß es uns auf indirekte Weise helfen kann, auf den tragischen Tod Ihrer Schwester Licht zu werfen. Mehr darf ich vorläufig nicht sagen.«

»Nun«, meinte Frau Cropper, »wenn es sich so verhält — obwohl ich den Zusammenhang nicht recht verstehe —, wird es gut sein, Ihnen alles zu erzählen. Schließlich versprach ich nur, nichts vor den Leuten in Leahampton zu erwähnen, die damit hätten Unfug stiften können — und rechte Klatschmäuler sind die da, das ist wahr!«

»Wir haben nichts mit den Leuten in Leahampton zu tun«, sagte Wimsey, »und werden nichts erwähnen, wenn es sich nicht als notwendig erweist.«

»Schön. Eines Morgens, Anfang September, kam Fräulein Whittaker zu Bertha und mir und sagte: ›Haltet euch beide auf dem Gang vor Fräulein Dawsons Schlafzimmer bereit, vielleicht müßt ihr zu ihr gehen und ihre Unterschrift auf einem Dokument bezeugen. Es sind zwei Zeugen notwendig‹, sagte sie, ›und ihr müßt sehen, wie sie unterschreibt; ich will jedoch nicht, daß soviel Leute im Zimmer sie vielleicht aufregen. Wenn ich euch also ein Zeichen gebe, müßt ihr geräuschlos zur Tür hereinkommen, damit ihr seht, wie sie ihren Namen schreibt, und dann bringe ich euch das Papier und ihr könnt unterzeichnen, wo ich es euch zeige. Es ist ganz leicht‹, sagte sie, ›ihr habt nichts zu tun, als eure Namen dorthin zu setzen, wo das Wort Zeugen steht.‹

Bertha war immer etwas schüchtern — hatte Angst vor Dokumenten und derlei, und sie versuchte, sich davor zu drücken. ›Könnte die Pflegerin nicht statt mir unterzeichnen?‹ fragte sie. Das war die Pflegerin Philliter, wissen Sie, die rothaarige, die mit dem Doktor verlobt war, eine nette Person, die wir sehr gern hatten. ›Die Pflegerin ist auf ihrem Spaziergang‹, sagte Fräulein Whittaker recht scharf, ›ich wünsche, daß ihr beide es tut.‹ Wir sagten zu. Fräulein Whittaker ging mit einem Stoß Papiere zu Fräulein Dawson hinauf, Bertha und ich ihr nach, und wir warteten auf dem Gang, so wie sie es gesagt hatte.«

»Einen Augenblick«, bat Herr Murbles, »mußte Fräulein Dawson oft Dokumente unterzeichnen?«

»Ja, Herr, ich glaube ziemlich häufig, aber da waren Fräulein Whittaker oder die Pflegerin meistens Zeugen. Es waren Mietverträge und dergleichen, hörte ich; Fräulein Dawson hatte einen kleinen Hausbesitz. Dann noch die Schecks für den Haushalt, und Papiere, die von der Bank kamen und in der Kasse aufbewahrt wurden.«

»Aktiencoupons oder so ähnliches, vermutlich«, sagte Herr Murbles.

»Wahrscheinlich, Herr. Ich weiß nicht viel über diese geschäftlichen Dinge. Einmal schon hatte ich eine Unterschrift zu bezeugen, vor langem, erinnere ich mich, aber das war etwas anderes. Da wurde mir das Papier mit der fertigen Unterschrift heruntergebracht, da gab es kein solches Getue.«

»Die alte Dame war also noch fähig, ihre Angelegenheiten zu ordnen?«

»Bis dahin ja, Herr. Später übergab sie alles Fräulein Whittaker, hörte ich – das war knapp bevor sie so schwach wurde und immer soviel Morphium bekam. Da unterzeichnete Fräulein Whittaker dann die Schecks.«

»Die Generalvollmacht«, sagte Herr Murbles mit einem Kopfnicken. »Nun also, habt ihr dieses geheimnisvolle Papier unterzeichnet?«

»Nein, Herr, ich will Ihnen gleich sagen, wie es kam. Nachdem Bertha und ich eine Weile gewartet hatten, kam Fräulein Whittaker an die Tür und machte uns ein Zeichen, leise hereinzukommen. Wir gingen also hinein und blieben nahe der Tür stehen. Am Kopfende des Bettes stand ein Wandschirm, so daß wir weder Fräulein Dawson sehen konnten noch sie uns, doch konnten wir ihr Spiegelbild sehr gut in einem großen Spiegel betrachten, der links vom Bett an der Wand hing.«

Herr Murbles wechselte einen bedeutungsvollen Blick mit Lord Peter.

»Jetzt erzählen Sie uns nur genau jede Einzelheit«, sagte Wimsey, »wenn sie Ihnen auch noch so geringfügig erscheint. Ich glaube, jetzt wird es sehr aufregend.«

»Sonst gab es nicht mehr viel, außer daß knapp an der Tür, links, wenn man hereinkam, ein Tischchen stand, auf dem die Pflegerin meistens die Dinge abstellte, die hinunterkommen sollten, und auf dem stand jetzt ein Tintenfaß mit Feder und Löschpapier, alles bereit für uns zum Unterschreiben.«

»Konnte Fräulein Dawson das Tischchen sehen?« fragte Herr Murbles.

»Nein, Herr, der Wandschirm stand davor.«

»Aber es war innerhalb des Zimmers?«

»Ja, Herr.«

»Wir müssen uns ganz klar darüber sein. Glauben Sie, Sie könnten – in rohen Strichen – einen kleinen Plan des Zimmers aufzeichnen, der uns zeigt, wo das Bett stand und der Wandschirm und der Spiegel und so weiter?«

»Ich bin nicht sehr geschickt im Zeichnen«, sagte Frau Cropper zweifelnd, »aber ich will's versuchen.«

Herr Murbles zog ein Notizheft und eine Füllfeder hervor, und nach einigen mißlungenen Versuchen kam eine leidliche Skizze zustande.

»Danke, das ist vollkommen klar. Bemerken Sie, Lord Peter, die sorgfältige Anordnung, nach der das Dokument in Gegenwart der Zeuginnen unterschrieben und durch ihre Unterschrift in Gegenwart von Fräulein Dawson beglaubigt wurde. Ich brauche Ihnen wohl nicht zu sagen, für welche Art Dokument eine solche Anordnung unerläßlich ist!«

»Das war es also, Herr? Wir konnten nicht verstehen, warum alles so angeordnet wurde.«

»Was hätte sein können«, erklärte Herr Murbles, »daß Sie und Ihre Schwester im Fall eines Streites um dieses Dokument hätten vor Gericht erscheinen und Zeugenschaft ablegen müssen. Dann wären Sie befragt worden, ob Sie tatsächlich Fräulein Dawson unterschreiben sahen und ob Sie, Ihre Schwester und Fräulein Dawson, alle im selben Zimmer beisammen waren, während Sie Ihre Namen als Zeuginnen unterschrieben. Das hätten Sie beschwören können, nicht wahr?«

»Ja, Herr.«

»Und doch hätte Fräulein Dawson tatsächlich nicht gewußt, daß Sie da waren?«
»Nein, Herr.«
»So war die Sache also, verstehen Sie?«
Er sah sie fragend an.
»Jetzt verstehe ich, Herr, aber damals konnten Bertha und ich nicht richtig klug daraus werden.«
»Aber Sie sagen, das Dokument wurde nie unterzeichnet?«
»Nein, Herr, wenigstens unterschrieben wir nie als Zeuginnen. Wir sahen Fräulein Dawson ihren Namen unter ein oder zwei Papiere setzen, dann legte Fräulein Whittaker noch einen Stoß vor sie hin und sagte: ›Da ist noch was, Tantchen, einige von diesen Einkommensteuer-Formularen.‹ ›Was ist das, liebes Kind, laß mich sehen!‹ sagte die alte Dame. Fräulein Whittaker erwiderte: ›Ach, nur das Gewöhnliche.‹ Darauf Fräulein Dawson: ›Du lieber Gott, was für eine Unmenge! Wie kompliziert sie einem alles machen!‹ Wir konnten sehen, daß Fräulein Whittaker ihr mehrere aufeinandergelegte Papiere gab, von denen man nur die Stelle für die Unterschrift sehen konnte. Fräulein Dawson unterzeichnete das oberste, dann hob sie das Papier auf, um das darunterliegende zu sehen, aber Fräulein Whittaker unterbrach sie: ›Es sind alle gleich‹, als hätte sie es eilig, daß sie unterschrieben und erledigt würden. Fräulein Dawson jedoch nahm sie ihr aus der Hand und begann sie durchzusehen, und plötzlich stieß sie einen durchdringenden Schrei aus und rief: ›Ich will nicht, ich will nicht! Ich bin noch nicht am Sterben. Was unterstehst du dich, du schlechtes Ding! Kannst du nicht warten, bis ich tot bin? — Du willst mich vor der Zeit ins Grab bringen! Hast du nicht alles, was du brauchst?‹ Und Fräulein Whittaker sagte: ›Aber Tantchen, still! Laß dir doch erklären —‹ Und die alte Dame: ›Nein, ich will nicht, ich will nichts davon hören! Ich hasse den bloßen Gedanken. Ich will nicht darüber reden. Laß mich in Ruhe. Wie kann ich mich erholen, wenn du mich fortwährend so erschreckst!‹ Sie trieb es ganz fürchterlich, und Fräulein Whittaker kam zu uns herüber, totenbleich, und sagte: ›Geht an die Arbeit, Mädel, der Tante ist nicht gut, sie kann sich nicht mit Geschäften befassen. Ich rufe euch, wenn ich euch wieder brauchen sollte.‹ ›Können wir nicht helfen, Fräulein?‹ fragte

ich, und sie: ›Nein, es sind nur die Schmerzen, die haben sie wieder gepackt. Ich gebe ihr eine Injektion, dann ist's wieder gut.‹ Und sie schob uns aus dem Zimmer und machte die Tür zu, und wir hörten die arme, alte Dame herzbrechend schluchzen. Wir gingen hinunter und trafen die Pflegerin, die eben nach Hause kam, und erzählten ihr, daß es Fräulein Dawson wieder schlechter ging. Da lief sie schnell hinauf, ohne abzulegen. Wir waren in der Küche und besprachen eben, wie komisch das alles sei, da kam Fräulein Whittaker wieder herunter und sagte: ›Es ist schon wieder alles gut, Tantchen schläft friedlich, wir mußten nur das Geschäftliche auf einen anderen Tag verschieben.‹ Und fügte hinzu: ›Es ist besser, ihr redet über diese Sache zu niemandem. Wenn die Schmerzen sie packen, gerät die arme Tante oft so außer sich und wird ganz wild. Sie meint es nicht so, wie es klingt, aber wenn die Leute davon hörten, würden sie es vielleicht merkwürdig finden.‹ Darauf sagte ich: ›Fräulein Whittaker, ich und Bertha, wir sind keine solchen, die überall herumtratschen.‹ Etwas förmlich habe ich es gesagt, weil ich immer gegen Tratschen war und noch bin. Fräulein Whittaker sagte: ›Dann ist ja alles in Ordnung‹, und ging. Am nächsten Tag gab sie uns den Nachmittag frei und jeder ein Geschenk von zehn Shilling, weil ihre Tante Geburtstag hatte und wünschte, daß wir uns ihr zu Ehren einen schönen Tag machen.«

»Ein äußerst klarer Bericht, Frau Cropper, ich würde nur wünschen, daß alle Zeugen so klug und so gute Beobachter wären wie Sie. Nun noch eins: Haben Sie vielleicht zufällig jenes Papier zu Gesicht bekommen, das Fräulein Dawson so sehr aufgeregt hat?«

»Nein, Herr – das heißt, nur aus der Entfernung und da nur im Spiegel. Ich glaube, es war ganz kurz – nur ein paar Zeilen in Maschinenschrift.«

»Aha. War übrigens eine Schreibmaschine im Haus?«

»Gewiß, Herr. Fräulein Whittaker benützte sie ziemlich oft, für Geschäftsbriefe und dergleichen. Sie stand im Wohnzimmer.«

»Schön. Erinnern Sie sich, ob kurz danach Fräulein Dawsons Rechtsanwalt kam?«

»Nein, Herr. Es war ganz kurz darauf, daß Bertha die Teekanne zerbrach und wir fortgingen. Fräulein Whittaker kündigte ihr auf einen Monat, aber das wollte ich nicht haben. Wenn sie wegen einer solchen Kleinigkeit eine, die eine so gute Arbeiterin ist, entlassen wollte, sollte Bertha sofort gehen und ich mit ihr. Fräulein Whittaker sagte: ›Wie ihr wollt‹ — sie duldete keine Widerrede. Also gingen wir noch am selben Nachmittag. Aber später, glaube ich, tat es ihr leid, sie besuchte uns in Christchurch und meinte, warum wir nicht eine bessere Stellung in London suchen wollten. Bertha fürchtete sich, so weit fortzugehen, doch Mutter, die immer ehrgeizig war, meinte: ›Wenn die Dame so freundlich ist, euch eine gute Empfehlung zu geben, warum sollt ihr nicht hingehen? In der Stadt hat ein Mädel mehr Aussichten.‹ Ich sagte nachher zu Bertha im Vertrauen: ›Verlaß dich darauf, Fräulein Whittaker will uns von hier weghaben. Sie hat Angst, wir könnten über die Dinge zu reden anfangen, die Fräulein Dawson an jenem Morgen sagte. Aber, warum sollten wir auch nicht? Wenn wir nach London gehen, gibt sie uns ein besseres Zeugnis, als wenn wir hier bleiben. Und wenn es uns nicht gefällt, können wir ja wieder nach Hause kommen.‹ Kurz und gut, wir gingen nach London, und dank dem guten Zeugnis von Fräulein Whittaker erhielten wir die Stellung bei Lyons, wo ich meinen Mann kennenlernte und Bertha ihren Jim. So hatten wir es nicht zu bereuen, bis — bis diese schreckliche Sache mit Bertha passierte.«

Das leidenschaftliche Interesse, mit dem ihre Hörer diese Erzählung entgegennahmen, mußte Frau Cropper sehr befriedigen. Herr Murbles rieb sich mit trocken-raschelndem Geräusch die Hände — wie eine alte Schlange, die auf der Suche nach Beute durch das hohe Gras gleitet.

»Ein Szenchen, ganz nach Ihrem Herzen, Murbles!« sagte Lord Peter mit einem Aufblitzen unter gesenkten Augenlidern. Er wandte sich wieder an Frau Cropper:

»Dies ist das erstemal, daß Sie die Geschichte erzählen?«

»Ja — und ich hätte überhaupt nichts gesagt, wäre es nicht —«

»Ich weiß. Nun, wenn Sie meinem Rat folgen wollen, Frau Cropper, erzählen Sie sie nicht weiter! Derartige Geschichten haben die peinliche Eigenschaft, leicht gefährlich werden zu können. Hoffentlich betrachten Sie es nicht als ungehörig, wenn ich Sie jetzt frage, was Ihre Pläne für die nächsten Wochen sind?«

»Ich fahre zu meiner Mutter und will sie bewegen, mit mir nach Kanada zu kommen. Ich wollte sie gleich mitnehmen, als ich heiratete, aber sie mochte nicht so weit weg von Bertha gehen, die war immer ihr Liebling. Aber jetzt hat sie niemand anderen, so denke ich, wird sie schon mitkommen. Es ist zwar eine lange Reise für eine kränkliche alte Frau, aber mein Mann sagte: ›Bring sie erster Klasse zurück, ich werde das Geld schon aufbringen.‹ Er ist ein guter Mensch, mein Mann.«

»Sie können nichts Besseres tun«, sagte Wimsey, »und wenn Sie es gestatten, schicke ich einen Freund mit, der sich um Sie beide auf der Bahnfahrt kümmern und Sie bis auf das Schiff begleiten wird. Und bleiben Sie nicht lange in England. Entschuldigen Sie, daß ich mich so in Ihre Angelegenheiten mische, aber offen gestanden glaube ich, Sie werden woanders eher in Sicherheit sein.«

»Sie glauben doch nicht, daß Bertha . . .?«

Ihre Augen öffneten sich weit vor Schreck.

»Ich möchte nicht gern sagen, was ich glaube, denn ich weiß nichts. Aber ich will dafür sorgen, daß Sie und Ihre Mutter in Sicherheit sind, was immer auch geschieht.«

»Und Bertha? Kann ich da irgend etwas tun?«

»Nun, Sie werden zu meinen Freunden in Scotland Yard gehen müssen und Ihnen erzählen, was Sie uns erzählt haben. Es wird sie interessieren.«

»Und was wird dann geschehen?«

»Ich bin überzeugt, wenn wir beweisen können, daß es nicht mit rechten Dingen zugegangen ist, wird die Polizei nicht rasten, bis der Verbrecher überführt ist. Die Schwierigkeit ist aber, zu beweisen, daß es kein natürlicher Tod war.«

»Ich las in der heutigen Zeitung«, sagte Herr Murbles, »daß der Sergeant dort nun davon überzeugt ist, daß Fräulein Gotobed allein einen Picknickausflug in den Eppinger Wald machte und einem Herzanfall erlag.«

»Der Mann würde alles behaupten«, sagte Wimsey. »Wir wissen aus der Obduktion — verzeihen Sie diese peinlichen Details, Frau Cropper —, daß sie kurz vorher eine schwere Mahlzeit eingenommen hatte — wozu also das Picknick?«

»Vermutlich hatte er das Schinkenbrot und die Bierflasche vor Augen«, meinte Herr Murbles milde.

»Aha! Vermutlich fuhr sie allein nach Epping mit einer Bierflasche und zog den Kork mit den Fingern heraus. Haben Sie das je versucht, Murbles? Nein? Nun, sobald sie den Korkzieher finden, will ich glauben, daß sie allein hinfuhr. Mittlerweile hoffe ich, daß die Zeitungen noch ein paar solche Theorien veröffentlichen werden. Es geht nichts darüber, Verbrecher zuversichtlich zu machen — das steigt ihnen zu Kopf.«

11

Lord Peter brachte Frau Cropper nach Christchurch und kehrte dann in die Stadt zu einer Konferenz mit Parker zurück. Dieser hatte gerade seine Wiedergabe von Frau Croppers Erzählungen angehört, als Bunter zurückkehrte.

»Nun, Glück gehabt?« fragte Wimsey.

»Es tut mir unendlich leid, Mylord mitteilen zu müssen, daß ich die Spur der Dame verlor. Ich wurde tatsächlich, wenn Mylord den Ausdruck entschuldigen wollen, komplett reingelegt.«

»Gott sei Dank, Bunter, Sie sind also doch auch menschlich! Ich wußte nicht, daß man Sie auch drankriegen könnte. Trinken Sie einen!«

»Vielen Dank, Mylord. Gemäß Ihrer Unterweisung suchte ich den Bahnsteig nach einer Dame in rotem Hut und grauem Pelz ab und sah sie endlich, wie sie sich durch den Ausgang zu dem großen Bücherstand drängte. Sie war ein gutes Stück von mir entfernt, doch war der Hut sehr auffallend, so daß ich ihr folgen konnte.«

»Wackerer Junge!«

»Danke, Mylord. Die Dame ging in das Bahnhofshotel, das, wie Sie wissen, zwei Ausgänge hat, einen auf den Bahnsteig, den anderen auf die Straße. Ich eilte ihr nach und kam gerade rechtzeitig durch die Drehtür, um sie in der Damentoilette verschwinden zu sehen.«

»Wohin Sie ihr als sittsamer Mann natürlich nicht folgen konnten. Ich verstehe.«

»Ganz richtig, Mylord. In der Halle setzte ich mich so, daß ich die Tür im Auge behalten konnte, ohne daß es auffiel.«

»Und entdeckten vermutlich erst jetzt, daß das Haus zwei Ausgänge hatte. Sehr peinlich.«

»Nein, Mylord, das war es nicht. Ich saß dreiviertel Stunden auf der Lauer, aber der rote Hut tauchte nicht wieder auf. Mylord wollen nicht vergessen, daß ich nie das Gesicht der Dame gesehen hatte!«

Lord Peter stöhnte.

»Ich sehe das Ende der Geschichte voraus, Bunter. Sie können nichts dafür. Fahren Sie fort.«

»Nach dieser Zeit, Mylord, mußte ich schließen, daß entweder der Dame schlecht geworden oder sonst etwas Sonderbares vorgegangen war. Ich rief ein Stubenmädchen herbei, das gerade durch die Halle ging, und sagte, man habe mir eine Botschaft für eine Dame anvertraut, deren Kleidung ich ihr beschrieb. Ich bat es, von der Aufwärterin der Damentoilette zu ermitteln, ob die Betreffende noch dort sei. Das Mädchen kehrte bald zurück, um mir mitzuteilen, daß die Dame in der Toilette ihre Kleidung gewechselt hatte und vor einer halben Stunde fortgegangen sei.«

»O Bunter, Bunter! Fiel Ihnen nicht der Handkoffer oder was immer auf, als sie herauskam?«

»Entschuldigen, Mylord. Die Dame war schon einmal an dem Tag dort gewesen und hatte der Aufwärterin ein Köfferchen in Verwahrung gegeben. Als sie wiederkam, packte sie ihren Hut und Pelz hinein, setzte einen kleinen schwarzen Filzhut auf und zog einen leichten Regenmantel an, den sie darin gehabt hatte, so daß ihr Kleid nicht zu sehen war. Und überdies trug sie, als sie herauskam, das Köfferchen, wogegen sie vorher keins hatte.«

»Alles vorausgesehen. Welch ein Weib!«

»Ich fragte sofort im Hotel und auf dem Bahnhof nach, doch ohne Resultat. Der schwarze Hut und der Regenmantel waren unauffällig, und niemand erinnerte sich, sie gesehen zu haben. Ich ging auch zum Hauptbahnhof, um in Erfahrung zu bringen, ob sie mit dem Zug weggefahren sei. Einige Damen, die meiner Beschreibung entsprachen, hatten Fahrkarten nach verschiedenen Richtungen gelöst, doch konnte ich nichts Bestimmtes in Erfahrung bringen. Ich suchte auch alle Garagen in Liverpool ab, mit demselben negativen Erfolg. Ich bin sehr bekümmert,

Mylords Auftrag nicht erfüllt zu haben.«
»Kann man nichts machen. Sie taten, was Sie konnten, Kopf hoch! Sich nur nie ergeben! Sie müssen auch todmüde sein. Legen Sie sich nieder, ich gebe Ihnen frei.«
»Danke, Mylord, aber ich schlief ausgezeichnet auf der Herreise.«
»Wie Sie wollen, Bunter. Aber ich hoffte doch, daß Sie manchmal wie andere Leute auch müde werden.«
Bunter lächelte diskret und zog sich zurück.
»Nun, das eine haben wir dabei wenigstens gewonnen«, sagte Parker. »Wir wissen jetzt, daß Fräulein Whittaker etwas zu verbergen hat, da sie solche Vorsichtsmaßregeln anwendete, um nicht verfolgt zu werden.«
»Mehr als das. Wir wissen, daß ihr außerordentlich viel daran lag, Frau Cropper zu erwischen, bevor sie mit jemand anderem sprach, zweifellos, um ihr entweder durch Bestechung oder noch schlimmere Mittel den Mund zu stopfen. Woher wußte sie übrigens, daß Frau Cropper mit diesem Schiff ankam?«
»Frau Cropper sandte ein Telegramm, das bei der Leichenbeschau verlesen wurde.«
»Diese verdammten Kommissionen! Verraten alles, was man geheimhalten möchte, und bringen nichts Erwähnenswertes an den Tag!«
»Hört, hört!« sagte Parker mit Nachdruck. »Nicht zu vergessen, daß wir ein langes Geschwätz des Vorsitzenden anhören mußten über die Vergnügungssucht und das unmoralische Benehmen moderner Mädchen, die mit jungen Männern allein in den Eppinger Wald gehen.«
»Schade, daß man diese Wichtigtuer nicht wegen Verleumdung belangen kann. Tut nichts, wir bringen diese Whittaker schon noch zur Strecke!«
»Immer vorausgesetzt, daß es die Whittaker war. Schließlich konnte Frau Cropper auch irren. Viele Leute wechseln den Hut in der Garderobe ohne verbrecherische Nebenabsichten.«
»Ach, natürlich. Nun, Fräulein Whittaker soll ja mit Fräulein Findlater auf dem Land sein, nicht? Wir werden das unschätzbare Fräulein Climpson veranlassen, das Mädchen auszufragen, wenn sie wieder auftauchen sollte. Mittlerweile: Was sagst du zu Frau Croppers Erzählung?«

»Da gibt es keinen Zweifel, was geschehen ist. Fräulein Whittaker versuchte, die alte Dame zur Unterzeichnung eines Testaments zu bringen, ohne daß diese es ahnte. Sie unterbreitete es ihr, vermengt mit den Steuerpapieren, und hoffte, sie würde unterschreiben, ohne es zu lesen. Es muß ein Testament gewesen sein, denke ich, weil das meines Wissens das einzige Dokument ist, das ungültig ist, wenn es nicht von zwei Zeugen in Gegenwart des Erblassers beglaubigt ist.«
»Richtig. Und da Fräulein Whittaker nicht selbst eine der Zeuginnen sein durfte, sondern die beiden Mädchen zuzog, muß das Testament wohl zu ihren Gunsten gewesen sein.«
»Offenbar. Sie würde sich doch nicht all die Mühe nehmen, um sich zu enterben!«
»Aber das stellt uns vor eine neue Schwierigkeit. Fräulein Whittaker hätte, als nächste Verwandte, auf jeden Fall alles bekommen, was die alte Dame hinterließ. Sie bekam es auch tatsächlich. Wozu also die ganze Plage?«
»Vielleicht, wie wir schon sagten, fürchtete sie, Fräulein Dawson könnte es sich anders überlegen, und wollte, daß sie ein Testament mache, bevor — doch nein, das kann es auch nicht sein.«
»Nein — weil jedenfalls ein später abgefaßtes Testament das frühere ungültig gemacht hätte. Außerdem bestellte die alte Dame nach einiger Zeit ihren Rechtsanwalt, wobei Fräulein Whittaker ihr nicht das geringste in den Weg legte.«
»Nach dem, was die Pflegerin Forbes sagte, lag ihr sogar besonders daran, es ihr auf jede Weise zu erleichtern.«
»Wenn man bedenkt, wie Fräulein Dawson ihrer Nichte mißtraute, ist es eigentlich erstaunlich, daß sie sie nicht enterbte. Dann wäre es zu Mary Whittakers Vorteil gewesen, ihre Tante so lange als möglich am Leben zu erhalten.«
»Ich glaube nicht, daß sie ihr wirklich mißtraute — keinesfalls so weit, daß sie Angst hatte, sie könnte sie umbringen. Sie war erregt und sagte mehr, als sie wirklich meinte — das tun wir doch oft.«
»Ja, aber sie dachte offenbar, es würde noch einmal versucht werden, ihr ein Testament zum Unterzeichnen unterzuschieben.«
»Woraus willst du das schließen?«

»Denk an die Generalvollmacht. Die alte Dame hat sich das jedenfalls ausgedacht und ihrer Nichte Vollmacht gegeben, alles für sie zu unterschreiben, damit sie ihr nicht wieder etwas vorschwindeln könnte.«

»Natürlich. Schlaues altes Frauenzimmer! Höchst ärgerlich für Fräulein Whittaker, noch dazu nach dem so verheißungsvollen Besuch des Anwalts. Statt des erwarteten Testaments ein sorgfältig aufgestelltes Drahthindernis.«

»Ja. Aber wir stehen noch immer vor dem Problem, wozu überhaupt ein Testament?«

»So ist's.«

Die beiden Männer rauchten ihre Pfeifen einige Zeit schweigend.

»Die Tante beabsichtigte sicher, ihr Geld schließlich Mary zu hinterlassen«, bemerkte Parker endlich. »Sie hatte es so oft versprochen — außerdem war sie sicher eine gerechte alte Seele, die nicht vergaß, daß es eigentlich Whittakersches Geld war, das sie mit Hintansetzung von Marys Vater geerbt hatte.«

»Richtig. Nun, es gibt nur einen Fall, der das verhindern konnte, das ist — Herrgott, alter Junge! Weißt du, auf was es hinausläuft? — Die alte, alte Geschichte, bei Romanschriftstellern so beliebt — der abwesende Erbe!«

»Mein Gott, ja, du hast recht! Zum Teufel, was für Dummköpfe wir waren, nicht früher darauf zu kommen! Mary Whittaker entdeckte möglicherweise, daß es einen näheren Verwandten gebe, der das Ganze einheimsen würde. Vielleicht fürchtete sie, daß Fräulein Dawson, wenn sie es erführe, das Geld teilen oder sie, Mary, ganz enterben würde. Oder vielleicht verzweifelte sie einfach daran, der alten Dame die Geschichte begreiflich zu machen, und kam so auf die Idee, sie, ohne daß sie es wüßte, ein Testament zu ihren, Marys, Gunsten unterschreiben zu lassen.«

»Was für ein patentes Hirn du hast, Charles! Oder, warte mal, Fräulein Dawson, das schlaue alte Frauenzimmer, hat alles gewußt und beschlossen, Mary für ihr unanständiges Drängen in bezug auf das Testament dadurch zu strafen, daß sie einfach ohne Testament starb?«

»Wenn das zutrifft«, sagte Parker, »wirft das eigentlich deine Mordtheorie um, denn Mary würde doch offenbar trachten, ihre Tante so lange als möglich am Leben zu erhalten, in der Hoffnung, daß sie schließlich doch noch ein Testament mache.«

»Das ist richtig. Hol dich der Teufel, Charles, ich sehe meine Wette davonschwimmen! Welch ein Schlag auch für Freund Carr! Ich hoffte schon, ihn im Triumph heimzuführen. Oder halt! Warum sollte Carr nicht recht haben? Vielleicht habe ich nur in der Wahl des Mörders unrecht. Ha! Ich sehe einen neuen und noch grimmigeren Schurken auf die Szene treten. Der neue Anwärter, durch seine Diener gewarnt —«

»Was für Diener?«

»Ach, sei nicht so pedantisch, Charles. Die Pflegerin Forbes wahrscheinlich! Es würde mich nicht wundern, wenn sie von ihm gekauft wäre. Wo bin ich stehengeblieben? Wenn du nur nicht immer unterbrechen würdest!«

»Durch seine Diener gewarnt —«, soufflierte Parker.

»Ach ja – gewarnt, daß Fräulein Dawson mit Rechtsanwälten verkehrt und zu einem Testament gedrängt wird, veranlaßt besagte Diener, sie zu erledigen, ehe sie Unheil anrichten kann.«

»Ja, aber wie?«

»Oh, mit einem von diesen exotischen Giften, die in einer Zehntelsekunde töten und der Kunst des Chemikers trotzen. Sie sind dem gewöhnlichsten Verfertiger von Kriminalgeschichten wohlvertraut. Auf eine solche Kleinigkeit lasse ich es mir nicht ankommen.«

»Und warum hat dieser hypothetische Herr bisher nicht seinen Anspruch auf das Erbe angemeldet?«

»Er wartet noch ab. Der Skandal um den Todesfall hat ihn erschreckt. Er wartet, bis Gras darüber gewachsen ist.«

»Er wird es schwerer finden, Fräulein Whittaker zu verdrängen, jetzt, da sie schon Besitz ergriffen hat. Besitz ist ein großer Vorteil, weißt du?«

»Stimmt, aber er wird behaupten, er sei am andern Ende der Welt gewesen zur Zeit von Fräulein Dawsons Tod. Er las es erst vor einigen Wochen in einem Zeitungsblatt, in das eine Konserve gewickelt war, und eilt nun von seiner fernen Farm in Dingsda heim, um sich als der langvermißte Vetter Tom zu melden . . . Großer Gott! Das erinnert mich —«

Er fuhr mit der Hand in die Tasche und zog einen Brief hervor. »Der kam heute früh, gerade als ich fortging, und ich schob ihn

in die Tasche, ohne ihn ordentlich gelesen zu haben. Aber ich glaube, es stand etwas darin von irgendeinem Vetter in irgendeiner gottverlassenen Gegend. Laß mal sehen!«
Er entfaltete den Brief, der Fräulein Climpsons altmodische Handschrift zeigte und mit unzähligen Ausrufungszeichen versehen war.
»Du liebe Zeit!« rief Parker.
»Ja, es ist schlimmer als gewöhnlich. Es muß von größter Wichtigkeit sein. Zum Glück ist er verhältnismäßig kurz.«

»Mein lieber Lord Peter!

Ich hörte heute früh etwas, das von Bedeutung sein kann, also beeile ich mich, es Ihnen mitzuteilen. Sie erinnern sich wohl, daß ich erwähnte, das Mädchen von Frau Budge sei die Schwester von Fräulein Whittakers Mädchen? Also: Die Tante dieser beiden Mädchen kam heute auf Besuch zu ihrer Nichte und wurde mir vorgestellt.
Diese Tante, eine sehr unangenehme, scharfzüngige Person namens Timmins, war früher einmal, vor der Zeit der Gotobed-Mädchen, Haushälterin bei Fräulein Dawson, und so kamen wir auf den Tod der alten Dame zu sprechen, wobei sie sich folgendermaßen äußerte: ›Mich würde kein Skandal in dieser Familie überraschen, Fräulein Climpson! Das war eine höchst merkwürdige Verwandtschaft! Sie erinnern sich wohl, Frau Budge, daß ich mich plötzlich bemüßigt sah, den Posten zu verlassen, nachdem dieser sonderbare Mensch auftauchte, der sich Fräulein Dawsons Vetter nannte.‹ Natürlich fragte ich, wer das sein könne, da ich nie von anderen Verwandten gehört hatte. Sie sagte, daß dieser Mensch, den sie als greulichen, schmutzigen Nigger (!!!) schilderte, eines Morgens, als Geistlicher (!!!) gekleidet, erschien und sie – Fräulein Timmins – zu Fräulein Dawson hinaufschickte, ihn als deren Vetter Hallelujah anzumelden!!! Fräulein Dawson empfing ihn tatsächlich und lud ihn sogar zum Mittagessen ein – ›ein wahrer Skandal‹, sagte Fräulein Timmins, ›wo ihre Nichte dabeisaß!!‹ Sie weigerte sich auch, für den Schwarzen zu kochen, und ging auf der Stelle!!! So daß sie uns leider nichts mehr über diesen merkwürdigen Zwi-

schenfall erzählen konnte. Sie ist jedoch sicher, daß der ›Nigger‹ eine Visitenkarte hatte, auf der ›Ehrw. H. Dawson‹ sowie eine überseeische Adresse stand. Es ist seltsam, nicht wahr, doch ich habe gehört, daß viele dieser eingeborenen Geistlichen vorzügliche Arbeit unter ihren Leuten leisten, und ein Geistlicher hat doch wohl das Recht auf eine Visitenkarte, auch wenn er schwarz ist!!!

In großer Eile Ihre ergebene

A. K. Climpson.«

»Donnerwetter«, meinte Lord Peter, als er sich durch das Geschreibsel gelesen hatte, »da hätten wir ja unseren Anwärter fix und fertig.«

»Mit einer Haut so schwarz wie sein Herz, allem Anschein nach«, erwiderte Parker. »Ich möchte wissen, wo der Ehrw. Hallelujah hingeraten ist — und woher er kam.«

»Ja — ›Nigger‹ würde bei einer Timmins alles heißen, von einem Brahmanen angefangen bis zum Neger Sambo, nötigenfalls auch ein Eskimo.«

»Wir müßten uns bei den kirchlichen Behörden erkundigen«, sagte Parker.

»Ja, und mittlerweile fahre ich mit meinem Wägelchen nach Crofton.«

»Crofton?«

»Wo Fräulein Clara Whittaker und Fräulein Dawson lebten. Ich will den Mann mit der schwarzen Tasche aufsuchen — den fremden, verdächtigen Rechtsanwalt, erinnerst du dich, der vor zwei Jahren Fräulein Dawson besuchte, um sie zu bewegen, ihr Testament zu machen. Ich glaube, er wird alles wissen über den Ehrw. Hallelujah und seine Ansprüche. Kommst du mit?«

»Ich kann nicht ohne besondere Erlaubnis. Ich habe doch offiziell den Fall nicht.«

»Du hast den Gotobed-Fall. Sag dem Chef, du glaubst, es bestehe ein Zusammenhang zwischen den beiden. Ich brauche deine Anwesenheit. Kein schwächerer Druck als der der offiziellen Polizeimacht würde einen vertrockneten Familienanwalt veranlassen, mit seinem Wissen herauszurücken.«

»Nun, ich will's versuchen – wenn du versprichst, nicht wie toll draufloszufahren.«
Lord Peter hob die Augen zum Himmel. »Mir das, dem makellosen Fahrer ohne Strafpunkt!«
Parker brummte irgend etwas Unverständliches und ging zum Telefon, Sir Andrew Mackenzie von Scotland Yard anzurufen.

Crofton ist ein entzückendes, altväterisches Dörfchen in einem versteckten Winkel von Warwickshire, zu dem man nur über ein wahres Labyrinth von ländlichen Straßen gelangt. Es war in der Dämmerung um so schwerer aufzufinden, als die löblichen Landbehörden gerade den jetzigen Zeitpunkt gewählt hatten, sämtliche Wegweiser frisch streichen zu lassen, wobei erst das Frühstadium einer dicken weißen Grundfarbe erreicht war. So oft Bunter ausstieg, um sich zu orientieren, erhellte seine Taschenlampe nur eine weiße leere Fläche ohne jede Inschrift. Nun waren sie an einem vierfachen Kreuzweg angelangt, dessen Wegweiser, aller Arme beraubt, sich zum Himmel reckte.
»Es fängt zu regnen an«, bemerkte Parker gelangweilt.
»Hör mal, Charles, wenn du weiter so fröhlich die Seele des Unternehmens sein willst, sag's lieber gleich und damit basta! Unter dem Sitz hab' ich einen schönen schweren Schraubenschlüssel zur Hand, und Bunter kann beim Vergraben der Leiche helfen.«
Parker hatte die Karte auf den Knien. »Wenn das Brushwood Cross ist, wie ich vermute, führt einer dieser Wege direkt nach Crofton«, sagte er.
»Das wäre zu schön. Wenn wir nur wüßten, welcher.«
»Dort unter dem Baum sitzt ein Mann, den können wir fragen.«
»Der hat sich wahrscheinlich auch verirrt, sonst säße er nicht dort«, entgegnete Wimsey. »Zum Vergnügen sitzt niemand im Regen herum.«
In diesem Augenblick bemerkte sie der Mann und kam ihnen mit erhobener Hand entgegen.
Wimsey hielt den Wagen an.
»Entschuldigen Sie«, sagte der Fremde, der sich als ein Jüngling in Motorradkleidung erwies, »könnten Sie mir vielleicht bei

meiner Maschine helfen?«
»Wo fehlt's denn?«
»Ich weiß nicht, es ging auf einmal nicht weiter.«
Wimsey stieg aus, und der Jüngling zog das Schmerzenskind aus der Hecke.
»Hat es Sie oder haben Sie es dort hingelehnt?«
»Ich habe es dort hingelehnt. Eine Ewigkeit versuche ich schon, es wieder in Gang zu setzen, nun habe ich mir gedacht, ich warte, bis jemand kommt. Es ging fabelhaft, und auf einmal hat's versagt!«
»Ist Ihnen vielleicht das Benzin ausgegangen?«
»O nein, es ist sicher noch genug darin.«
»Zündkerzen in Ordnung?«
»Ich weiß nicht.« Der Jüngling sah höchst unglücklich drein. »Ich fahre nämlich erst das zweitemal, wissen Sie!«
»Na, es wird ja nicht so schlimm sein. Erst wollen wir uns wegen des Benzins überzeugen«, sagte Wimsey freundlich. Er schraubte die Verschlußkappe ab und leuchtete mit seiner Taschenlampe in das Innere des Behälters. »Scheint ganz in Ordnung.« Er beugte sich nochmals drüber, pfiff und schraubte den Verschluß wieder zu. »Geben wir ihm noch einen Stoß, und dann sehen wir uns mal die Zündkerzen an.«
Der Jüngling ergriff die Lenkstange und gab der Maschine mit der Kraft der Verzweiflung einen Stoß, worauf sie unter fürchterlichem Getöse zum Leben erwachte.
»Großer Gott!« sagte er. »Es ist ein Wunder.«
Lord Peter legte die Hand leicht auf den Gashebel, und das Getöse milderte sich zu einem behaglichen Brummen.
»Was haben Sie damit getan?« fragte der junge Mann.
»Durchgeblasen«, sagte Seine Lordschaft grinsend. »Es war eine Luftblase in der Leitung, mein Junge, das war alles.«
»Ich bin Ihnen furchtbar dankbar!«
»Schon gut. Sagen Sie mal, können Sie uns den Weg nach Crofton zeigen?«
»Freilich. Dort hinunter. Ich fahre übrigens auch hin.«
»Gott sei Dank. Fahren Sie also voraus, und ich folge. Wie weit ist es?«
»Zehn Kilometer.«
»Anständiges Gasthaus dort?«

»Mein Vater ist der Wirt von der *Fuchsjagd*. Wir können Ihnen ein gutes Essen geben.«

»Ha! Alles Leid ist vorüber, das Ziel in Sicht! Fahren Sie los, mein Junge.«

Die *Fuchsjagd* erwies sich als einer jener angenehmen altväterischen Gasthöfe, wo alles mit Roßhaar gepolstert ist und wo es nie zu spät ist, um eine gute Mahlzeit mit kaltem Roastbeef und selbstgezogenem Salat zu bekommen. Die Wirtin, Frau Piggin, bediente die Reisenden selbst, ihr rundes, heiteres Gesicht glänzte im Widerschein des flackernden Kaminfeuers. Lord Peters Stimmung hob sich unter dem Einfluß der sympathischen Umgebung und des ausgezeichneten Biers, und bald war er in eine Unterhaltung über die verflossene Fuchsjagd-Saison vertieft, von der er über die Pferdepreise leicht zu der verstorbenen Clara Whittaker hinüberglitt.

»Ach, natürlich haben wir Fräulein Whittaker gekannt, jeder kannte sie hier in der Gegend. Eine prächtige alte Dame! Es gibt noch viele ihrer Pferde hier in der Umgebung. Alle sagten, so wie sie könnten nur wenige ein Pferd beurteilen — und einen Menschen ebenfalls. Ich erinnere mich noch, wie sie Fuchsjagden ritt, als sie schon über sechzig war, und nicht auf eine Lücke in der Hecke wartete, sondern darübersetzte. Ihre Freundin, Fräulein Dawson, die mit ihr drüben im Herrenhaus lebte, die war nicht so sportlich und ist vielleicht nur Fräulein Whittaker zuliebe Jagden geritten.«

»Ich habe Freunde«, sagte Wimsey, »die Fräulein Dawson sehr gut kannten, als sie in Hampshire lebte, wissen Sie.«

»Wirklich, Herr? Das ist ein Zufall! Sie war eine sehr freundliche, liebe alte Dame. Wir hörten, daß sie auch schon gestorben ist. Da wird es Sie vielleicht interessieren, eine Fotografie zu sehen, die wir bei der letzten Jagd, der sie beiwohnten, von den beiden Damen aufnahmen?«

Sie rief ihren Mann, der ebenso dick und jovial war wie sie, und er brachte ein kleines Bild, auf dem die beiden Damen in ihrem Ponywagen saßen. Man sah den wetterharten, etwas männlichen Zügen Clara Whittakers noch immer die ehemalige Schönheit an, ebenso die Energie. Neben ihr wirkte die kleinere, vollere Agathe Dawson viel weiblicher. Sie hatte ein süßes lächelndes Gesicht, in dem sich aber auch Temperament

und Charakter zeigten – die Frau, deren seltsamer Tod die beiden Männer in diese entlegene Gegend gebracht hatte.
Lord Peter stellte einige Fragen über die Familie.
»Ja, Herr, da kann ich Ihnen nicht viel sagen. Wir hörten nur immer, daß Fräulein Whittaker sich mit ihren Leuten zerstritten hatte, weil sie sich auf diese Art selbständig gemacht hatte. Wenn es Sie aber besonders interessiert, wir haben hier im Ort einen alten Mann, der alles über die beiden Familien weiß. Der alte Ben Cobling war vierzig Jahre Reitknecht bei Fräulein Whittaker, und er heiratete das Mädchen von Fräulein Dawson, die mit ihr aus Norfolk gekommen war. Sechsundachtzig Jahre ist er, aber sein Gedächtnis ist noch ganz frisch. Er lebt mit seiner Frau in einem Häuschen, das ihm Fräulein Whittaker vermachte, da können Sie ihn morgen besuchen.«
»Großartiger Ort, dieses Crofton!« sagte Lord Peter, als er und Parker sich in einem großen niedrigen Schlafzimmer, in dem die Leintücher nach Lavendel rochen, zur Ruhe begaben. »Ben Cobling weiß sicher alles über Vetter Hallelujah. Ich freue mich auf Ben Cobling!«

12

Auf eine regnerische Nacht folgte ein sonniger Morgen. Nachdem Lord Peter sich liebevoll ein abnormes Quantum von Speck und Eiern einverleibt hatte, schlenderte er vor die Tür der *Fuchsjagd*, um sich zu sonnen. Er stopfte sich nachdenklich eine Pfeife; da kam um die Ecke der Kirchhofmauer ein alter Mann mit verrunzeltem Gesicht und unglaublich krummen Beinen, die in Ledergamaschen steckten. Er setzte sich mit freundlichem Gruß auf die Bank vor dem Gasthaus, und Lord Peter kam bald ins Gespräch mit ihm. Der Wirt, der hinzutrat, begrüßte den Alten als Herrn Cobling und erzählte ihm, dieser Herr, Lord Peter Wimsey, interessiere sich sehr für die beiden alten Damen, in deren Diensten Herr Cobling so lange gestanden hatte.
»Freilich kann Ihnen niemand soviel von Fräulein Whittaker erzählen wie ich«, sagte Herr Cobling mit Genugtuung. »Ich

war doch fünfzig Jahre in ihren Diensten, als Stallbursche fing ich an, da war sie noch ein fesches junges Fräulein mit glänzend schwarzem Haar und schönen roten Backen. Und ein Temperament hatte sie! Da gab es viele Herren, die hinter ihr her waren, aber sie wollte von keinem etwas wissen, nur die Pferde interessierten sie, nur Pferde.«
Parker kam nun auch heraus, wurde vorgestellt und bemühte sich, Herrn Cobling, der in seiner Erzählung immer weitschweifiger wurde, durch eingeworfene Fragen dem Thema der Verwandtschaft näherzubringen; doch das brachte den Alten noch mehr aus dem Konzept. Er sagte endlich, über Fräulein Dawson könnte ihnen seine Frau viel mehr erzählen, und lud die Herren ein, mit ihm zu kommen, was sie mit Freuden taten.
Frau Cobling war eine entzückende alte Frau, mit einem Gesicht wie ein verschrumpeltes Äpfelchen, die nur zu glücklich war, von ihrem angebeteten Fräulein Agathe reden zu dürfen. Sie war doch beinahe in den Diensten der Familie Dawson geboren worden, denn ihre Mutter war Haushälterin bei Herrn Henry Dawson, Fräulein Agathes Vater gewesen. Ja, und viel Leid hatte sie mit der Familie durchgemacht; da hatte erst der arme Herr sein ganzes Geld verloren, durch eine Spekulation in dem gefährlichen London, so hieß es. Bald darauf war er gestorben, aus Kränkung, und seine arme Frau, eine liebe Dame, wenn sie auch eine Französin und daher eine Katholische war, die hatte ihn nicht lang überlebt. Sein Sohn Stephen wurde dann Kaufmann und brachte es auch zu etwas, er heiratete erst mit vierzig Jahren und war sehr glücklich mit seiner Frau, bis das große Unglück über sie kam: Ihr einziger Sohn fiel im Weltkrieg. Da mußte der arme Herr den Verstand verloren haben, denn er erschoß sich und seine Frau! Nein, der Sohn John war nicht verheiratet gewesen, nur verlobt, und wollte bei seinem nächsten Urlaub heiraten.
Das alles brachte das alte Mütterchen mit vielen Ausschmückungen und Abschweifungen hervor, was besonders Parkers Ungeduld erweckte, der in jeder Pause Lord Peter zuflüsterte: ›Was ist mit Vetter Hallelujah?‹, worauf er stets einen heimlichen Stoß ans Schienbein bekam.
»War Herr Stephen der einzige Bruder von Fräulein Agathe?« fragte Wimsey.

»Ja, bis auf Zwillingsbrüder, die aber nur zwei Tage lebten. Sie kamen nach der Schwester, Fräulein Harriet, die Herrn James Whittaker heiratete, wodurch die Familien verschwägert wurden.«

»So ist die Familie Dawson jetzt eigentlich ausgestorben?«

»Ja freilich – nur Fräulein Mary ist noch da, aber sie ist ja eine Whittaker, die Enkelin von Fräulein Harriet, das einzige Kind von Herrn Charles Whittaker, der mit seiner Frau bei einem Automobilunglück ums Leben kam, so daß Fräulein Mary ganz allein auf der Welt stand, als sie zu ihrer Großtante zog.«

»Ich bitte dich, Charles«, flüsterte Lord Peter schon ganz wild, »sag doch nicht in einem fort Hallelujah, wir sind doch nicht in der Heilsarmee!«

»Sagen Sie mal«, wandte er sich dann wieder an Frau Cobling, »hatten die Dawsons nicht auch Verwandte irgendwo im Ausland?«

»Nun ja«, gab sie in gedämpftem Tone zu. »Da war Herr Paul, der Bruder von Herrn Henry, von dem redete man aber nicht gern, er war nämlich katholisch geworden und ein Mönch noch dazu!« (Wäre er ein Mörder geworden, hätte das Entsetzen in ihrer Stimme kaum größer sein können.) »Er verliebte sich nämlich in eine der Schwestern von Herrn Henrys Frau, die war aber der Kirche geweiht und Nonne geworden, und da war auch er ins Kloster gegangen. Das machte damals riesiges Aufsehen.« Soviel sie wußte, konnte er auch heute noch am Leben sein.

»Wenn er noch lebt, ist er wohl der eigentliche Erbe, da er Agathe Dawsons Onkel und so ihr nächster Verwandter ist«, murmelte Parker.

»Nein«, sagte Wimsey, »Herr Paul konnte nicht der sein, den ich meinte, denn der Verwandte von Fräulein Agathe, von dem ich gehört habe, war ein dunkelhäutiger Mann, beinahe ein Schwarzer, so sagte man mir wenigstens.«

»Schwarz?« rief die alte Frau. »Ach, das kann doch nicht sein! Außer – weißt du noch, Ben, der alte Simon –?«

Ben schüttelte den Kopf. »Weiß nichts von ihm.«

»Ja, das ist sehr lang her«, fuhr Frau Cobling fort, »aber man erzählte sich noch hier und da von ihm in der Familie. Den ›bösen Simon‹ nannten sie ihn, der ist vor vielen Jahren nach

Westindien gesegelt und niemand wußte, was aus ihm geworden ist. Vielleicht hat er dort drüben eine Schwarze geheiratet, und der, den Sie meinen – ja, das müßte schon sein Enkel sein, wenn nicht gar sein Urenkel, denn der alte Simon war doch der Onkel von Herrn Henry.«
Das war nun eine Enttäuschung. Denn ein Enkel des alten Simon war doch ein zu entfernter Verwandter, um Mary Whittakers Anspruch anfechten zu können.
»Sehr interessant«, sagte Wimsey. »Näheres wissen Sie nicht darüber?«
»Nein. Es ist schade, daß Herr Probyn nicht mehr in England ist, er hätte Ihnen mehr von der Familie sagen können als ich. Aber er hat sich voriges Jahr zurückgezogen und ist fort nach Italien.«
»Wer war er?«
»Fräulein Whittakers Anwalt und auch der von Fräulein Dawson«, sagte Ben. »Ein netter Herr war er, sehr scharf, hat nichts ausgelassen – wie alle Advokaten.«
»Wohnte er in Crofton?«
»Nein, Herr, in Croftover Magna, zwölf Meilen von hier. Pointer & Winkin haben seine Kanzlei übernommen. Aber von denen weiß ich nichts.«
Nachdem sie nun alles gehört hatten, was die Coblings zu erzählen hatten, empfahlen sich Wimsey und Parker.
»Also, dein Vetter Hallelujah ist eine Niete!« sagte Parker.
»Vielleicht – vielleicht auch nicht. Vielleicht ist da doch eine nähere Verbindung. Dennoch verspricht der papistische Herr Paul mehr. Aber der Vogel, den wir uns einfangen müssen, ist offenbar Herr Probyn. Du verstehst, wer er ist?«
»Vermutlich der geheimnisvolle Rechtsanwalt, wie?«
»Natürlich. Er weiß, warum Fräulein Dawson ihr Testament hätte machen sollen. Und wir fahren jetzt direkt nach Croftover Magna und suchen die Herren Pointer & Winkin auf, um zu hören, was sie darüber zu sagen haben.«
Leider hatten diese Herren gar nichts darüber zu sagen. Fräulein Dawson hatte sämtliche Papiere ihrem neuen Rechtsanwalt übergeben. Pointer & Winkin hatten nie eine Verbindung mit der Familie Dawson gehabt. Sie hatten jedoch nichts dagegen, Herrn Probyns Adresse zu nennen: Villa Bianca, Fiesole. Sie

bedauerten, Lord Peter Wimsey und Herrn Parker weiter nicht dienen zu können.
»Kurz und sauer«, bemerkte Seine Lordschaft. »Nun, wir wollen jetzt zu Mittag essen und einen Brief an Herrn Probyn und einen zweiten an meinen guten Freund, den Bischof Lambert von der Orinoco-Mission, schreiben, um etwas über Vetter Hallelujah zu erfahren.«

13

Der vortreffliche Bischof Lambert von der Orinoco-Mission erwies sich als praktischer und gefälliger Mann. Er kannte zwar den Ehrw. Hallelujah Dawson nicht persönlich, doch vermutete er, daß er der Tabernakel-Mission angehörte, mit deren Hauptniederlassung in London er sich in Verbindung setzen wollte. Zwei Stunden später erhielt Lord Peter die höchst befriedigende Mitteilung, daß Hallelujah Dawson in England und im Missionshaus in Stepney anzutreffen sei. Er war ein älterer Herr und lebte in sehr ärmlichen Verhältnissen; wie der Bischof hörte, hatte er eine traurige Lebensgeschichte. Oh, nichts zu danken. Der Bischof hätte sich sehr gefreut, wieder einmal von Lord Peter zu hören, und er hoffte nur, er sei weiter brav, ha, ha!
Lord Peter holte Parker sofort ab und fuhr mit ihm zur Tabernakel-Mission, wo ihnen auf ihr Klingeln ein schmächtiger, bebrillter junger Mann öffnete und sie in ein düsteres kleines Wartezimmer führte, das an einen Bahnhof erinnerte und mit Stichen aus dem Alten Testament geschmückt war.
»Ich benachrichtige Herrn Dawson sogleich«, sagte er und verschwand.
Nach einer Weile hörte man schlurfende Schritte, und Wimsey und Parker rüsteten sich, den schurkischen Erbanwärter zu empfangen.
Die Tür öffnete sich jedoch, um einen ältlichen Westindier einzulassen, dessen Erscheinung aber eine so demütige und harmlose war, daß den beiden Detektiven sozusagen das Herz in die Hosen fiel. Jemand weniger Mörderähnlichen konnte

man sich kaum vorstellen, wie er sie nervös hinter seiner Stahlbrille anblinzelte, deren Einfassung zerbrochen und mit Zwirn umwickelt war.
Der Ehrw. Hallelujah Dawson war zweifellos ein Farbiger; er hatte die etwas harten Züge und olivenbraune Haut des Westindiers. Sein schütteres Haar war grau, aber nicht kraus, sondern gelockt. Seine vornübergeneigten Schultern waren in einen fadenscheinigen Priesterrock gehüllt. Seine etwas vorstehenden schwarzen Augen, deren Weiß gelblich gefärbt war, blickten die beiden liebenswürdig rollend an, und sein Lächeln war unbefangen und offen.
»Sie wünschen mich zu sprechen?« begann er in tadellosem Englisch, mit leicht fremdländischem Anklang. »Ich glaube nicht, das Vergnügen zu haben —?«
»Nun, Herr Dawson, wir — wir haben uns über die Familie Dawson aus Crofton in Warwickshire zu informieren, und man sagte uns, Sie könnten uns einiges mitteilen, was die Verwandtschaft in Westindien betrifft — wenn Sie so gut sein wollten!«
»Ach ja«, der alte Mann richtete sich auf. »Ich bin selbst — sozusagen — ein Abkömmling der Familie. Aber wollen Sie sich nicht setzen?«
»Danke. Das vermuteten wir eben.«
»Sie kommen nicht von Fräulein Whittaker?«
Es lag etwas Eifriges, zugleich aber Abwehrendes in seinem Ton. Wimsey, der nicht wußte, was es bedeutete, entschied sich für vorsichtiges Vorgehen.
»O nein. Wir — wir bereiten ein Werk über die alten Familien der Grafschaft vor —«
»Ja — ich hatte gehofft, vielleicht —« Das sanfte Säuseln erstarb in einem Seufzer. »Es wird mir jedoch ein Vergnügen sein, Ihnen zu helfen.«
»Also, es handelt sich darum, was aus Simon Dawson wurde, der nach Westindien auswanderte, im Jahr —«
»Im Jahr 1810«, fiel der alte Mann überraschend schnell ein. »Er war als Sechzehnjähriger in schlechte Gesellschaft geraten und in eine üble Geschichte verwickelt worden. Es handelte sich um einen Totschlag, den er zwar nicht selbst beging, aber er zog es vor, zu fliehen. Er diente fünfzehn Jahre auf See und

kam schließlich nach Trinidad, wo ihm Engländer Arbeit gaben. Er lebte dort unter dem Namen Harkaway – dieser alten Geschichte wegen –, es ging ihm gut und er konnte später eine Zucker-Plantage erwerben. Das Leben dort gefiel ihm, und er dachte nicht an Heimkehr, auch nicht, um seine Erbschaft anzutreten.«

»Seine Erbschaft? War er denn der älteste Sohn?«

»Nein, er war der dritte, aber der älteste fiel bei Waterloo, und der zweite starb als Kind. Man bemühte sich wohl in England, zu erfahren, was aus ihm geworden sei, aber damals war das kaum durchführbar; so übernahm der vierte Sohn, Frederick, das Gut. Er war der Vater von Henry Dawson.«

»Und was wurde aus Simons Kindern? Er hatte doch welche?«

Der Geistliche nickte. Eine tiefe Röte stieg unter seiner dunklen Haut auf.

»Ich bin sein Enkel«, sagte er. »Deshalb kam ich nach England. Als ich mein Amt antrat, war ich in ganz guten Verhältnissen. Ich heiratete, und wir waren sehr glücklich. Doch dann kamen schlechte Zeiten, die Zuckerernte war elend, meine Frau erkrankte, und ich selbst bin leidend. Und als ich eines Tages in alten Familienpapieren meines Großvaters Simon kramte, erfuhr ich seinen richtigen Namen und dachte, vielleicht wollte Gott mir durch die Familie in England gnädig helfen. Als daher ein Abgesandter in unsere Hauptniederlassung nach London geschickt werden sollte, bewarb ich mich darum.«

»Und sind Sie hier mit jemandem in Verbindung getreten?«

»Ja. Ich fuhr nach Crofton und sprach mit einem Rechtsanwalt, einem Herrn Probyn aus Croftover. Kennen Sie ihn?«

»Ich habe von ihm gehört.«

»Er war sehr freundlich und zeigte mir den Stammbaum der Familie, nach dem mein Großvater den Besitz hätte erben sollen.«

»Der Besitz war aber indessen verlorengegangen, nicht?«

»Ja. Und überdies, als ich ihm den Trauschein meiner Großmutter zeigte, teilte er mir mit, daß es leider gar kein richtiger Trauschein war. Ich fürchte, Simon Dawson war ein arger Sünder! Er lebte mit meiner Großmutter, wie es dort viele Pflanzer tun, und gab ihr ein Dokument, das sie für einen Trauschein hielt, der von dem Gouverneur unterzeichnet war.

Als Herr Probyn sich aber näher erkundigte, entdeckte er, daß alles Schwindel war und es einen solchen Gouverneur nie gegeben hatte. Als guten Christen bekümmerte es mich natürlich, aber da der Besitz verlorengegangen war, machte es in materieller Beziehung keinen Unterschied für uns.«
»Sie hatten Pech«, sagte Peter teilnehmend.
»Ich suchte Stärkung in der Religion«, erwiderte der alte Mann. »Herr Probyn war auch so gut, mich mit einem Empfehlungsschreiben zu Fräulein Agathe Dawson, dem einzigen überlebenden Mitglied unserer Familie, zu senden.«
»Ja, sie lebte in Leahampton.«
»Sie empfing mich in der reizendsten Weise, und als ich ihr sagte, wer ich sei – natürlich betonend, daß ich nicht den leisesten Anspruch auf das Vermögen hätte –, war sie so gütig, mir eine Rente von hundert Pfund im Jahr auszusetzen, die sie mir bis zu ihrem Tod zahlte.«
»War das das einzigemal, daß Sie sie sahen?«
»Jawohl. Ich wollte mich ihr nicht aufdrängen. Es konnte ihr nicht angenehm sein, einen Verwandten meiner Hautfarbe viel um sich zu haben«, sagte der Ehrw. Hallelujah mit stolzer Demut. »Aber sie lud mich zum Essen ein und war sehr freundlich.«
»Und – entschuldigen Sie die Frage – setzt Fräulein Whittaker die Rente fort?«
»Nein – ich – vielleicht hätte ich es nicht erwarten dürfen, doch Fräulein Dawson ließ mich hoffen, daß sie fortgesetzt werden würde. Sie sagte, der Gedanke, ein Testament zu machen, widerstrebe ihr. Aber es wäre auch gar nicht nötig, denn Mary werde ihr ganzes Geld bekommen, wenn sie nicht mehr sei, und könne die Rente an ihrer Stelle fortsetzen. Aber vielleicht hat Fräulein Whittaker doch nicht geerbt?«
Er runzelte die Brauen.
»Doch! Es ist sonderbar. Vielleicht vergaß sie es.«
»Ich nahm mir die Freiheit, ihr ein paar Zeilen geistlichen Trostes zu schreiben, als ihre Tante starb. Vielleicht hat ihr das mißfallen. Natürlich schrieb ich kein zweites Mal. Doch ich will nicht glauben, daß sie ihr Herz gegen einen Unglücklichen verhärtet hat. Es gibt zweifellos eine Erklärung dafür.«
»Zweifellos«, sagte Lord Peter. »Nun, ich bin Ihnen sehr

dankbar für Ihre Freundlichkeit, die die Geschichte von Simon und seinen Nachkommen völlig aufgeklärt hat. Ich möchte mir nur noch die Namen und Daten notieren, wenn ich darf.«
»Gewiß. Ich will Ihnen den Stammbaum bringen, den mir Herr Probyn gab, da sehen Sie alles genau.«
Er kam sogleich wieder mit dem Dokument.
Wimsey notierte sich alle Einzelheiten über Simon, dessen Sohn Bosun und Enkel Hallelujah. Plötzlich setzte er den Finger auf eine andere Eintragung.
»Sieh mal, Charles«, sagte er. »Hier ist unser Pater Paul – das schwarze Schaf, der katholisch wurde und Mönch.«
»Ja, richtig. Aber – er ist tot – starb drei Jahre vor Agathe Dawson.«
»Schön, den müssen wir streichen. Solche kleine Rückschläge kommen eben vor.«
Sie beendeten ihre Notizen und sagten dem Ehrw. Hallelujah Lebewohl.
»Je mehr ich von Mary Whittaker höre«, sagte Lord Peter, während sie wegfuhren, »desto weniger gefällt sie mir. Dem armen Vetter Hallelujah hätte sie schon seine hundert Pfund jährlich aussetzen können!«
»Sie ist ein habgieriges Frauenzimmer«, stimmte Parker zu. »Nun, Pater Paul ist tot und erledigt und Vetter Hallelujah illegitim. Was das Ende des überseeischen Erben bedeutet.«
»Hol's der Teufel!« rief Wimsey. »Diese Worte klingen mir so bekannt. Wo hab' ich die nur schon gehört?«

14

»Murbles kommt heute abend zum Essen, Charles«, sagte Wimsey. »Bleib doch da und iß mit uns. Ich möchte ihm die ganze Familienaffäre vorlegen.«
Parker nahm die Einladung an. Er bemerkte, daß Wimsey merkwürdig zerstreut war. Und auch als Herr Murbles eintraf, schenkte er ihm nur seine halbe Aufmerksamkeit.
Sie waren mitten im Essen, als Wimsey plötzlich mit der Faust auf den Tisch schlug:

»Ich hab's!« rief er aus. »Murbles«, fuhr er dann erregt fort, »ist nicht ein neues Erbschaftsgesetz vor einiger Zeit herausgekommen?«
»Ja, ja«, sagte Herr Murbles, etwas überrascht, mitten in einer Anekdote unterbrochen zu werden.
»Ich wußte, ich hatte diesen Satz irgendwo gelesen – du weißt, Charles – über das Ende des überseeischen Erben. Es stand vor ungefähr zwei Jahren in einer Zeitung und betraf das neue Erbschaftsgesetz. Es hieß, welch ein schwerer Schlag das für romantische Schriftsteller wäre! Räumt das Gesetz nicht mit den Ansprüchen entfernter Verwandter auf, Murbles?«
»In gewissem Sinne, ja«, erwiderte der Rechtsanwalt. »Natürlich nicht, wenn es sich um ein Majorat handelt. Aber Sie meinen vermutlich einen normalen Besitz?«
»Ja – was geschieht jetzt mit einem solchen, wenn der Besitzer ohne Testament stirbt?«
»Das ist eine etwas komplizierte Sache«, begann Herr Murbles.
»Also, warten Sie mal – bevor das Gesetz durchging, da bekam der nächste Verwandte alles, nicht wahr – auch wenn es nur ein Vetter zehnten Grades war?«
»Im großen und ganzen stimmt das. Ist aber ein Gatte oder eine Gattin vorhanden –«
»Gatte oder Gattin können wir weglassen. Nehmen wir an, der Betreffende sei ledig und hätte keine nahen Anverwandten, wer –«
»Der nächste Anverwandte, wer immer er sei, wenn er gefunden würde.«
»Auch wenn man bis zur Zeit Wilhelms des Eroberers hätte zurückgehen müssen, um die Verwandtschaft aufzuspüren?«
»Immer vorausgesetzt, daß sie sich bis zu dieser entfernten Zeit hätte eindeutig feststellen lassen«, entgegnete Herr Murbles.
»Das ist natürlich höchst unwahrscheinlich –«
»Ja, ja, ich weiß. Und was geschieht jetzt in so einem Fall?«
»Das neue Gesetz vereinfacht eine Erbschaft bei Mangel eines Testamentes bedeutend«, sagte Herr Murbles und bereitete sich zu einer Vorlesung juristischer Art vor.
»Darauf möchte ich wetten!« warf Wimsey ein. »Ich weiß, was ein Gesetz zur Vereinfachung bedeutet: es bedeutet, daß die

Leute, die es entworfen haben, es selbst nicht verstehen, und daß jede einzelne seiner Klauseln eines Prozesses bedarf, um sie zu entwirren. Aber bitte, fahren Sie fort.«

»Unter dem neuen Gesetz«, fuhr also Herr Murbles fort, »erben, falls weder Frau noch Kinder vorhanden sind, erst die Eltern des Erblassers. Wenn auch die tot sind, seine noch lebenden Geschwister. Wenn von denen eins vor dem Erblasser starb, dann dessen Nachkommen. Im Falle es keine Geschwister gibt —«

»Halt, halt! Weiter brauchen Sie nicht zu gehen! Sie sind ganz sicher, daß die Nachkommen der Geschwister erben?«

»Ja. Das heißt, wenn Sie ohne Testament stürben und Ihre Geschwister auch schon tot wären, würde Ihr Geld zu gleichen Teilen Ihren Neffen und Nichten zufallen.«

»Ja, aber angenommen, die wären auch schon tot und ich hätte so lange gelebt, bis ich nur mehr Großneffe und Großnichten hinterließe, würden die erben?«

»Nun — nun ja, ich glaube schon«, sagte Herr Murbles, ein wenig unsicher. »Ja, ich denke, sie würden erben.«

»Ist ja ganz klar«, sagte Parker etwas ungeduldig, »wenn es heißt, die Nachkommen der Geschwister.«

»Oh, wir dürfen aber nicht voreilig sein«, wandte sich Herr Murbles an ihn. »Dem Laienverstand erscheint der Begriff ›Nachkommen‹ zweifellos ein einfacher. Aber dem Gesetz nach kann das Wort verschiedene Auslegungen haben, je nach der Art des Dokumentes, in dem es vorkommt, und dessen Datum.«

»Aber im neuen Gesetz —«, sagte Peter.

»Ich persönlich bin kein Spezialist in Erbrecht«, sagte Herr Murbles, »und möchte nicht gern ein entscheidendes Urteil über dessen Auslegung abgeben, besonders da meines Wissens noch kein diesbezüglicher Fall vor Gericht gekommen ist — meiner Meinung nach aber, die ich Ihnen indessen nicht zu akzeptieren rate, bevor Sie nicht noch das Urteil einer größeren Autorität eingeholt haben —, meiner Meinung nach also bedeuten Nachkommen in diesem Fall die Nachkommen ad infinitum, so daß also die Großneffen und Großnichten erbberechtigt wären.«

»Aber es gäbe noch eine andere Ansicht?«

»Ja — die Frage ist eine komplizierte —«
»Was habe ich gesagt?« murrte Peter. »Ich hab' es ja gewußt, dieses ›vereinfachende‹ Gesetz würde ein heilloses Durcheinander anstiften.«
»Darf ich fragen«, sagte Murbles, »warum eigentlich Sie das alles wissen wollen?«
»Nun, Herr«, sagte Wimsey und zog aus seiner Brieftasche den Stammbaum der Familie Dawson, den er vom Ehrw. Hallelujah Dawson erhalten hatte, »es handelt sich um Folgendes: Wir haben von Mary Whittaker immer als von Agathe Dawsons Nichte gesprochen. Sie wurde immer so genannt und spricht von der alten Dame als ihrer Tante. Wenn Sie dies hier aber ansehen, kommen Sie darauf, daß sie tatsächlich nur ihre Großnichte ist, die Enkelin von Agathes Schwester Harriet.«
»Ganz richtig«, sagte Herr Murbles, »aber da sie augenscheinlich die nächste überlebende Verwandte war und Agathe Dawson 1925 starb, ging das Erbe nach dem alten Gesetz fraglos auf sie über. Da gab es gar keinen Zweifel.«
»Nein«, sagte Wimsey, »absolut keinen, das ist der springende Punkt. Jedoch —«
»Herrgott!« unterbrach Parker, »jetzt sehe ich, wo du hinauswillst. Wann trat das neue Gesetz in Kraft, Herr?«
»Im Januar 1926«, erwiderte Herr Murbles.
»Und Fräulein Dawson starb, wie wir wissen, ziemlich unerwartet, im November 1925«, fuhr Peter fort. »Angenommen, sie wäre, wie es ihr Arzt bestimmt erwartete, bis Februar oder März 1926 am Leben geblieben — sind Sie vollkommen überzeugt, daß Mary Whittaker dann auch geerbt hätte?«
Herr Murbles öffnete den Mund — und schloß ihn wieder. Er nahm seine Augengläser ab und setzte sie wieder fester auf.
»Sie haben ganz recht, Lord Peter«, sagte er dann in ernstem Ton, »dies ist eine sehr ernste und wichtige Frage. Viel zu ernst, als daß ich ein Urteil darüber abgeben möchte. Wenn ich Sie recht verstehe, meinen Sie, daß jede Zweideutigkeit in der Auslegung des neuen Gesetzes einem Interessenten ein genügend starkes Motiv zur Beschleunigung von Agathe Dawsons Ableben bieten würde.«
»Ja, das eben meine ich. Natürlich, wenn die Großnichte auf jeden Fall erbt, kann die alte Dame ebensogut unter dem neuen

Gesetz, wie unter dem alten, sterben. Wenn aber ein Zweifel darüber besteht – wie verlockend, sie ein wenig schneller um die Ecke zu bringen, so daß sie noch 1925 stirbt. Besonders, da sie ohnehin nicht mehr lange leben konnte und es keine andern Verwandten gab, die übervorteilt wurden.«

»Angenommen«, warf Parker ein, »die Großnichte ist von der Erbschaft ausgeschlossen, wer bekommt dann das Geld?«

»Die Grafschaft Lancaster oder, mit anderen Worten, der Staat.«

»Also tatsächlich niemand Bestimmter«, sagte Wimsey. »Mein Gott, ich finde wirklich nicht, daß es ein so großes Verbrechen ist, ein armes altes Geschöpf, das fürchterlich leidet, ein wenig früher um die Ecke zu bringen, um ein Vermögen zu erben, das einem ohnehin zugedacht war. Warum, zum Teufel, sollte die Grafschaft Lancaster es kriegen? Wer schert sich um die Grafschaft Lancaster? Es ist so, als ob man dem Steueramt ein Schnippchen schlüge.«

»Praktisch mag ja manches für Ihren Standpunkt sprechen«, sagte Herr Murbles. »Vor dem Gesetz jedoch ist Mord Mord, wie gebrechlich auch das Opfer und wie vorteilhaft das Ergebnis ist.«

»Und Agathe Dawson wollte nicht sterben«, fügte Parker hinzu, »sie hat es wiederholt gesagt.«

»Ja«, sagte Wimsey nachdenklich, »und sie hatte wohl ein Recht auf ihren Willen.«

»Ich denke«, sagte Herr Murbles, »bevor wir weitergehen, sollten wir einen Spezialisten konsultieren. Wenn Towkington zu Hause wäre, der ist eine der größten Autoritäten auf diesem Gebiet. Wir sollten ihn anrufen.«

Herr Towkington war zu Hause und frei. Der Fall der Großnichte wurde ihm telefonisch vorgetragen. Herr Towkington, dem die Entscheidungen des Obersten Gerichtshofes nicht gegenwärtig waren, gab aufs Geratewohl sein Urteil dahin ab, daß nach dem neuen Gesetz die Großnichte höchstwahrscheinlich von der Erbfolge ausgeschlossen wäre. Es sei jedoch eine heikle Frage, und er würde gern seine Nachschlagewerke zu Rate ziehen. Könne Herr Murbles nicht zu ihm kommen, die Sache besprechen? Herr Murbles erklärte, er sei augenblicklich bei zwei Freunden zum Essen eingeladen, die sich für die Frage interessierten. Ja, da könnten die beiden Herren selbstverständlich gleich mitkommen, nicht wahr? Herr Murbles übermittelte die Einladung, der prompt Folge geleistet wurde.

Bei ihrer Ankunft in Grays Inn öffnete ihnen Herr Towkington selbst und begrüßte sie laut und fröhlich. Wimsey kannte er vom Sehen, und er war entzückt, Inspektor Parker kennenzulernen.

»Ich habe in Ihrer Angelegenheit nachgeschlagen, während Sie unterwegs waren«, sagte er. »Merkwürdig, was? Daß die Leute sich nicht klar ausdrücken können, wenn sie ein Gesetz entwerfen! Also, Murbles, tragen Sie mir nochmals den Fall vor, wenn ich bitten darf, mit allen Einzelheiten!«

Herr Murbles erklärte die Sache neuerlich an Hand des Stammbaums und erörterte die Frage eines möglichen Mordmotivs.

»Aha!« rief Herr Towkington, höchst ergötzt. »Das ist ausgezeichnet — Ihre Idee, Lord Peter? Sinnreich ausgedacht, allzu sinnreich! Die Anklagebank wird von Herren, die allzu sinnreich sind, bevölkert. Also, Murbles, die Frage dreht sich hier um die Auslegung des Wortes ›Nachkommen‹ — das ist Ihnen klar, wie? In Ermangelung einer neuen Definition, möchte ich sagen, hat es in dem Sinn ausgelegt zu werden, in dem es vor Erlassung des Gesetzes ausgelegt wurde —«

»Entschuldigen Sie«, sagte Wimsey, »ich weiß, Laien sind etwas schrecklich Lästiges — aber möchten Sie nicht so freundlich sein, uns zu erklären, was das verdammte Wort ›Nachkommen‹ gesetzlich bedeutet oder bedeutet hat?«

»Ja, das ist so«, sagte Herr Towkington gnädig. »Vor 1837 —«

»Königin Victoria, ich weiß«, sagte Peter verständnisvoll.

»Richtig. Also zu jener Zeit hatte das Wort überhaupt keine gesetzliche Bedeutung. Von 1837 an hieß in einem Testament ›Nachkommen‹ soviel wie ›Leibeserben‹ —, und zwar ad infinitum. Verstehen Sie?«

»Ja«, fiel Herr Murbles ein, »und bei Ermangelung eines Testaments —«

»Dazu komme ich eben«, sagte Herr Towkington.

»— hieß ebenfalls ›Nachkommen‹ soviel wie ›Leibeserben‹, und zwar bis zum Jahre 1926.«

»Halt!« sagte Herr Towkington. »Als Nachkommen des Kindes oder der Kinder des Erblassers galten allerdings alle vom

Erblasser Abstammenden ad infinitum – aber wo es sich um eine Person handelte, die *nicht* ein Kind der Erblassers war, galten als Nachkommen in diesem Sinne nur die *Kinder* jener Person, die weiteren Abkömmlinge waren nicht mit inbegriffen. Das galt zweifellos bis 1926. Und da das neue Gesetz nichts Gegenteiliges sagt, müssen wir, denke ich, annehmen, daß es auch jetzt noch gilt.«

»Ich beuge mich Ihrem Wissen«, sagte Herr Murbles.

»Immerhin«, fuhr Towkington fort, »wäre es, da das neue Gesetz sich nicht klar darüber äußert, möglich, daß der Richter, falls die Sache vor Gericht käme, in einem für die Anwärterin günstigeren Sinne entscheiden würde.«

»In jedem Fall«, fiel Parker ein, »würde auch eine Ungewißheit bezüglich der Erbschaft ein ebenso starkes Mordmotiv ergeben wie die Gewißheit, nicht zu erben. Wenn Mary Whittaker auch nur dachte, sie könnte um die Erbschaft kommen, falls ihre Großtante bis in das Jahr 1926 lebte, wäre die Versuchung schon vorhanden, sie etwas früher aus dem Wege zu räumen, um sicherzugehen.«

»Das ist vollkommen richtig«, sagte Herr Murbles.

»Scharfsichtig, sehr scharfsichtig!« fügte Herr Towkington hinzu. »Aber sind Sie sich klar, daß diese Ihre Theorie davon abhängt, daß Mary Whittaker schon ungefähr im Oktober 1925 Kenntnis von dem neuen Gesetz und seinen wahrscheinlichen Folgen hatte?«

»Es ist kein Grund ersichtlich, warum sie es nicht gewußt haben sollte«, sagte Wimsey. »Ich erinnere mich, einen diesbezüglichen Artikel einige Monate vorher im *Neuen Abendblatt* gelesen zu haben. Das hat mich auf die Sache gebracht, ich zerbrach mir den ganzen Abend den Kopf, wo ich den Satz über ›das Ende des überseeischen Erben‹ gelesen hatte. Mary Whittaker kann es leicht ebenfalls gelesen haben.«

»Nun, in diesem Fall hätte sie wahrscheinlich einen kundigen Rat eingeholt«, sagte Herr Murbles. »Wer ist ihr juristischer Berater?«

Wimsey schüttelte den Kopf.

»Ich glaube nicht, daß sie den gefragt hat«, wandte er ein. »Wenigstens nicht, wenn sie klug ist. Denn, sehen Sie, wenn sie das getan und er ihr gesagt hätte, sie würde wahrscheinlich nichts erben, außer Fräulein Dawson mache ein Testament oder stürbe vor dem Januar 1926, und wenn dann die alte Dame tatsächlich im Oktober 1925 unerwartet das Zeitliche segnete, würde sich der Rechtsonkel da nicht bewogen gefühlt haben, unbequeme Fragen zu stellen? Es wäre zu gefährlich, wissen Sie! Ich vermute, sie ist zu irgendeinem Fremden gegangen und hat unter einem anderen Namen ein paar unschuldige kleine Fragen gestellt, wie?«

»Wahrscheinlich«, sagte Herr Towkington. »Sie zeigen aber ein außerordentliches Talent für Verbrechen, nicht?«

»Nun, wenn ich mich darauf einließe, würde ich vernünftige Vorsichtsmaßregeln ergreifen«, entgegnete Wimsey. »Es ist geradezu erstaunlich, welch ausgesuchten Blödsinn Mörder oft begehen. Aber von Fräulein Whittakers Verstand habe ich die allerhöchste Meinung. Ich möchte wetten, sie hat ihre Spuren gut verwischt.«

»Glaubst du nicht, daß Herr Probyn die Sache erwähnte, als er damals hinkam und Fräulein Dawson veranlassen wollte, ihr Testament zu machen?« meinte Parker.

»Nein, das glaube ich nicht«, sagte Wimsey energisch. »Doch bin ich ziemlich sicher, daß er versuchte, die Angelegenheit der alten Dame zu erklären, nur war sie von dem bloßen Gedanken an ein Testament derart entsetzt, daß sie ihn gar nicht recht zu Wort kommen ließ. Doch ich meine, der alte Probyn war ein zu geriebener Kerl, um der Erbin zu sagen, daß ihre einzige Chance, zu dem Geld zu kommen, sei, dafür zu sorgen, daß ihre Großtante stürbe, ehe das Gesetz durchging. Würden *Sie* das jemandem erzählen, Herr Towkington?«

»Nicht im Traum!« sagte dieser grinsend.

»Es wäre höchst ungeschickt«, stimmte Herr Murbles zu.

»Übrigens können wir das leicht erfahren«, sagte Wimsey. »Probyn ist in Italien – ich wollte ihm schreiben, aber vielleicht ist es besser, Sie tun es, Murbles. Mittlerweile werden Charles und ich herauszubekommen versuchen, wen Fräulein Whittaker in der Sache konsultierte.«

»Ich hoffe, du vergißt nicht«, sagte Parker, ziemlich trocken, »daß, bevor man zu einem Mord ein Motiv sucht, es gebräuchlich ist, erst zu ermitteln, ob überhaupt ein Mord begangen wurde. Bisher wissen wir nur, daß nach einer sorgfältigen Obduktion zwei diplomierte Ärzte übereingekommen sind, daß Fräulein Dawson eines natürlichen Todes starb.«

»Wenn du nur nicht immer dasselbe sagen würdest, Charles! Es langweilt mich. Warte nur, bis ich mein epochemachendes Werk veröffentliche: ›Handbuch des Mörders oder 101 Arten, einen plötzlichen Tod hervorzurufen.‹ Das wird dir zeigen, daß man mich ernst nehmen muß.«

»Na, schön«, sagte Parker.

Am nächsten Morgen ging er zu seinem Chef und erklärte, daß er nun endlich geneigt sei, den Fall Dawson ernstzunehmen.

15

Als Parker aus dem Chefzimmer kam, hielt ihn ein Beamter an. »Eine Dame hat angerufen«, sagte er. »Ich sagte ihr, sie solle um halb elf wieder anrufen.«

»Wer war es?«

»Eine Frau Forrest. Sie sagte nicht, was sie wollte.«

»Merkwürdig!« dachte Parker. Seine Nachforschungen waren so unfruchtbar geblieben, daß er Frau Forrest aus dem Gotobed-Rätsel so gut wie ausgeschaltet hatte – sie blieb nur im Hintergrund seines Gedächtnisses haften, für den Fall, daß Nachfragen notwendig würden. Der Gedanke belustigte ihn, daß ihr vielleicht endlich eines ihrer Weingläser abging und sie ihn dienstlich angerufen hatte. Seine Mutmaßungen wurden durch einen Anruf unterbrochen: Es war Frau Forrest.

»Inspektor Parker? – Entschuldigen Sie, daß ich Sie bemühe, aber könnten Sie mir Herrn Templetons Adresse geben?«

»Templeton?« fragte Parker verständnislos.

»Hieß er nicht Tempelton – der Herr, mit dem Sie zu mir kamen?«

»Ja, natürlich – verzeihen Sie – ich – die Sache war mir entfallen. Sie wünschen seine Adresse?«

»Ich habe ihm etwas mitzuteilen, das ihm, glaube ich, angenehm sein wird.«

»Gut. Sie können aber ganz offen mit mir sprechen, Frau Forrest!«

»Nicht *ganz* offen«, flötete es sanft am anderen Ende des Drahtes, »Sie sind doch eine offizielle Persönlichkeit, nicht wahr? Ich ziehe es vor, Herrn Templeton privat zu schreiben, und es ihm zu überlassen, was er Ihnen davon mitteilen will.«
»Ah, ich verstehe.« Parkers Gedanken überschlugen sich. Es ging nicht, daß Frau Forrest Herrn Templeton an die Adresse Piccadilly 110 A schrieb, der Brief würde kaum abgegeben werden. Oder wenn sie es sich in den Kopf setzte, selbst hinzugehen, und entdeckte, daß dem Portier kein Herr Templeton bekannt sei, würde sie Verdacht schöpfen und ihre Mitteilungen für sich behalten.
»Ich fürchte«, sagte Parker, »ich kann Ihnen Herrn Templetons Adresse nicht geben, ohne ihn vorher zu fragen. Aber Sie könnten ihn anrufen –«
»Das genügt. Steht er im Telefonbuch?«
»Nein – aber ich kann Ihnen seine Geheimnummer geben.«
»Danke vielmals. Sie entschuldigen doch, daß ich Sie bemühe?«
»Aber mit Vergnügen, gnädige Frau.« Und er nannte Lord Peters Nummer.
Er wartete einige Sekunden und rief dann selbst die Nummer an.
»Hör mal, Wimsey«, sagte er, »Frau Forrest hat mich angerufen. Sie will dir schreiben. Ich wollte ihr deine Adresse nicht geben, aber ich sagte ihr deine Nummer. Wenn sie also nach Herrn Templeton fragt, vergiß nicht, daß du das bist.«
»Schön. Was mag die holde Dame wünschen?«
»Es ist ihr wahrscheinlich eingefallen, daß sie sich eine bessere Geschichte hätte ausdenken können, und sie will dir einige Schnörkel und Verschönerungen aufbinden.«
»Damit wird sie sich wahrscheinlich bloßstellen. Die grobe Skizze ist meistens viel überzeugender als das ausgeführte Bild.«
»Richtig. Ich konnte nichts aus ihr herausbringen.«
»Ich denke, sie wird bei näherer Überlegung zu dem Schluß gelangt sein, daß es nicht gebräuchlich ist, Scotland Yard zum Aufspüren abwegiger Gatten zu bemühen. Sie vermutet, daß irgend etwas los ist, und daß ich ein netter, leicht beeinflußbarer Schwachkopf bin, aus dem sie in Abwesenheit des offiziellen Cerberus leicht etwas herauskriegen kann.«
»Wahrscheinlich. Nun, du wirst mit der Sache schon fertig

werden. Ich begebe mich auf die Suche nach jenem Rechtsanwalt, den Fräulein Whittaker befragte.«
»Eine etwas ausgedehnte Suche, nicht?«
»Nun, ich habe eine Idee, die sich vielleicht bewähren wird. Ich lasse es dich wissen, wenn ich Erfolg habe.«
Frau Forrests Anruf erfolgte in etwa zwanzig Minuten. Sie habe es sich überlegt. Ob Herr Templeton sie nicht heute abend um neun besuchen wolle? Bei näherem Nachdenken zöge sie vor, ihre Mitteilungen nicht zu Papier zu bringen.
Herr Templeton käme mit Vergnügen. Er habe nichts anderes vor. Es sei ihm durchaus nicht unbequem, Frau Forrest solle doch kein Wort mehr darüber verlieren.
Würde Herr Templeton wohl so gut sein, diesen Besuch niemandem gegenüber zu erwähnen? Herr Forrest und seine Spürhunde seien unentwegt auf der Lauer, um ihr Unannehmlichkeiten zu bereiten, und die Scheidungsverhandlung solle in ungefähr einem Monat stattfinden. Es wäre am besten, wenn Herr Templeton mit der Untergrundbahn bis Bond Street führe und von dort zu Fuß zu ihrer Wohnung ginge, damit kein Auto vor dem Haustor stehen bliebe und kein Taxichauffeur gegen Frau Forrest aussagen könne.
Herr Templeton versprach ritterlich, diese Weisungen zu befolgen.
Frau Forrest war ihm sehr verbunden und erwartete ihn um neun Uhr.
»Bunter!«
»Mylord?«
»Ich gehe heute abend aus. Ich darf nicht sagen, wohin, daher sag ich's nicht. Andererseits habe ich das Gefühl, daß es unklug wäre, aus dem Bereich der Sterblichen sozusagen zu verschwinden. Es könnte doch etwas geschehen, ein Schlaganfall oder etwas Ähnliches . . . Ich lasse also die Adresse in einem versiegelten Umschlag zurück. Wenn ich vor morgen früh nicht wieder auftauche, betrachte ich mich als aller Versprechungen entbunden.«
»Sehr wohl, Mylord.«
»Und wenn ich bei dieser Adresse nicht gefunden werden sollte, wäre es angezeigt, im — sagen wir — Eppinger Wald zu suchen oder im Wimbledon-Park.«

»Sehr wohl, Mylord.«
»Übrigens, haben Sie diese Fingerabdrücke fotografiert, die ich Ihnen vor einiger Zeit brachte?«
»Gewiß, Mylord.«
»Weil Herr Parker sie vielleicht bald für einige Untersuchungen brauchen wird.«
»Sehr wohl, Mylord.«
»Hat gar nichts zu tun mit meinem Ausgang von heute abend, verstehen Sie?«
»Gewiß, Mylord.«
»Und jetzt bringen Sie mir den Katalog von Christie. Ich gehe zu einer Auktion hin und dann in den Club zum Mittagessen.«

Lord Peter erfüllte alle ihm auferlegten Bedingungen und traf zu Fuß vor dem Haus in der South-Audley-Straße ein. Wie damals, öffnete Frau Forrest selbst. Es war erstaunlich, dachte er, daß sie, mit ihren Mitteln, weder ein Dienstmädchen noch eine Gesellschafterin hatte.
Frau Forrest entschuldigte sich sehr liebenswürdig wegen der Unbequemlichkeit, die sie Herrn Templeton auferlegte.
»Ich weiß eben nie, ob man mir nicht nachspioniert«, sagte sie. »Es ist pure Bosheit, wissen Sie! Wenn man bedenkt, wie sich mein Mann mir gegenüber benommen hat, finde ich es ungeheuerlich – Sie nicht auch?«
Ihr Gast stimmte zu, daß Herr Forrest ein Ungeheuer sein müsse, wenn auch mit dem jesuitischen Hintergedanken, eins aus dem Bereiche der Fabel.
»Und jetzt werden Sie fragen, warum ich Sie hergebeten habe«, fuhr die Dame fort. »Aber kommen Sie, setzen wir uns aufs Sofa. Wollen Sie Whisky oder Kaffee?«
»Kaffee, bitte.«
»Die Sache ist nämlich«, sagte Frau Forrest, »daß mir, seit ich Sie sah, eine Idee kam. Wissen Sie, da ich selbst in einer ähnlichen Lage war (mit einem leichten Lachen), konnte ich mich so gut in Ihre Kusine hineindenken.«
»Sylvia, ja«, warf Lord Peter mit lobenswerter Promptheit ein. »Sie ist wohl sehr leidenschaftlich, aber sie war auch schwer gereizt. Arme Frau, ein so zartbesaitetes Geschöpf wie sie fühlt alles doppelt –«

»Gewiß.« Frau Forrest nickte. Ihr Kopf war mit einen phantastischen Goldstoff turbanartig umwickelt, so daß nur zwei flache Halbkreise blonden Haars bis an die Backenknochen heranreichten. Sie sah in dem exotischen Hosenkleid aus bestickter Seide wie ein junger Prinz aus Tausendundeiner Nacht aus. Mit reichberingten Händen füllte sie die Kaffeetassen.

»Ich fühlte, daß Ihre Erkundigungen ernst zu nehmen waren, und obwohl ich, wie ich Ihnen sagte, nichts damit zu tun habe, beschäftigte mich die Sache und ich erwähnte sie in einem Brief an – an meinen Freund, der an jenem Abend bei mir war.«

»Ja«, sagte Wimsey, während er seine Tasse von ihr entgegennahm, »ja, – das war sehr freundlich von Ihnen, sich – äh – so dafür zu interessieren.«

»Er – mein Freund – ist momentan im Ausland, mein Brief mußte ihm nachgeschickt werden, und so erhielt ich erst heute seine Antwort.«

Frau Forrest nahm ein oder zwei Schluck Kaffee, als wollte sie ihre Erinnerung auffrischen.

»Sein Brief hat mich überrascht. Er erinnerte mich daran, wie ihm nach Tisch das Zimmer etwas dumpfig erschienen sei und er das Fenster hier im Wohnzimmer, das auf die South-Audley-Straße geht, öffnete. Er bemerkte unten ein Auto – ein kleines, geschlossenes, schwarz oder dunkelbraun war es. Und wie er so müßig hinunterblickte, sah er einen Mann und eine Frau aus diesem Häuserblock kommen – nicht aus unserer Tür, sondern aus einer mehr links gelegenen – die einstiegen und wegfuhren. Der Mann war im Abendanzug, und mein Freund meinte, er könnte der Herr gewesen sein, dem Sie nachforschten.«

Lord Peter, die Kaffeetasse an den Lippen, hielt inne und hörte mit großer Aufmerksamkeit zu.

»War das Mädchen auch im Abendkleid?«

»Nein – das fiel meinem Freund noch besonders auf. Sie trug ein einfaches schwarzes Kostüm und einen Hut.«

Lord Peter rief sich Bertha Gotobeds Kostüm so gut als möglich ins Gedächtnis zurück. Sollte jetzt endlich etwas Greifbares zutage kommen?

»Das – das ist sehr interessant«, stotterte er. »Ich vermute, Ihr

Freund konnte das Kleid nicht genauer beschreiben?«
»Nein«, sagte Frau Forrest bedauernd, »aber er erwähnte, daß der Herr seinen Arm um das Mädchen gelegt hatte, als sei sie müde oder nicht wohl, und er hörte ihn sagen: ›So ist's recht, in der frischen Luft wird dir gleich besser werden.‹ Aber Sie trinken ja Ihren Kaffee nicht!«
»Ich bitte um Verzeihung —« Wimsey fuhr aus seinen Gedanken auf. »Ich war so versunken — reimte mir die Sache zusammen — also war er doch hier — der durchtriebene Kerl! Ah, der Kaffee! Darf ich diesen stehenlassen und um einen ohne Zucker bitten?«
»Oh, tut mir leid, Herren nehmen sonst immer Zucker in den Mokka. Geben Sie ihn mir — ich schütte ihn weg.«
»Gestatten Sie.« Wimsey erhob sich rasch und schüttete den Kaffee in den Blumenkasten vor dem Fenster. »So, geht in Ordnung. Trinken Sie nicht noch eine Tasse?«
»Ich sollte nicht — ich kann danach nicht einschlafen.«
»Nur ein Schlückchen.«
»Na schön, wenn Sie wollen.« Sie füllte beide Tassen und trank ihren Kaffee in kleinen Schlucken. »Das ist alles«, sagte sie, »aber ich dachte, ich sollte es Ihnen doch mitteilen.«
»Es war sehr freundlich von Ihnen«, sagte Wimsey.
Sie plauderten noch ein wenig — über Theater (»Ich gehe sehr wenig aus, wissen Sie!«) und Bücher. Wolle Herr Templeton nicht von dem Gebäck nehmen oder etwas zum Trinken, einen Kognak? Oder Likör? Wirklich nicht?
»Nein, danke.« Und Herr Templeton fand, es sei wirklich schon Zeit, daß er sich empfehle.
»Nein — gehen Sie noch nicht — ich fühle mich so einsam an diesen langen Abenden.«
In ihrer Stimme lag etwas Drängendes. Lord Peter nahm wieder Platz.
Sie begann mit einer weitschweifigen und etwas verwirrten Geschichte über ihren Freund. Sie hatte soviel für den Freund aufgegeben. Und jetzt, da es wirklich zur Scheidung kam, hatte sie das schreckliche Gefühl, daß er vielleicht nicht mehr so liebevoll war wie früher. Es war sehr schwer für eine Frau und das Leben sehr hart!
Und so weiter . . .

Während die Minuten vergingen, wurde sich Lord Peter ungemütlich bewußt, daß sie ihn genau beobachtete. Ihre Worte kamen hastig, doch ohne Leben heraus, wie eingelernt, aber ihre Augen waren die Augen eines Menschen, der etwas erwartet. Etwas Beängstigendes, entschied er bei sich, aber etwas, zu dem sie entschlossen war. Es erinnerte ihn an einen Menschen, der zu einer Operation entschlossen, darauf vorbereitet ist — weiß, daß sie ihm nützen wird — und dennoch davor zurückschreckt.

Er hielt die nichtige Konversation seinerseits aufrecht, während seine Gedanken lebhaft arbeiteten, die Situation analysierten, sich ein Bild machten ...

Auf einmal begriff er, daß sie sich bemühte — auf plumpe, ungeschickte Art und halb gegen ihren Willen —, ihn zu einer Liebesszene zu verleiten.

Die Tatsache selbst fiel Wimsey nicht weiter als sonderbar auf. Er war reich, ein Mann von Welt und anziehend genug, um in den siebenunddreißig Jahren seines Lebens solche Aufforderungen ziemlich oft erhalten zu haben. Und nicht immer nur von erfahrenen Frauen, es hatte auch solche gegeben, die Erfahrungen suchten. Aber eine so ungeschickte Annäherung einer Frau, die selbst zugab, einen Gatten und einen Geliebten zu besitzen, war ihm noch nie vorgekommen.

Übrigens wurde ihm die Sache lästig. Frau Forrest war zwar schön, aber sie besaß nicht die geringste Anziehungskraft für ihn. Obwohl sie so geschminkt und auffallend gekleidet war, machte sie auf ihn einen altjüngferlichen, um nicht zu sagen geschlechtslosen Eindruck. Das war es, das ihm schon bei der ersten Unterredung aufgefallen war. Parker — ein junger Mann von tugendhaftester Lebensführung und wenig Weltkenntnis — war für solche Ausstrahlungen nicht empfänglich. Wimsey jedoch hatte sie schon damals als geschlechtslos empfunden. Jetzt empfand er das sogar noch stärker. Noch nie war ihm eine Frau begegnet, bei der das gewisse Etwas so gänzlich fehlte.

Jetzt lehnte sie sich mit der entblößten Schulter an ihn, auf dem schwarzen Tuch weiße Puderspuren zurücklassend.

Erpressung war die erste Erklärung, die ihm einfiel. Als nächstes würde plötzlich im Türrahmen der sagenhafte Herr Forrest erscheinen (oder jemand, der ihn vorstellte), in tugendhafter

Entrüstung und gerechtem Zorn glühend, und —
»Nette kleine Falle«, dachte Wimsey und fügte laut hinzu: »Nun muß ich aber wirklich gehen.«
Sie haschte nach seinem Arm.
»Gehen Sie noch nicht!«
Es lag keine Zärtlichkeit in der Berührung — nur eine Art von Verzweiflung.
Er dachte: »Wenn sie das gewohnheitsmäßig betriebe, würde sie es besser machen.«
»Nein wirklich«, sagte er, »ich sollte nicht länger bleiben, es wäre zu gefährlich für Sie.«
»Ich riskiere es«, sagte sie.
Eine leidenschaftliche Frau hätte es leidenschaftlich gesagt. Oder mit tapferer Heiterkeit. Oder herausfordernd. Oder verführerisch. Oder geheimnisvoll.
Sie aber sagte es grimmig. Ihre Finger bohrten sich in seinen Arm.
»Nun, hol's der Teufel, auch ich riskiere es!« dachte Wimsey. »Ich muß und will wissen, worum es hier geht.«
»Arme kleine Frau.« Er sprach im schmeichelnden Ton des Mannes, der im Begriff ist, eine verliebte Torheit zu begehen. Und während er den Arm um sie legte, spürte er, wie ihr Körper sich straffte; doch sie seufzte erleichtert auf.
Er zog sie plötzlich heftig an sich und küßte sie mit geübter leidenschaftlicher Übertriebenheit auf den Mund.
Dann wußte er. Niemand, dem es je begegnet, kann es verkennen: dieses erschauernde Zurückweichen, diese unbeherrschbare Empörung des Fleisches gegen eine ihm ekelhafte Liebkosung. Er dachte einen Augenblick, es würde ihr tatsächlich schlecht werden.
Er ließ sie sanft los und stand auf — sein Kopf wirbelte, aber er triumphierte. Sein erster Instinkt war doch der richtige gewesen.
»Das war sehr schlimm von mir«, sagte er leichthin, »Sie haben mich um die Besinnung gebracht. Aber Sie verzeihen mir, nicht wahr?«
Sie nickte, noch bebend.
»Und jetzt muß ich mich wirklich davonmachen. Es ist schon furchtbar spät. Wo ist mein Hut? Ah, im Vorzimmer. Und nun

leben Sie wohl, Frau Forrest, und geben Sie acht auf sich. Und nochmals vielen Dank, daß Sie mir erzählten, was Ihr Freund sah.«

»Sie gehen wirklich schon?«

Sie sprach, als habe sie alle Hoffnung verloren.

»Ja, um Gottes willen«, dachte Wimsey, »was will sie denn? Hat sie Verdacht, daß Herr Templeton nicht ist, was er scheint? Will sie, daß ich die Nacht hier bleibe, damit sie das Monogramm in meinem Hemd sehen kann? Oder soll ich die Situation für sie retten, indem ich ihr Lord Peter Wimseys Visitenkarte überreiche?«

Er spielte mit dem Gedanken, während er sich bis zur Tür durchschwätzte. Sie ließ ihn ohne ein weiteres Wort gehen.

Ehe er ins Vorzimmer trat, wandte er sich um und sah sie nochmals an. Sie stand in der Mitte des Zimmers und beobachtete ihn, und auf ihrem Gesicht lag ein Ausdruck von solcher Angst und Wut, daß ihn ein Schauer überlief.

16

Fräulein Whittaker und das jüngste Fräulein Findlater waren von ihrer kleinen Reise zurück. Fräulein Climpson, getreuester der Spürhunde, hatte, eingedenk der Weisungen in Lord Peters Brief, den sie gleich einem Talisman in der Rocktasche trug, Vera Findlater zum Tee eingeladen.

Tatsächlich hatte Fräulein Climpson ein aufrichtiges Interesse für das junge Mädchen gefaßt. Ihre albernen Affektationen und Überspanntheiten erkannte sie als Anzeichen einer wirklichen Unzufriedenheit mit der Enge des Lebens in einer Kleinstadt. Außerdem war Fräulein Climpson überzeugt, daß Vera Findlater von der schönen Mary Whittaker ausgenützt wurde. »Es wäre ein Glück für das Mädchen«, dachte Fräulein Climpson, »wenn sie sich in einen jungen Mann verliebte. Bei einem Schulmädchen ist eine Schwärmerei natürlich, bei einem Frauenzimmer von zweiundzwanzig ungesund. Und natürlich fördert diese Whittaker das Ganze noch. Es ist ihr angenehm, jemanden zu haben, der sie bewundert und ihr alles abnimmt.

Und ein einfältiges Ding, das geistig tief unter ihr steht, paßt ihr gerade. Wenn Mary Whittaker jemanden heiratete, würde der eine Null sein. Aber sie scheint mir nicht zum Heiraten geschaffen, sondern für einen Beruf. Jedenfalls tut sie Vera Findlater nicht gut.«

Diese war gern bereit, von ihrem Aufenthalt auf dem Land zu erzählen. Sie waren erst ein paar Tage umhergebummelt, dann hatten sie von einer wunderbaren Hühnerfarm gehört, die in der Nähe von Orpington in Kent zu verkaufen sei. Sie waren also hingefahren, um sie anzusehen. Natürlich konnte man sie nicht übernehmen, ohne Erkundigungen einzuziehen, und da traf es sich günstig, daß ein reizendes kleines Häuschen, ganz in der Nähe, zu vermieten war. Das hatten sie für ein paar Wochen gemietet, während Mary sich über den Stand der Dinge, was Hühnerzucht betraf, informierte. Sie hatten sich riesig wohl gefühlt, und es war herrlich gewesen, zusammen zu wirtschaften, weit weg von all den dummen Leuten zu Hause.

»Sie meine ich natürlich nicht, Fräulein Climpson, Sie kommen ja aus London und sind viel großzügiger. Aber die Leute von Leahampton kann ich einfach nicht ausstehen, und Mary kann's ebensowenig.«

»Ja, es ist herrlich, sich frei von Konventionen zu fühlen, besonders, wenn man eine verwandte Seele findet«, sagte Fräulein Climpson.

»Ja — natürlich sind Mary und ich innig befreundet, wenn sie auch viel gescheiter ist als ich. Es ist schon abgemacht, daß wir zusammen die Farm übernehmen. Wird das nicht wundervoll sein?«

»Werden Sie es nicht etwas langweilig und einsam finden — nur ihr beiden Mädchen allein? Sie dürfen nicht vergessen, Sie sind gewohnt, eine Menge junger Leute in Leahampton zu sehen. Werden Ihnen die Tennispartien nicht abgehen und die jungen Herren?«

»Ach wo! Wenn Sie nur wüßten, wie dumm die alle sind! Ich brauche überhaupt keine Männer!« Fräulein Findlater warf den Kopf zurück. »Sie haben gar keine Ideen. Mary ist fünfzig von ihnen wert. Wir werden nie heiraten, das ist schon beschlossen. Wir interessieren uns für Dinge, nicht für Männer.«

»Sie haben jedenfalls einen guten Anfang gemacht mit dem Versuch, wie Sie und Fräulein Whittaker miteinander auskommen. Ein Monat ist eine ganz schöne Probezeit. Sie hatten wohl jemanden für die Hausarbeit?«

»Keine Seele. Wir haben alles selbst gemacht, und es war riesig lustig. Ich kann so schön Böden reiben und Feuer machen, und Mary ist eine großartige Köchin. Es war eine so angenehme Abwechslung gegen zu Hause, wo einen die Dienstboten immer belästigen.«

»Und was taten Sie sonst?«

»Ach, wir sind umhergefahren und haben Märkte besucht —«

»Sind Sie gar nicht nach London gefahren?«

»Nein.«

»Ich hätte doch geglaubt, Sie hätten die Gelegenheit zu einem kleinen Ausflug benützt.«

»Mary haßt London.«

»Aber Sie, dachte ich, fuhren gern hier und da einmal hin?«

»Jetzt bin ich nicht mehr so darauf erpicht. Es ist nichts dahinter.«

»Also waren Sie die ganze Zeit beisammen — nur Sie beide?«

»Jede Minute. Aber wir langweilten uns nicht die Spur.«

»Ich hoffe, Ihr Experiment wird vollen Erfolg haben«, sagte Fräulein Climpson. »Wenn Sie dann aber wirklich Ihr neues Leben beginnen, glauben Sie nicht, daß es klug wäre, es manchmal zu unterbrechen? Eine kleine Abwechslung tut jedermann gut. Gar manche innige Freundschaft verdarb daran, daß man immer beieinander steckte.«

»Dann kann es keine wirkliche Freundschaft gewesen sein«, dozierte das junge Mädchen. »Mary und ich sind vollkommen glücklich miteinander.«

»Dennoch, wenn Sie einer alten Frau einen Rat nicht übelnehmen, würde ich an Ihrer Stelle den Bogen nicht allzu straff spannen. Wenn, zum Beispiel, Fräulein Whittaker einmal wegfahren und einen Tag in London allein oder mit Freunden verbringen möchte, müßten Sie lernen, sich nicht darüber zu kränken.«

»Natürlich würde ich mich nicht darüber kränken. Als Mary —« Sie stockte.. »Ich meine, Mary hängt geradeso an mir wie ich an ihr.«

»Das ist recht«, sagte Fräulein Climpson. »Je länger ich lebe, desto mehr sehe ich, daß Eifersucht das Verhängnisvollste ist.«
»Ja. Obwohl mir der Gedanke entsetzlich wäre, daß Mary, mit der ich wirklich befreundet bin, mir jemand andern vorziehen könnte . . .«
»Nun, mein liebes Kind, wenn einmal der richtige Mann für Sie kommt —«
»Zum Kuckuck mit dem richtigen Mann!« rief Fräulein Findlater ärgerlich. »Ich hasse dieses Gerede. Man kommt sich vor wie eine prämiierte Kuh. Darüber ist man doch heute wohl hinaus.«
Fräulein Climpson bedauerte, das junge Mädchen verstimmt zu haben, und lenkte die Unterhaltung auf ein anderes Gebiet.
Doch eines konnte sie Lord Peter nun bestimmt versichern. Wer immer die Frau war, die Frau Cropper in Liverpool gesehen hatte, Fräulein Whittaker konnte es nicht gewesen sein. Das anhängliche Fräulein Findlater, die ihrer Freundin nicht von der Seite gewichen war, war genügende Bürgschaft dafür.

17

Brief von Herrn Probyn, Rechtsanwalt im Ruhestand, in Fiesole, Villa Bianca, an Herrn Murbles, Rechtsanwalt in London, Staple Inn:

»Privat und vertraulich.«

»Sehr geehrter Herr,

Ihr Brief, den Tod von Fräulein Agathe Dawson aus Leahampton betreffend, hat mich sehr interessiert, und ich will mein möglichstes tun, Ihre Anfragen so kurzgefaßt wie möglich zu beantworten, immer unter der Voraussetzung, daß jede Information über die Angelegenheiten meiner verstorbenen Klientin als streng vertraulich behandelt wird. Eine Ausnahme bildet natürlich der Polizeibeamte, den Sie in Verbindung mit der Sache erwähnten.

Sie wünschen zu wissen:
1. Ob Fräulein Agathe Dawson wußte, daß es möglicherweise nötig wäre, in Hinsicht auf das neue Gesetz testamentarische Verfügungen zu treffen, um ihrer Großnichte, Fräulein Mary Whittaker, die Erbschaft ihres Vermögens zu sichern.
2. Ob ich sie je drängte, diese Verfügungen zu treffen, und was ihre Antwort darauf war.
3. Ob ich Fräulein Mary Whittaker die Situation auseinandersetzte, in die sie geriete, im Falle ihre Großtante nach dem 31. Dezember 1925 ohne Testament stürbe.
Im Verlauf des Frühlings 1925 wurde meine Aufmerksamkeit durch einen Kollegen auf den Doppelsinn des Wortlauts verschiedener Klauseln in dem neuen Gesetz gelenkt, besonders bezüglich des Mangels einer genauen Auslegung des Wortes ›Nachkommen‹. Ich ging sofort die Angelegenheiten meiner verschiedenen Klienten durch, um mich zu überzeugen, ob in jedem Fall die richtigen Verfügungen getroffen waren, um Mißverständnisse und Prozesse nach deren Tod zu vermeiden. Es wurde mir sofort klar, daß Fräulein Whittakers Erbanspruch auf Fräulein Dawsons Vermögen vollkommen von der Auslegung abhinge, die man den betreffenden Klauseln gäbe. Ich wußte, daß Fräulein Dawson der Abfassung eines Testaments äußerst abgeneigt war, jener abergläubischen Angst vor dem Tod wegen, die wir in unserem Beruf so oft antreffen. Dennoch hielt ich es für meine Pflicht, ihr die Sache auseinanderzusetzen und mein möglichstes zu tun, ein Testament von ihr zu erreichen. Demgemäß fuhr ich nach Leahampton und legte ihr die Angelegenheit vor. Es war dies ungefähr am 14. März – den genauen Tag weiß ich nicht mehr.
Unglücklicherweise traf ich Fräulein Dawson in einem Augenblick, da ihr Widerstand gegen den verhaßten Gedanken, ein Testament zu machen, am stärksten war. Ihr Arzt hatte ihr mitgeteilt, daß in den nächsten Wochen eine weitere Operation nötig sei, und ich hätte keine ungünstigere Gelegenheit wählen können, um ihr den Gedanken an den Tod vor Augen zu führen. Sie nahm jeden diesbezüglichen Vorschlag äußerst übel auf – erklärte, es sei eine Verschwö-

rung, sie so zu ängstigen, daß sie unter dem Messer bliebe. Ihr höchst taktloser behandelnder Arzt schien sie vor ihrer früheren Operation durch einen ähnlichen Vorschlag erschreckt zu haben. Diese jedoch hatte sie überstanden, und sie beabsichtigte auch die kommende zu überstehen, wenn die Leute sie nur nicht ärgern und ängstigen wollten!

Natürlich, wäre sie an der Operation gestorben, wäre die ganze Angelegenheit erledigt und kein Testament nötig gewesen. Ich machte sie aufmerksam, daß der Grund, warum ich so auf ein Testament drängte, gerade der war, daß ich bestimmt erwartete, sie werde über das Neujahr hinaus am Leben bleiben, und erklärte ihr noch einmal das neue Gesetz, so klar ich konnte. Sie entgegnete, daß ich sie damit überhaupt hätte in Ruhe lassen sollen, es hätte Zeit gehabt, bis das Gesetz durchgegangen wäre.

Natürlich hatte der Esel von einem Doktor darauf bestanden, daß man ihr die Art ihrer Krankheit verheimliche — das tun sie ja immer —, und sie war überzeugt, daß die nächste Operation alles in Ordnung bringen und sie noch jahrelang leben würde. Als ich es wagte, weiter in sie zu dringen, und zur Begründung sagte, daß wir Männer des Gesetzes immer gern sichergingen, wurde sie außerordentlich böse und warf mich förmlich hinaus. Nach einigen Tagen erhielt ich einen Brief von ihr, worin sie sich über meine Unverschämtheit beklagte und meinte, sie könne kein Vertrauen mehr zu einem Menschen haben, der sie mit so rücksichtsloser Roheit behandelt hätte. Auf ihr Verlangen sandte ich alle ihre in meiner Verwahrung befindlichen Papiere an Herrn Hodgson in Leahampton und habe seit dieser Zeit keinerlei Verbindung mehr mit einem Mitglied ihrer Familie gehabt.

Womit Ihre erste und zweite Frage beantwortet ist. In bezug auf die dritte: Ich hielt es keineswegs für angezeigt, Fräulein Whittaker mitzuteilen, daß ihre Erbschaft davon abhinge, daß ihre Großtante entweder ein Testament mache oder vor Dezember 1925 stürbe. Obwohl ich nichts zum Nachteil der jungen Dame wußte, habe ich es nie für ratsam gehalten, wenn Leute zu genau wußten, was sie durch das unerwartete Ableben anderer zu gewinnen hätten. Ich ging nur soweit, Fräulein Whittaker zu sagen, falls Fräulein Dawson den

Wunsch äußerte, mich zu sprechen, sollte ich unverzüglich benachrichtigt werden. Natürlich verhinderte die Übertragung von Fräulein Dawsons Angelegenheiten an einen anderen Rechtsanwalt jede weitere Einmischung meinerseits.

Im Oktober 1925 zog ich mich von den Geschäften zurück und fuhr nach Italien, wohin die englischen Zeitungen nicht immer regelmäßig kommen, so daß ich die Ankündigung von Fräulein Dawsons Tod nicht zu Gesicht bekam. Es ist jedenfalls interessant, daß er so plötzlich und unter einigermaßen geheimnisvollen Umständen eintrat.

Sie schreiben weiterhin, daß Sie gern meine Ansicht über Fräulein Agathe Dawsons Geisteszustand zur Zeit, als ich sie das letztemal sah, hören würden. Sie war vollkommen klar und verständig – soweit sie überhaupt je fähig war, über geschäftliche Dinge zu verhandeln. Sie hatte nicht die Gabe, sich mit juristischen Problemen auseinanderzusetzen, und ich hatte die größte Schwierigkeit, ihr das neue Gesetz halbwegs begreiflich zu machen. Da sie mit dem Gedanken aufgewachsen war, jeder Besitz müßte von Rechts wegen an den nächsten Verwandten übergehen, wollte sie es nicht glauben, daß ein Gesetz, das dies in Frage stellte, durchgehen könne. Sie war keine sehr vernünftige Frau, und ich war schließlich nicht ganz sicher, daß sie die Situation vollkommen begriffen hatte – abgesehen von ihrem Widerwillen gegen das ganze Thema. Dennoch war sie damals zweifellos vollständig compos mentis. Mein Beweggrund, sie vor ihrer letzten Operation zur Abfassung eines Testaments zu drängen, war natürlich der, daß ich befürchtete, sie könnte später nicht mehr im Vollbesitz ihrer Kräfte sein oder – was vom juristischen Standpunkt auf dasselbe hinauskommt – ständig unter dem Einfluß von Opiaten stehen.

Indem ich hoffe, daß Sie hiermit die gewünschten Informationen gefunden haben, zeichne ich als

Ihr ergebener
Thomas Probyn.«

Herr Murbles las diesen Brief zweimal sehr nachdenklich durch. Sogar seinem vorsichtigen Sinn begann die Sache nach einem verdächtigen Fall auszusehen. Er schrieb Inspektor Par-

ker eine Karte, in der er ihn ersuchte, ihn, sobald es ihm passe, aufzusuchen.
Herr Parker jedoch empfand in diesem Augenblick nichts als Abneigung beim Anblick der Messingtafel eines Rechtsanwalts. Seit zwei Tagen tat er nichts, als Rechtsanwälte besuchen, und die Liste derer, die er noch aufzusuchen hatte, war schier endlos.
Parker war einer jener methodischen, arbeitsamen Leute, die die Welt nur schwer entbehren könnte. Wenn er mit Wimsey einen Fall bearbeitete, stand es von vornherein fest, daß alles Langwierige, Verwickelte und Geisttötende von Parker besorgt wurde. Manchmal ärgerte er sich darüber, daß Wimsey das so selbstverständlich fand.
Für diesen Fall hatte er sich ein eigenes System zurechtgelegt. Er war sicher, daß Fräulein Whittaker, sobald sie von dem neuen Gesetz erfahren hatte, sich sofort an einen Rechtsanwalt um Rat gewendet hatte. Falls sie damals noch kein Verbrechen plante, hatte sie keinen Grund, nicht zu einem Rechtsanwalt in Leahampton zu gehen. Er fuhr daher hin und suchte die drei Rechtsanwälte, die es dort gab, auf. Alle drei sagten mit größter Bestimmtheit aus, daß während des Jahres 1925 eine solche Anfrage weder von Fräulein Whittaker noch von sonst jemand an sie gerichtet worden sei.
Das war alles, was er in Leahampton erreicht hatte, außer einem Besuch bei Fräulein Climpson, von der er sich ihre Unterredung mit Vera Findlater erzählen ließ. Sie begleitete ihn dann noch zum Bahnhof, in der Hoffnung, Fräulein Whittaker zu begegnen, aber da hatten sie kein Glück. Im großen und ganzen war es Parker auch, so sehr es ihn interessiert hätte, sie zu sehen, so lieber, besonders da er in Gesellschaft Fräulein Climpsons war. »Apropos«, sagte er zu dieser, »Sie sollten Frau Budge doch eine Erklärung für meinen Besuch geben, sonst wird sie zu neugierig!«
»Ach, das habe ich schon getan«, erwiderte Fräulein Climpson kichernd, »als Frau Budge einen Herrn Parker meldete, dachte ich sofort: sie dürfe doch nicht wissen, wer Sie seien, und sagte rasch: ›Ah, das muß mein Neffe Adolphus sein!‹ Es macht Ihnen doch nichts, Adolphus zu heißen? Es war der einzige Name, der mir augenblicklich einfiel.«

»Fräulein Climpson«, sagte Parker feierlich. »Sie sind eine wundervolle Frau, und es hätte mir nichts ausgemacht, auch wenn Sie mich Ezechiel genannt hätten.«

Was nun? fragte sich Parker.

Für einen Menschen, der etwas zu verbergen hat — einen Menschen, der seine Identität verlieren will, wie ein Blatt im welken Laub —, einen Menschen, der nichts anderes will, als an dir vorübergehen und vergessen werden, gibt es vor allem einen Ort, der eine Freistätte der Sicherheit und des Vergessens zu sein verspricht: London. Wo niemand seinen Nachbarn kennt, die Verkäufer ihre Kunden nicht kennen, Ärzte plötzlich zu unbekannten Patienten gerufen werden, die sie nie mehr wiedersehen, wo einer monatelang unvermißt und unbemerkt tot zu Hause liegen mag, bis der Gasmann kommt, den Gasmesser abzulesen, wo Fremde freundlich sind und Freunde einander fast fremd. Das diskrete, gleichgültige, allesumfassende London!

Parker dachte: »Zehn zu eins, sie wird es in London versucht haben! Dort halten es alle für sicherer.«

Fräulein Whittaker kannte natürlich London. Sie war im Königlichen Freispital Pflegerin gewesen; das bedeutete, daß sie Bloomsbury besser als jeden anderen Stadtteil kannte. Unglücklicherweise für Parker war dies ein Viertel, das von Rechtsanwälten wimmelte.

Darum war Parker an diesem heißen Juninachmittag so verstimmt, als er sich nach einem raschen Mittagessen wieder zu seinem Rundgang aufraffte.

Die erste Kanzlei, zu der er kam, war die eines gewissen J. F. Trigg. Er war zum Glück gerade frei und bereit, ihn zu empfangen.

Herr Trigg war ein angenehmer, frisch aussehender Herr, Anfang Vierzig. Er bat Parker, Platz zu nehmen, und fragte, womit er ihm dienen könnte.

Zum siebenunddreißigstenmal begann nun Parker mit der Erzählung, die er sich für seine Zwecke ausgedacht hatte.

»Ich bin nur vorübergehend in London, Herr Trigg, und wurde an Sie von einem Herrn empfohlen, den ich in einem Restaurant kennenlernte. Er sagte mir wohl seinen Namen, er ist mir jedoch entfallen und tut ja nichts zur Sache. Es handelt sich um

Folgendes: Meine Frau und ich, wir sind nach London gekommen, um ihre Großtante zu besuchen, die sehr krank ist, das heißt eigentlich schon im Sterben liegt.
Die alte Dame hat meine Frau immer sehr gern gehabt, und es war so gut wie ausgemacht, daß meine Frau sie einmal beerben werde. Es ist ein hübsches Stück Geld, und wir haben sozusagen damit gerechnet, da auch gar keine anderen Verwandten vorhanden sind. Die alte Dame hat wohl manchmal davon gesprochen, ein Testament zu machen, aber wir kümmerten uns nicht weiter darum, denn wir hielten es für selbstverständlich, daß meine Frau auf jeden Fall erben würde. Gestern aber, als wir mit einem Freund darüber sprachen, teilte er uns zu unserer Bestürzung mit, daß es jetzt ein neues Gesetz gebe, nach dem meine Frau, wenn ihre Großtante kein Testament gemacht hätte, gar nichts bekäme. Ich glaube, er sagte, es fiele alles an den Staat. Ich konnte das nicht recht glauben, aber meine Frau ist ängstlich geworden – wir müssen doch an die Kinder denken – und hat mich gedrängt, den Rat eines Rechtsanwaltes einzuholen; denn ihre Großtante kann jeden Augenblick sterben, und wir wissen nicht, ob ein Testament da ist oder nicht. Wie steht es nun mit einer Großnichte nach dem neuen Gesetz?«
»Dieser Punkt ist eben nicht ganz klar«, sagte Herr Trigg, »aber ich kann Ihnen nur den Rat geben, sich sogleich zu erkundigen, ob ein Testament gemacht wurde, und wenn nicht, unverzüglich zu veranlassen, daß eines abgefaßt wird, falls die Erblasserin noch dazu imstande ist. Sonst, glaube ich, besteht tatsächlich große Gefahr, daß Ihre Frau leer ausgeht.«
»Die Frage scheint Ihnen sehr vertraut zu sein«, sagte Parker lächelnd, »Sie werden das wahrscheinlich fortwährend gefragt, seit das neue Gesetz herauskam?«
»Fortwährend möchte ich gerade nicht sagen. Es ist relativ selten, daß eine Großnichte als einzige Verwandte zurückbleibt.«
»So? Nun ja, das kann ich mir denken. Erinnern Sie sich, ob diese Frage im Sommer 1925 an Sie gestellt wurde, Herr Trigg?«
Ein sehr merkwürdiger Ausdruck zeigte sich auf dem Gesicht des Rechtsanwalts – es sah fast wie Schrecken aus.
»Was veranlaßt Sie zu der Frage?«

»Sie brauchen nicht zu zögern, sie zu beantworten«, sagte Parker und zog seine Dienstkarte hervor. »Ich bin Polizeibeamter und habe guten Grund, zu fragen. Ich trug Ihnen die Sache erst als eine persönliche vor, um ihre berufliche Ansicht zu hören.«
»Ich verstehe. In diesem Fall, Herr Inspektor, fühle ich mich berechtigt, Ihnen alles zu erzählen. Die Frage wurde tatsächlich im Juni 1925 an mich gerichtet.«
»Erinnern Sie sich an die näheren Umstände?«
»Genau. Ich könnte sie wohl kaum je vergessen – oder vielmehr, ihre Fortsetzung.«
»Das klingt interessant! Bitte, erzählen Sie mir die Geschichte mit allen Einzelheiten, an die Sie sich erinnern.«
»Gewiß. Nur einen Augenblick.« Herr Trigg steckte den Kopf zur Tür hinaus. »Badcock, ich habe mit Herrn Parker zu tun und bin für niemanden zu sprechen. So, Herr Inspektor, jetzt stehe ich Ihnen zu Diensten. Wollen Sie nicht rauchen?«
Parker folgte der Aufforderung und zündete seine geliebte Pfeife an, während Herr Trigg, Zigarette auf Zigarette rauchend, seine merkwürdige Geschichte erzählte.

18

»Ich glaube«, sagte Herr Trigg, »es war am 15. oder 16. Juni, daß eine Dame zu mir kam und beinahe die gleiche Frage an mich stellte, wie Sie es eben jetzt taten – nur, daß sie vorgab, im Auftrag einer Freundin, deren Namen sie nicht nannte, zu sprechen. Ich glaube sie ziemlich genau beschreiben zu können. Sie war groß und eine schöne Erscheinung, mit sehr reinem Teint, dunklem Haar und blauen Augen – ein anziehendes Mädchen. Ich erinnere mich, sie hatte sehr schöne, ziemlich gerade Brauen und war ziemlich blaß und sommerlich und sehr nett gekleidet. Ich glaube, sie trug ein besticktes Leinenkleid und einen großen weißen Panamahut.«
»Ihre Erinnerung scheint sehr klar«, sagte Parker.
»Ja, ich habe ein ziemlich gutes Gedächtnis. Außerdem sah ich sie noch bei anderen Gelegenheiten, wie Sie gleich hören werden.

Bei ihrem ersten Besuch erzählte sie mir – ähnlich wie Sie –, daß sie nur vorübergehend hier und von Bekannten an mich verwiesen worden sei. Ich sagte ihr, ich würde ihre Frage nicht gern aus dem Stegreif beantworten. Das Gesetz war eben erst zur letzten Lesung gekommen, und ich war noch gar nicht bewandert darin. Aber schon nach flüchtiger Durchsicht hatte ich mich überzeugt, daß da verschiedene wichtige Fragen auftauchen würden.

Ich sagte der Dame – Fräulein Grant nannte sie sich übrigens –, ich würde gern den Rat eines Gerichtsanwaltes einholen, ehe ich ihr Bescheid sagte, und fragte, ob sie am nächsten Tage wiederkommen könnte. Sie bejahte, erhob sich und reichte mir dankend die Hand. Dabei bemerkte ich eine seltsame Narbe, die quer über den Rücken aller Finger lief, so, als sei einmal ein Meißel abgerutscht. Ich nahm es natürlich ganz zufällig wahr, aber zu meinem Glück.

Fräulein Grant erschien am nächsten Tag. Ich hatte mittlerweile den Rat eines sehr bewanderten Kollegen eingeholt und gab ihr dieselbe Auskunft wie soeben Ihnen. Sie sah etwas bestürzt drein – das heißt, eigentlich mehr ärgerlich als bestürzt.

›Das scheint mir ziemlich ungerecht‹, sagte sie, ›daß das Geld der Familie an den Staat fallen soll. Schließlich ist doch eine Großnichte eine ganz nahe Verwandte.‹

Ich erwiderte, daß, falls eine Großnichte Zeugen hätte, die beweisen können, daß die Erblasserin immer die Absicht gehabt habe, ihr das Geld zu hinterlassen, ihr das Gericht den Besitz oder einen angemessenen Teil davon wahrscheinlich, in Übereinstimmung mit den Wünschen der Erblasserin, zuweisen würde. Jedoch läge das im Belieben des Gerichtes.

›Jedenfalls‹, fügte ich hinzu, ›möchte ich nicht bestimmt behaupten, daß die Großnichte nach dem Gesetz ausgeschlossen ist – sie kann es nur sein. In jedem Fall sind es noch sechs Monate, bevor das Gesetz in Kraft tritt – bis dahin kann viel geschehen.‹

›Sie meinen, daß Tante sterben kann?‹ fragte sie. ›Aber sie ist nicht eigentlich gefährlich krank.‹

Jedenfalls ging sie, nach Bezahlung meiner Gebühr. Ich hatte wohl bemerkt, daß die Großtante der Freundin auf einmal ›Tante‹ geworden war, und war überzeugt, daß meine Klien-

tin ein persönliches Interesse an der Sache hatte.«
»Das meine ich auch«, sagte Parker. »Wann sahen Sie sie wieder?«
»Merkwürdigerweise traf ich sie im folgenden Dezember. Ich kam in mein gewohntes Restaurant, und da es überfüllt war, trat ich an einen Tisch, an dem eine einzelne Dame saß, mit der üblichen Frage, ob ein Platz frei sei. Als sie aufblickte, erkannte ich meine Klientin.
›Oh, guten Tag, Fräulein Grant!‹ sagte ich.
›Entschuldigen Sie‹, erwiderte sie etwas steif. ›Ich glaube, Sie irren sich.‹
›Entschuldigen *Sie*‹, sagte ich, noch steifer, ›mein Name ist Trigg, und Sie waren vorigen Juni bei mir in Bedford Row. Aber wenn ich ungelegen bin, ziehe ich mich selbstverständlich zurück!«
Da lächelte sie und sagte: ›Oh, verzeihen Sie, ich habe Sie im Augenblick nicht erkannt.‹
Ich erhielt die Erlaubnis, mich an ihren Tisch zu setzen.
Um die Unterhaltung einzuleiten, fragte ich sie, ob sie noch weiteren Rat in der Erbschaftsangelegenheit eingeholt habe. Sie sagte nein; was ich ihr sagte, habe ihr vollständig genügt. Um Konversation zu machen, fragte ich weiter, ob die Großtante doch endlich ein Testament gemacht habe. Sie erwiderte ziemlich kurz, daß es nicht notwendig gewesen sei; die alte Dame sei gestorben. Ich bemerkte, daß sie schwarz gekleidet war, und wurde in meiner Ansicht bestärkt, daß sie selbst die betreffende Großnichte war.
Wir plauderten einige Zeit, und ich will Ihnen nicht verhehlen, Herr Inspektor, daß ich Fräulein Grant sehr interessant fand. Sie hatte einen beinahe männlichen Verstand. Ich muß sagen, ich gehöre nicht zu den Männern, die hirnlose Frauen vorziehen. Nein, in dieser Beziehung bin ich ziemlich modern. Wenn ich je eine Frau nehme, würde ich wünschen, in ihr eine intelligente Gefährtin zu finden.«
Parker sagte, Herrn Triggs Ansichten machten ihm nur Ehre. Für sich dachte er, daß Herr Trigg wahrscheinlich auch nichts dagegen hätte, eine junge Dame zu heiraten, die geerbt hatte und nicht mit Verwandten belastet war.
»Man findet selten«, fuhr Herr Trigg fort, »eine Frau, die Sinn

für Jurisprudenz hat. Fräulein Grant war in der Beziehung außergewöhnlich. Sie zeigte großes Interesse für einen Fall, der damals in den Zeitungen viel besprochen wurde – ich erinnere mich nicht mehr, worum es sich handelte –, und stellte einige außerordentlich verständnisvolle Fragen an mich. Ich muß sagen, unsere Unterhaltung war mir ein Genuß. Bevor das Essen vorüber war, waren wir auf persönlichere Themen geraten, wobei ich zufällig erwähnte, daß ich in Golder's Green wohne.«
»Gab sie Ihnen ihre Adresse?«
»Sie sagte, sie wohne im *Hotel Peveril* in Bloomsbury und sehe sich nach einem Haus in London um. Ich sagte, ich würde möglicherweise von einem in der Gegend von Hampstead hören, und bot ihr meine beruflichen Dienste an, für den Fall, daß sie sie benötigte. Nach dem Essen begleitete ich sie bis zu ihrem Hotel und sagte ihr in der Halle adieu.«
»Sie wohnte also damals wirklich dort?«
»Dem Anschein nach ja. Ungefähr vierzehn Tage später hörte ich zufällig von einem Haus in Golder's Green, das plötzlich vakant geworden war; es gehörte einem meiner Klienten. Meinem Versprechen gemäß, schrieb ich Fräulein Grant ins *Peveril*. Da ich keine Antwort erhielt, erkundigte ich mich dort und erfuhr, daß sie am Tag nach unserm Zusammentreffen das Hotel verlassen und keine Adresse angegeben hatte. Ins Gästebuch hatte sie nur Manchester eingetragen. Ich war etwas enttäuscht, dachte aber bald nicht mehr an die Sache.
Ungefähr einen Monat später – um genau zu sein, am 26. Januar, saß ich zu Hause und las, bevor ich zu Bett ging, in einem Buch. Ich möchte bemerken, daß ich ein Stockwerk in einem kleinen Haus bewohne, das für zwei Parteien geteilt ist. Die Leute im Erdgeschoß waren zu jener Zeit verreist, so daß ich ganz allein im Haus war. Meine Wirtschafterin kommt nur tagsüber. Das Telefon klingelte – ich sah auf die Uhr, es war dreiviertel elf. Eine Frauenstimme bat mich, sogleich in ein Haus in Hampstead Heath zu kommen, um für jemanden, der im Sterben liege, ein Testament abzufassen.«
»Erkannten Sie die Stimme?«
»Nein. Sie klang wie eine Dienstbotenstimme. Jedenfalls hatte sie eine ausgeprägt gewöhnliche Londoner Aussprache. Ich fragte, ob es nicht bis morgen Zeit damit hätte, doch die Stim-

me drängte zur Eile, sonst könnte es zu spät sein. Etwas ärgerlich kleidete ich mich an und ging in die Nacht hinaus, die sehr rauh und neblig war. Zum Glück fand ich beim nächsten Standplatz ein Taxi. Wir fuhren zu der angegebenen Adresse, die äußerst schwierig zu finden war, da es stockfinster war. Es war ein kleines Haus, in ganz abgesonderter Lage, ohne eigentliche Zufahrt. Ich stieg auf der Fahrstraße, ungefähr zweihundert Schritte entfernt, aus und bat den Fahrer, auf mich zu warten, da ich fürchtete, in der Nacht in dieser abgelegenen Gegend keinen andern Wagen zu finden. Er brummte, versprach aber zu warten, wenn es nicht gar zu lange dauerte. Ich ging zu dem Haus. Zuerst dachte ich, es sei ganz finster, doch dann sah ich einen schwachen Lichtschimmer in einem Parterrezimmer. Ich klingelte, doch niemand kam, obwohl die Klingel deutlich zu hören war. Ich klingelte nochmals und pochte laut an die Tür. Noch immer kein Lebenszeichen! Es war bitterkalt. Ich strich ein Zündholz an, um sicher zu sein, daß ich vor dem richtigen Haus stand, und da bemerkte ich, daß die Eingangstür offen war.

Ich dachte, das Dienstmädchen, das mich angerufen hatte, sei vielleicht so sehr mit ihrer kranken Herrin beschäftigt, daß sie sie nicht verlassen könnte, um zur Eingangstür zu kommen. Mit der Idee, ihr in diesem Fall vielleicht behilflich sein zu können, ging ich hinein. Der Vorraum war ganz finster, ich stieß an einen Schirmständer. Ich glaubte, eine schwache Stimme rufen oder stöhnen zu hören, und als sich meine Augen etwas an die Finsternis gewöhnt hatten, stolperte ich vorwärts und bemerkte einen schwachen Schimmer unter einer Tür, die zur Linken lag.«

»War das das Zimmer, das Sie von außen erleuchtet sahen?«

»Ich glaube. ›Darf ich eintreten?‹ fragte ich, und eine ganz leise, schwache Stimme erwiderte: ›Ja, bitte.‹ Ich stieß die Tür auf und betrat ein als Wohnraum eingerichtetes Zimmer. In einer Ecke stand ein Sofa, das scheinbar eilig als Lager hergerichtet worden war. Darauf lag eine Frau, ganz allein.

Ich konnte sie nur undeutlich erkennen. Im Zimmer brannte nur eine kleine Petroleumlampe mit grünem Schirm, der so geneigt war, daß das Licht der Kranken nicht in die Augen fiel. Im Kamin brannte ein schwaches Feuer. Ich sah jedoch, daß

Kopf und Gesicht der Frau ganz in Verbände gewickelt waren. Ich streckte die Hand aus und tastete nach dem elektrischen Schalter, doch sie rief:
›Kein Licht, bitte — es tut mir weh.‹«
»Wieso sah sie, daß Ihre Hand sich dem Schalter näherte?«
»Ja«, sagte Herr Trigg, »das war seltsam. Sie sprach erst, als ich den Schalter bereits niedergedrückt hatte. Doch kam kein Licht.«
»Wirklich?«
»Nein. Ich vermute, die Glühbirne sei herausgenommen worden oder verbraucht. Ich sagte jedoch nichts und näherte mich dem Bett. Sie sagte in halbem Flüsterton: ›Sind Sie der Rechtsanwalt?‹
Ich sagte ›Ja‹, und fragte, was ich für sie tun könnte.
Sie sagte: ›Ich habe einen schrecklichen Unfall gehabt und muß sterben. Ich will rasch mein Testament machen.‹ Ich fragte, ob niemand bei ihr sei. ›Doch, doch‹, sagte sie hastig, ›mein Mädchen wird jeden Augenblick zurückkommen; sie ist zum Arzt gegangen.‹ ›Aber‹, sagte ich, ›konnte sie nicht telefonieren? Sie sind doch nicht in der Verfassung allein zu bleiben.‹ ›Wir haben keine Verbindung bekommen‹, sagte sie, ›es ist schon gut. Sie wird gleich da sein. Vergeuden Sie nicht die Zeit! Ich muß mein Testament machen!‹ Sie sprach unter schrecklichem Keuchen, und ich dachte, das beste sei, zu tun, was sie wünschte, damit sie sich nicht aufregte. Ich zog mir einen Stuhl an den Tisch, auf dem die Lampe stand, nahm meine Füllfeder und ein vorgedrucktes Testamentsformular, mit dem ich mich versehen hatte, und erklärte mich bereit, ihre Wünsche entgegenzunehmen.
Bevor sie anfing, bat sie mich, ihr aus einer Karaffe, die auf dem Tisch stand, ein wenig Kognak und Wasser zu geben. Ich tat es, und sie nahm einen kleinen Schluck, der sie zu beleben schien. Ich stellte ihr das Glas neben ihre Hand und schenkte mir auf ihre Aufforderung auch eines ein. Das kam mir sehr gelegen, denn es war, wie gesagt, eine scheußliche Nacht und auch im Zimmer bitterkalt. Ich sah mich nach Kohlen um, die ich nachschütten könnte, fand aber keine.«
»Das«, sagte Parker, »ist äußerst interessant und bedeutungsvoll.«

»Es kam mir damals auch sonderbar vor. Aber die ganze Sache war sonderbar. Jedenfalls sagte ich, ich sei bereit. Sie sagte: ›Sie dürfen nicht glauben, ich sei nicht Herrin meiner Sinne, weil mein Kopf schwer verletzt ist. Ich bin bei ganz klarem Verstand. Aber er soll keinen Penny von dem Geld haben.‹ Ich fragte, ob sie jemand angefallen hatte. Sie erwiderte, ›Mein Gatte. Er glaubt, mich getötet zu haben. Aber ich werde lange genug leben, um das Geld jemand anderem zu vermachen.‹ Sie sagte dann, ihr Name sei Frau Marion Mead, und diktierte ein Testament, in dem sie ihr Vermögen, das sich auf ungefähr 10 000 Pfund belief, unter verschiedene Erben verteilte, eine Tochter und drei oder vier Schwestern. Es war ein ziemlich kompliziertes Testament, da es das Geld der Tochter auf verschiedene Art festlegte, damit sie es nie dem Vater aushändigen könnte.«

»Notierten Sie sich die Namen und Adressen der betreffenden Leute?«

»Ja, aber, wie Sie später sehen werden, konnte ich keinen Gebrauch davon machen. Die Erblasserin war entschieden ganz klar in der Anordnung ihres Testamentes, obwohl sie furchtbar schwach schien und ihre Stimme, außer dem einen Mal wegen des Lichts, sich nie über ein Flüstern erhob.

Endlich war ich mit meinen Notizen für das Testament fertig und begann, es in der richtigen Form auszufertigen. Das Dienstmädchen war noch immer nicht zurückgekehrt, und ich fing an, wirklich beunruhigt zu werden. Auch machte mich die entsetzliche Kälte – oder irgend etwas anderes –, zusammen mit der Tatsache, daß meine gewöhnliche Schlafenszeit längst vorüber war, schrecklich schläfrig. Ich schenkte mir ein zweites Glas Kognak ein, um mich zu erwärmen, und fuhr mit dem Schreiben des Testaments fort.

Als ich fertig war, sagte ich: ›Wie ist es aber mit der Unterschrift? Wir brauchen noch einen Zeugen, damit es gültig ist.‹ Sie sagte: ›Mein Dienstmädchen muß jeden Augenblick kommen. Ich kann mir nicht denken, was ihr zugestoßen ist.‹

›Ich vermute, sie hat sich im Nebel verirrt‹, sagte ich. ›Aber ich will noch ein wenig warten. Ich kann nicht fortgehen und Sie so zurücklassen.‹

Sie dankte mir mit schwacher Stimme, und wir saßen einige

Zeit schweigend. Als die Zeit verging, fühlte ich die Situation immer unheimlicher werden. Die Kranke atmete schwer und stöhnte von Zeit zu Zeit. Das Verlangen nach Schlaf überwältigte mich immer mehr, was mir unbegreiflich war.
Nach einer Weile fiel mir trotz meiner halben Betäubung ein, das Vernünftigste wäre, den Chauffeur, wenn er noch da war, zu holen und ihn als zweiten Zeugen mit mir unterschreiben zu lassen und dann selber zu einem Arzt zu gehen. Schläfrig erwog ich das und versuchte, mich zum Sprechen aufzuraffen. Jedoch es war, als drückte mich eine schwere, unbewegliche Last zu Boden. Jede Anstrengung schien über meine Kräfte zu gehen.
Plötzlich geschah etwas, das mich zur Besinnung brachte. Frau Mead bewegte sich ein wenig auf ihrem Lager und blickte im Lampenlicht gespannt, wie mir schien, zu mir herüber. Dabei stützte sie beide Hände auf den Tischrand. Ich bemerkte mit leiser Überraschung, daß sie keinen Ehering trug. Und dann bemerkte ich noch etwas.
Quer über die Finger ihrer rechten Hand lief eine seltsame Narbe – als wäre einmal ein Meißel oder etwas Ähnliches abgeglitten und hätte sie verletzt.«
Parker setzte sich gespannt auf.
»Ja«, sagte Herr Trigg, »das interessiert Sie, nicht wahr? Mich erschreckte es. Oder vielmehr, erschrecken ist nicht ganz der richtige Ausdruck. In meinem benommenen Zustand wirkte es auf mich wie eine Art Alptraum. Ich rappelte mich in meinem Stuhl hoch, und die Frau sank wieder in die Kissen zurück.
In diesem Augenblick ertönte heftiges Klingeln.«
»Das Dienstmädchen?«
»Nein, zum Glück war es mein Taxichauffeur, dem das Warten zu lange gedauert hatte. Ich dachte – ich weiß nicht ganz, was ich dachte – aber ich hatte Angst. Ich stieß einen Ruf oder eine Art Stöhnen hervor, und der Mann kam geradewegs herein. Glücklicherweise hatte ich die Haustür so offengelassen, wie ich sie vorgefunden hatte.
Ich riß mich genügend zusammen, um ihn zu ersuchen, das Testament zu unterzeichnen. Ich muß sonderbar ausgesehen und gesprochen haben, denn ich erinnerte mich, daß er von mir zu der Kognakflasche schaute. Er unterzeichnete jedoch nach

Frau Mead, die ihren Namen, auf dem Rücken liegend, mit unsicheren Zügen hinsetzte.
›Was nun, Herr?‹ fragte der Mann, als dies geschehen war.
Mir war jetzt furchtbar schlecht. Ich konnte nur hervorstoßen: ›Bringen Sie mich nach Hause!‹
Er sah erst Frau Mead, dann mich an und fragte: ›Ist niemand da, der sich um die Dame kümmert, Herr?‹
Ich sagte: ›Holen Sie einen Arzt. Aber erst bringen Sie mich nach Hause.‹
An seinen Armen wankte ich hinaus. Ich hörte ihn etwas von einer sonderbaren Geschichte brummen. An die Heimfahrt erinnere ich mich nicht. Als ich wieder zu mir kam, lag ich in meinem Bett, und ein Arzt beugte sich über mich.
Ich fürchte, diese Geschichte ist sehr lang und ermüdend für Sie. Um es kurz zu machen: Der Chauffeur, der ein sehr anständiger, intelligenter Mensch war, hatte mich am Ende der Fahrt vollkommen bewußtlos vorgefunden. Er wußte nicht, wer ich war, doch fand er in meiner Tasche meine Visitenkarte und meinen Schlüssel. Er brachte mich nach Hause, und da er noch nie so eine Art von Trunkenheit gesehen hatte, war er menschenfreundlich genug, einen Arzt zu holen.
Der Arzt war der Meinung, daß ich mit Veronal oder etwas Ähnlichem betäubt worden sei. Glücklicherweise war die Dosis, falls ich ermordet werden sollte, dafür viel zu klein. Bei gründlicher Untersuchung erwies es sich, daß ich ungefähr zwei Gramm genommen haben mußte. Zweifellos war der Kognak damit versetzt gewesen.
Natürlich suchten wir am nächsten Tag das Haus auf. Es war verschlossen, und ein Milchmann aus der Nachbarschaft teilte uns mit, daß die Bewohner seit einer Woche verreist seien und nicht vor zehn Tagen zurückerwartet würden. Wir setzten uns mit ihnen in Verbindung, aber es waren ganz solide, alltägliche Leute, die erklärten, sie wüßten nicht das geringste von der Sache. Sie verreisten sehr oft, wobei sie einfach immer das Haus verschlossen und sich nie um eine Aufsicht kümmerten. Der Mann kam natürlich sofort, um die Sache zu untersuchen, doch war weder etwas gestohlen noch in Unordnung gebracht. Nur ein paar Leintücher und Kissen zeigten Zeichen von Benützung, und ein Eimer Kohlen im Wohnzimmer war verbraucht wor-

den. Der Kohlenkeller, in dem sich auch der Elektrizitätszähler befand, war versperrt und letzterer abgedreht gewesen — (scheinbar hatten die Leute doch einen Funken Verstand) —, was die Kälte und Finsternis im Hause erklärte. Die Besucherin hatte offenbar den Riegel des Speisekammerfensters mit einem Messer oder dergleichen zurückgeschoben und ihre eigene Lampe sowie Kognak und Sodawasser mitgebracht. Gewagt, aber nicht besonders schwierig.
Ich brauche Ihnen nicht erst zu sagen, daß weder eine Frau Mead noch ein Fräulein Grant irgendwo bekannt war. Die Mieter des Hauses hatten keine besondere Lust, viel Geld für Nachforschungen auszugeben — schließlich waren sie nur um einen Shilling Kohlen geschädigt —, und da ich nicht wirklich ermordet worden war, ließ ich bei näherer Überlegung die Sache auf sich beruhen. Es war aber ein höchst unangenehmes Abenteuer gewesen!«
»Das will ich glauben! Haben Sie je wieder von Fräulein Grant gehört?«
»Doch! Sie rief mich zweimal an — einmal nach drei Monaten, und dann wieder erst vor vierzehn Tagen, sie wolle mich sprechen. Vielleicht halten Sie mich für feig, Herr Parker, aber ich lehnte beide Male unter einem Vorwand ab. Ich wußte ja nicht, was alles geschehen könnte. Tatsächlich war ich zu der Ansicht gekommen, daß man mich in der Absicht, mich die Nacht dort verbringen zu lassen, in jenes Haus gelockt hatte, um mich nachher zu erpressen. Das war die einzige Erklärung für den Schlaftrunk. Ich dachte mir, des Mutes besserer Teil ist Vorsicht, und gab meinen Schreibern und meiner Wirtschafterin den Auftrag, wenn Fräulein Grant je kommen sollte, zu sagen, ich sei ausgegangen und werde nicht so bald zurückkommen.«
»Hm! Glauben Sie, sie wußte, daß sie die Narbe auf ihrer Hand erkannt hatten?«
»Sicher nicht. Sonst hätte sie sich mir kaum unter ihrem eigenen Namen wieder genähert.«
»Nein. Da haben Sie recht. Nun, Herr Trigg, ich bin Ihnen sehr verbunden für diese Mitteilungen, die sich vielleicht als sehr wertvoll erweisen werden. Und wenn Fräulein Grant Sie wieder anrufen sollte — woher hat sie übrigens telefoniert?«
»Jedesmal von öffentlichen Telefonzellen. Ich weiß es, weil es

einem immer gesagt wird, wenn der Anruf von einer Telefonzelle kommt. Ich ließ den Anrufen aber nicht nachspüren.«
»Natürlich nicht. Nun, wenn sie es wieder tut, wollen Sie, bitte, eine Zusammenkunft mit ihr verabreden und es mich dann sofort wissen lassen? Ein Anruf in Scotland Yard erreicht mich immer.«
Herr Trigg versprach es, und Parker verabschiedete sich.
»Und jetzt wissen wir«, dachte Parker, während er heimwärts ging, »daß jemand – ein merkwürdiger, skrupelloser Jemand – sich im Jahre 1925 nach den Erbrechten von Großnichten erkundigte. Ein Wort an Fräulein Climpson scheint mir angezeigt – ob Fräulein Mary Whittaker eine Narbe auf der rechten Hand hat oder ob ich weiter Rechtsanwälte aufstöbern muß.«

19

»Du kannst doch nicht leugnen«, bemerkte Lord Peter, »daß den Leuten, die Auskunft über die letzten Tage von Agathe Dawson geben könnten, ganz seltsame Dinge passieren. Bertha Gotobed stirbt plötzlich unter verdächtigen Umständen. Ihre Schwester glaubt Fräulein Whittaker in den Liverpooler Docks auf sie lauern zu sehen, Herr Trigg wird in ein geheimnisvolles Haus gelockt und halb vergiftet. Ich möchte wissen, was Herrn Probyn zugestoßen wäre, wenn er leichtsinnigerweise in England geblieben wäre.«
»Ich leugne gar nichts«, erwiderte Parker. »Ich will dich nur aufmerksam machen, daß während des Monats, in dem der Gotobed-Familie diese Dinge passierten, der Gegenstand deines Verdachtes mit Vera Findlater, die ihr nicht von der Seite wich, in Kent war.«
»Dem habe ich einen Brief von Fräulein Climpson entgegenzustellen«, erwiderte Wimsey, »in dem sie mir mitteilt, daß tatsächlich Fräulein Whittakers rechte Hand genau solch eine Narbe aufweist, wie Herr Trigg sie beschrieb!«
»Ah, wirklich? Das scheint sie also zweifellos mit der Trigg-Affäre in Verbindung zu bringen. Aber stellst du wirklich die Theorie auf, sie versuche, alle Leute, die etwas über Fräulein

Dawson wissen, aus dem Weg zu räumen? Ein bißchen viel, findest du nicht, für ein einzelnes Frauenzimmer! Und wenn, warum wurde Dr. Carr verschont? Und die Pflegerin Philliter? Und die Forbes? Und der andere Arzt? Und wenn man soweit ist, die übrige Bevölkerung von Leahampton?«
»Das ist ein interessanter Punkt, der mir auch schon aufgefallen ist. Ich glaube, ich weiß, warum. Im Fall Dawson hat es sich bis jetzt um zwei verschiedene Probleme gehandelt, um ein juristisches und ein medizinisches – oder, wenn du das vorziehst, um das Motiv und die Art und Weise. In bezug auf die Gelegenheit kommen nur zwei Personen in Betracht – Fräulein Whittaker und die Pflegerin Forbes. Diese hatte nichts dabei zu gewinnen, wenn eine reiche Patientin starb, also können wir sie beiseite lassen.
Was nun das medizinische Problem betrifft, die Art und Weise, wie es getan wurde, muß ich gestehen, daß es mir vorläufig völlig unlösbar erscheint. Dafür hält es offenbar auch die Verbrecherin und fühlt sich von dieser Seite her sicher. Daher ist auch keine erhöhte Sterblichkeit unter den Ärzten und Pflegerinnen aufgetreten. Der schwache Punkt ist das Motiv – daher die Eile, den Leuten den Mund zu stopfen, die etwas von dieser Seite des Problems wußten.«
»Ja, ich verstehe. Übrigens, Frau Cropper ist nach Kanada zurückgefahren. Sie scheint in keiner Weise behelligt worden zu sein.«
»Nein – und deshalb glaube ich noch immer, daß jemand in Liverpool auf der Lauer war. Frau Cropper brauchte nur zum Verstummen gebracht zu werden, solange sie niemandem ihre Geschichte erzählt hatte. Darum legte ich Wert darauf, sie in Liverpool abzuholen und auffällig nach London zu begleiten.«
»Ach Unsinn, Peter! Selbst wenn Fräulein Whittaker dort gewesen wäre – was, wie wir wissen, ja unmöglich ist –, wie konnte sie wissen, daß du Frau Cropper über die Dawson-Sache ausfragen würdest? Sie kennt dich ja gar nicht.«
»Sie kann herausbekommen haben, wer Murbles ist. Die Annonce, die die ganze Sache ins Rollen brachte, war doch in seinem Namen abgefaßt.«
»Warum hat sie in diesem Fall Murbles oder dich nicht angegriffen?«

»Murbles ist ein schlauer alter Fuchs. Für ihn sind vergeblich Fallen aufgestellt. Er empfängt keine weiblichen Klienten, nimmt keine Einladungen an und geht nie ohne Begleitung aus.«

»Ich wußte nicht, daß er es so ernst nahm.«

»O doch. Murbles ist alt genug, um den Wert seiner Haut zu schätzen. Und was mich betrifft – ist die merkwürdige Ähnlichkeit mancher Punkte von Herrn Triggs Abenteuer mit meinem Abenteuerchen in der South-Audley-Straße dir nicht aufgefallen?«

»Was, das mit Frau Forrest?«

»Ja. Die heimliche Verabredung. Das Getränk. Der Versuch, mich um jeden Preis die Nacht dort festzuhalten. Ich bin ganz sicher, Charles, daß in dem Zucker damals etwas war.«

»Du glaubst, daß Frau Forrest eine Mitschuldige ist?«

»Jawohl. Ich weiß nicht, was sie dabei zu gewinnen hat – wahrscheinlich Geld. Aber ich bin überzeugt, da ist ein Zusammenhang. Teils wegen Bertha Gotobeds Fünfpfundnote, teils weil Frau Forrests Geschichte ein aufgelegter Schwindel war – ich bin ganz sicher, die Frau hat nie einen Liebhaber gehabt, geschweige einen Gatten – wirkliche Unerfahrenheit ist nicht zu verkennen – und hauptsächlich wegen der Ähnlichkeit der Methode. Verbrecher neigen immer dazu, sich zu wiederholen. Denk an George Joseph Smith und seine Bräute und viele andere!«

»Nun, wenn sie eine Mitschuldige hat, um so besser. Durch Mitschuldige werden die Sachen gewöhnlich verraten.«

»Richtig. Und wir haben einen guten Stand, weil ich nicht glaube, daß sie bis jetzt wissen, daß wir einen Zusammenhang zwischen ihnen ahnen.«

»Aber weißt du, ich finde noch immer, wir sollten Beweise haben, daß tatsächlich Verbrechen begangen worden sind. Wenn du nur ein Mittel andeuten könntest, wie diese Leute beiseite geschafft wurden, ohne Spuren zu hinterlassen, würde mich das völlig glücklich machen.«

»Über die Art und Weise? – Nun, etwas wissen wir ja darüber.«

»Zum Beispiel?«

»Nun – nimm einmal die beiden Opfer –«

»Angeblichen Opfer.«
»Gut, Pedant! Die beiden angeblichen Opfer und die zwei (angeblich) in Aussicht genommenen Opfer. Fräulein Dawson war krank und hilflos; Bertha Gotobed wahrscheinlich halbbetäubt durch eine üppige Mahlzeit und ungewohnte Mengen Wein; Trigg bekam genügend Veronal, um ihn einzuschläfern, und mir wurde wahrscheinlich Ähnliches angeboten — ich hätte gern den Rest jenes Kaffees aufbewahrt. Daraus schließen wir also — was?«
»Vermutlich, daß es ein Mittel war, das nur bei jemand mehr oder weniger Hilflosem oder Bewußtlosem angewendet werden konnte.«
»Ganz richtig. Wie, zum Beispiel, eine Injektion — nur scheint nichts injiziert worden zu sein. Oder irgendeine heikle Operation — wenn uns nur eine einfiele, die herpaßt. Oder eine Inhalation von so etwas wie Chloroform — nur fanden sich keine Erstickungsspuren.«
»Ja, damit kommen wir nicht sehr weit.«
»Immerhin. Es könnte auch etwas sein, das eine geschulte Pflegerin gelernt oder aufgeschnappt hatte. Fräulein Whittaker war doch geschult, weißt du — was es ihr übrigens leichtmachte, sich den Kopf zu bandagieren und so dem dummen Herrn Trigg einen kläglichen und unkenntlichen Anblick zu bieten.«
»Es durfte auch nichts Ausgefallenes sein — ich meine, nichts, das nur ein Chirurg vollbringen könnte, oder das besondere Kenntnisse verlangt.«
»Nein. Wie wär's, wenn wir uns wieder an Dr. Carr wendeten? Doch nein — wenn er irgendeine Idee hätte, wäre er damit schon längst herausgerückt. Ich weiß! Ich werde Lubbock, den Chemiker, fragen. Werde mich morgen mit ihm in Verbindung setzen.«
»Und mittlerweile«, sagte Parker, »sitzen wir herum und warten, bis noch jemand umgebracht wird.«
»Ja, es ist scheußlich, nicht wahr? Ich fühle mich noch immer sozusagen an dem Tod der armen Bertha Gotobed mitschuldig! Aber hör mal!«
»Ja?«
»Wir haben doch eigentlich einen klaren Beweis von der

Trigg-Sache. Könntest du die Dame wegen Einbruchs nicht einsperren lassen, während wir noch über das andere nachdenken? Das geschieht doch öfter? Es war schließlich ein Einbruch, nicht wahr? Sie drang im Dunkeln in das Haus ein und eignete sich einen Eimer Kohlen an. Trigg könnte sie identifizieren – er scheint der Dame bei mehr als einer Gelegenheit besondere Aufmerksamkeit geschenkt zu haben – und wir könnten den Taxichauffeur zum Bestätigen der Einzelheiten ausgraben.«

Parker sog ein paar Minuten an seiner Pfeife.

»Da ist etwas dran!« sagte er endlich. »Ich glaube, ich könnte die Sache meinem Vorgesetzten unterbreiten. Aber wir dürfen nichts übereilen. Wenn wir nur auch andere Beweise hätten! Man könnte sie unter der Anklage des Kohlendiebstahls nicht lange festhalten –«

»Vergiß nicht das gewaltsame Eindringen. Es ist schließlich Einbruch. Auf Einbruch steht Zuchthaus.«

»Es hinge alles von der Ansicht ab, die das Gericht bezüglich der Kohlen hätte. Es könnte entscheiden, daß ursprünglich keine Absicht bestand, Kohlen zu stehlen, und die Sache als bloßes Vergehen betrachten. Wir brauchen doch auch keine Verurteilung wegen Kohlendiebstahls. Doch ich werde sehen, was man bei uns darüber denkt, und will mittlerweile mit Trigg sprechen und den Chauffeur zu finden versuchen. Und Triggs Arzt. Wir könnten es auch als Versuch, Trigg zu ermorden, oder ihm wenigstens schweren körperlichen Schaden zuzufügen, hinstellen. Aber ich hätte so gern mehr Bew –«

»Ja, ja, ich weiß schon! Ich doch auch. Aber aus nichts kann ich keine Beweise hervorzaubern. Hol's der Teufel, sei doch vernünftig! Ich hab' dir aus nichts einen Fall aufgebaut. Ist das nicht schön genug, du undankbarer Mensch?«

Parkers Erkundigungen dauerten längere Zeit, bis in die dritte Juniwoche.

Indessen wuchs Lord Peters geplantes Riesenwerk über »101 Arten, plötzlichen Tod zu verursachen« durch die Anhäufung einer Menge Notizen, die erst die Bibliothek und dann die ganze Wohnung überfluteten. Orientalische Gelehrte und Forscher wurden von ihm im Club abgefangen und unermüdlich nach unbekannten Eingeborenengiften befragt, schwer lesbare Berichte über gräßliche Experimente von ausländischen Laboratorien eingeholt, und Sir James Lubbock, der das Unglück hatte, ein guter Freund Lord Peters zu sein, wurde das Leben vergällt durch tägliche Anfragen über die Auffindbarkeit verschiedenartiger Substanzen wie Chloroform, Curare, Blausäure-Gas und Diethylsulphonmethylethylmethan in Leichen.

»Aber es muß doch etwas geben, das tötet, ohne eine Spur zu hinterlassen«, drang Lord Peter in Sir James, als dieser ihn endlich beschwor, er möge aufhören, ihn zu quälen. »Etwas, wonach so große Nachfrage herrscht – das müßten doch die Gelehrten erfinden! Das muß existieren. Es ist einfach lächerlich.«

»Du verstehst nicht«, sagte Sir James Lubbock. »Viele Gifte hinterlassen keine besonderen Erscheinungen nach dem Tod. Und viele sind schwer zu analysieren, wenn man nicht weiß, nach welchen man suchen soll. Wenn du, zum Beispiel, die Probe auf Arsenik machst, wird dir diese Probe nicht verraten, ob Strychnin vorhanden ist. Da muß man eine Probe nach der anderen versuchen, bis man auf die richtige kommt. Und natürlich gibt es gewisse Gifte, für die es keine anerkannten Reagenzien gibt.«

»Alles das weiß ich«, sagte Wimsey. »Ich habe selbst Proben gemacht. Aber diese letzteren Gifte – wie kann man beweisen, daß sie da sind?«

»Nun, da kommen natürlich die Symptome in Betracht und so fort. Man sieht sich die Geschichte des bestimmten Falles an.«

»Ja – aber ich suche ein Gift, das keine Symptome hervorruft, den Tod ausgenommen –, wenn du das ein Symptom nennen willst. Gibt es kein Gift ohne Symptome, ohne bekannte Reaktion? Eins, das einen einfach ausbläst – puff! – wie eine Kerze?«

»Gewiß nicht«, sagte der Chemiker etwas ärgerlich. »Nicht einmal Alter oder geistiger Verfall verlaufen ohne Symptome.«

Zum Glück rief Parker, bevor die Symptome des geistigen Verfalls bei Lord Peter zu offensichtlich wurden, zur Tat auf.

»Ich fahre nach Leahampton mit einem Haftbefehl«, sagte er. »Vielleicht werde ich keinen Gebrauch davon machen, aber der Chef denkt, es sei vielleicht der Mühe wert, nachzuforschen. Es sind zu viele unaufgeklärte Verbrechen in diesem Jahr geschehen, die Presse fängt schon wieder an, sich darüber aufzuregen.

Wir müssen irgendwo weiterkommen. Willst du mitfahren?«
»Gewiß – frische Landluft wird mir guttun, meine ich. Vielleicht fällt mir da eine neue Art ein, Leute zu ermorden –«
Parker, der schlechter Laune war, sagte nur kurz, das Polizeiauto fahre in einer Stunde ab.
»Schön, ich werde dort sein.«

Sie erreichten Leahampton ohne Zwischenfall. Parker hatte noch einen Polizisten mitgebracht, und unterwegs schloß sich ihnen der Polizeikommandant der Grafschaft an, der ihrem Unternehmen ziemlich skeptisch gegenüberstand.
Als das Auto vor dem Haus in der Wellington-Allee hielt, stieg Parker mit dem Polizeikommandanten aus. Die Eingangstür wurde von einem erschrockenen Dienstmädchen geöffnet, das bei ihrem Anblick einen kleinen Schrei ausstieß.
»O Herr! Sind Sie gekommen, um uns mitzuteilen, daß Fräulein Whittaker etwas zugestoßen ist?«
»Ist Fräulein Whittaker denn nicht zu Hause?«
»Nein, Herr. Sie fuhr Montag mit Fräulein Vera Findlater im Auto weg – das ist vier Tage her, und sie ist nicht nach Hause gekommen und Fräulein Findlater auch nicht, und ich hab' solche Angst, daß ihnen etwas passiert ist. Als ich Sie sah, Herr, dachte ich, das ist die Polizei, die sagen kommt, daß ein Unglück geschehen ist. Ich wußte nicht, was ich tun soll, Herr.«
»Abgehauen, bei Gott!« dachte Parker sofort, doch beherrschte er seinen Verdruß und fragte:
»Wissen Sie, wohin sie fuhren?«
»Nach Crow's Beach, sagte Fräulein Whittaker, Herr.«
»Das sind gut neunzig Kilometer«, meinte der Polizeikommandant. »Wahrscheinlich entschlossen sie sich, einen oder zwei Tage dort zu bleiben.«
»Wahrscheinlich sind sie in die entgegengesetzte Richtung gefahren«, dachte Parker.
»Sie haben kein Nachtzeug mitgenommen, Herr. Sie fuhren um ungefähr zehn Uhr vormittags weg und sagten, sie würden dort Lunch essen und am Abend wieder zurückkommen. Und Fräulein Whittaker hat nicht geschrieben oder sonstwas. Wo sie es doch immer so genau nahm. Ich und die Köchin wußten nicht, was –«

»Ach, es wird schon alles in Ordnung sein«, sagte der Polizeikommandant. »Es ist schade, da wir Fräulein Whittaker dringend zu sprechen wünschten. Wenn Sie von ihr hören, sagen Sie, Sir Charles Pillington war mit einem Freund hier.«

»Ja, Herr. Aber bitte, was sollen wir tun?«

»Gar nichts. Machen Sie sich keine Sorgen! Ich werde nachfragen. Ich bin der Polizeikommandant, wissen Sie, und erfahre es bald, wenn es einen Unfall oder dergleichen gab. Aber das hätten wir bestimmt schon gehört. Also nehmen Sie sich zusammen, mein Kind, da gibt's doch nichts zu weinen! Wir verständigen Sie, sobald wir etwas hören.«

Sir Charles war aber doch sehr beunruhigt. Daß das mit Parkers Ankunft in der Gegend zusammentraf, gab der Sache ein übles Aussehen.

Lord Peter empfing die Nachricht fröhlich.

»Gut«, sagte er. »Rüttelt sie auf! Hetzt sie tüchtig umher! So ist's recht, ich hab's immer gern, wenn etwas geschieht. Mein schlimmster Verdacht wird gerechtfertigt. Das verleiht einem ein so wichtiges und tugendhaftes Gefühl, nicht? Möchte übrigens wissen, warum sie das Mädel mitgenommen hat. Wir sollten aber zu den Findlaters fahren. Vielleicht haben die etwas gehört.«

Der Vorschlag wurde sofort ausgeführt. Doch dort zogen sie eine Niete. Die Familie war an der See, mit Ausnahme Fräulein Veras, die bei Fräulein Whittaker in der Wellington-Allee war. Das Stubenmädchen zeigte keinerlei Besorgnis, und die Herren hüteten sich, sie zu alarmieren, und zogen sich zu einer Beratung zurück.

»Soweit ich es beurteilen kann«, sagte Parker, »bleibt uns nichts übrig, als an alle Polizeistationen die Meldung zu geben, nach dem Auto und den beiden Damen Ausschau zu halten. Und natürlich müssen wir auch alle Häfen benachrichtigen. Mit vier Tagen Vorsprung können sie schon weiß Gott wo sein. Ich wollte, ich hätte etwas riskiert und wäre früher losgefahren, mit oder ohne Billigung. Wie sieht diese Findlater aus? Ich gehe ins Haus zurück und hole Fotografien von ihr und der Whittaker. Und Wimsey, du könntest Fräulein Climpson aufsuchen und fragen, ob sie etwas weiß.«

»Und du könntest Scotland Yard sagen, sie sollen ein Auge auf

das Haus von Frau Forrest haben«, sagte Wimsey. »Wenn mit einem Verbrecher etwas Sensationelles passiert, ist es immer gut, den Mitschuldigen zu beobachten.«
»Ich bin sicher, Sie irren beide in dieser Angelegenheit«, sagte Sir Charles Pillington nachdrücklich. »Verbrecher – Mitschuldige – du lieber Gott! Ich habe in meinem langen Leben beträchtliche Erfahrungen gesammelt und bin wirklich überzeugt, daß Fräulein Whittaker, die ich gut kenne, ein so braves und nettes Mädchen ist, wie nur irgendeins. Aber es ist zweifellos ein Unfall geschehen, nun ist es unsere Pflicht, gründlich nachzuforschen. Ich fahre, sobald ich die Beschreibung des Autos habe, sofort zur Polizei von Crow's Beach.«
»Es ist ein Austin 7, und die Nummer ist XX 9917«, sagte Wimsey zur großen Überraschung des Polizeikommandanten. »Doch ich zweifle sehr, daß Sie es in Crow's Beach oder in der Nähe dort finden werden.«
»Nun, jedenfalls sollten wir sehen, weiterzukommen«, sagte Parker. »Wir müssen uns trennen. Wie wär's mit einem Mittagessen in einer Stunde im *George-Restaurant*?«
Wimsey hatte Pech. Fräulein Climpson war nicht zu finden. Sie hatte früh gegessen und war ausgegangen, mit der Bemerkung, daß ihr ein ordentlicher Spaziergang gut täte. Frau Budge sprach die Befürchtung aus, sie habe schlechte Nachrichten bekommen – seit gestern abend sei sie ihr verstimmt und bekümmert erschienen.
So blieb Lord Peter nichts übrig, als sich in das Restaurant zu begeben und dort die Ankunft der andern abzuwarten.

20

Auch Parker hatte eine enttäuschende halbe Stunde verbracht. Fräulein Whittaker schien sich nicht nur sehr ungern fotografieren zu lassen, sondern hatte auch alle ihre Bilder, die ihr in die Hände fielen, bald nach Fräulein Dawsons Tod vernichtet. Freilich konnten noch manche von ihren Freunden eins besitzen, besonders Fräulein Findlater; Parker wollte jedoch im Augenblick kein Aufsehen erregen. Fräulein Climpson konnte vielleicht eins bekommen. Er ging in die Nelson-Allee. Fräulein Climpson war nicht zu Hause; es war schon ein Herr dagewesen, der nach ihr gefragt hatte. Frau Budge bekam bereits Stielaugen vor Neugierde – offenbar stiegen ihr über Fräulein Climpsons »Neffen« und seine Freunde bereits Zweifel auf. Dann ging Parker zu den Fotografen des Ortes. Es waren fünf. Von zweien erhielt er eine Anzahl Gruppenbilder von Wohltätigkeitsbasaren und Laienvorstellungen, auf denen Fräulein Whittaker jedoch nicht zu erkennen war. Eine persönliche Aufnahme hatte sie nie in Leahampton machen lassen.

Von Fräulein Findlater hingegen erhielt er mehrere ausgezeichnete Bilder – sie war ein zartes, blondes Ding, etwas sentimental aussehend, recht hübsch. Er schickte sie alle nach London, mit Weisungen, daß sie der Polizei gefunkt werden sollten, und einer Beschreibung ihrer Kleidung, wie sie zuletzt gesehen wurde.

Die einzigen heiteren Mitglieder des Mittagessens im *George-Restaurant* waren der zweite Polizist, der sich mit verschiedenen Garagebesitzern und Wirten auf der Suche nach Informationen angenehm unterhalten hatte, und der Polizeikommandant, der triumphierte. Er hatte mit mehreren Polizeiämtern der Grafschaft telefoniert und erfahren, daß XX 9917 tatsächlich vorigen Montag von einem Pfadfinderjungen auf der Straße nach Crow's Beach gesehen worden war. Da er von Anfang an behauptet hatte, daß der Ausflug nach Crow's Beach nicht bloß vorgetäuscht wurde, fühlte er sich dem Mann von Scotland Yard gegenüber sehr überlegen. Wimsey und Parker stimmten niedergeschlagen zu, daß es angezeigt wäre, nach Crow's Beach zu fahren und dort nachzuforschen.

Mittlerweile hatte einer der Fotografen, dessen Vetter beim *Leahampton Merkur* angestellt war, die Redaktion angerufen, die die Nachricht zuerst »nach Redaktionsschluß« brachte, und dann eine Extraausgabe veranstaltete. Irgend jemand rief ein Londoner Abendblatt an, das die Sache auf der ersten Seite in großen Lettern verkündete, und dann war der Teufel los, der *Tägliche Schrei*, das *Tägliche Telegramm* und andere, die Mangel an aufregenden Neuigkeiten litten, erschienen am nächsten Morgen mit herausfordernden Überschriften von verschwundenen jungen Mädchen.

Crow's Beach allerdings, der angenehme und beliebte Badeort, wußte nichts von Fräulein Whittaker, Fräulein Findlater oder dem Auto XX 9917. Kein Hotel hatte sie aufgenommen; keine Garage hatte ihnen Benzin geliefert oder eine Reparatur ausgeführt, kein Polizist hatte sie bemerkt. Der Polizeikommandant hielt an seiner Theorie eines Unfalls fest, und Expeditionen wurden ausgeschickt, um sie zu suchen. In Scotland Yard trafen Depeschen aus ganz England ein. Wo waren sie nicht überall gesehen worden: in Dover, in Newcastle, in Sheffield, in Winchester, in Rugby. Zwei junge Damen hatten auf verdächtige Weise in Folkestone Tee getrunken; ein Auto hatte zu später Stunde Montag nacht Dorchester passiert; ein dunkelhaariges Mädchen in »aufgeregtem Zustand« war knapp vor der Sperrstunde in ein Wirtshaus in New Alresford gekommen und hatte um den Weg nach Hazelmere gefragt. Unter allen diesen Berichten wählte Parker den eines Pfadfinderjungen, der Sonnabend früh berichtete, daß er vorigen Montag auf den Dünen, unweit von Shelley Head, zwei Damen mit einem Auto bemerkt hatte, die dort ein Picknick hielten. Der Wagen war ein Austin 7, er wußte das, weil er sich für Autos interessierte, und er hatte bemerkt, daß er eine Londoner Nummer trug, wenn er auch nicht bestimmt sagen konnte, welche Nummer.

Shelley Head liegt ungefähr achtzehn Kilometer von Crow's Beach, die Küste entlang, und ist, trotz des nahen Badeortes, erstaunlich einsam. Unter den Klippen liegt ein langer sandiger Strand, wo nie jemand hinkommt, und der auch von keinem Haus zu überblicken ist. Hinter den mit kurzem Rasen bedeckten Klippen dehnen sich weite Dünen, auf denen Ginster und Heidekraut wächst. Dann kommt ein Gürtel von Föhren und dahinter ein steiler, schmaler und schlechter Fahrweg, der endlich auf die Landstraße zwischen Ramborough und Ryders Heath führt. Die Dünen werden nur wenig aufgesucht, obwohl eine Menge Wege sie durchkreuzen, über die man ein Auto fahren kann, wenn man nicht besorgt um dessen Federung ist. Unter der Führung des Pfadfinderjungen holperte das Polizeiauto über diese schlechten Wege. Es wäre vergeblich gewesen, Spuren früherer Wagen zu suchen, denn der Kalkboden war trocken und hart, und Gras und Heidekraut hielten keine Spur fest. Überall waren kleine Gräben und Mulden, manche groß genug, um einen kleinen Wagen zu verbergen, von den Anzeichen und Resten eines verflossenen Picknicks gar nicht zu reden. An der Stelle angekommen, die ihr Führer für ungefähr die richtige hielt, stiegen sie aus. Parker teilte den Raum zwischen ihnen auf, und sie begaben sich auf die Suche.

An jenem Tag faßte Wimsey eine Abneigung gegen Ginsterbüsche. Es waren so viele und so dichte; in jedem konnte eine Zigarettenpackung oder ein Butterbrotpapier oder ein Stückchen Stoff oder dergleichen liegen. Er ging niedergeschlagen mit gebeugtem Rücken, die Augen auf den Boden gerichtet, wieder einen Hügel hinab, dann im Bogen erst nach rechts, dann nach links, sich immer nach dem Wagen orientierend; dann über den nächsten Hügel in die nächste Mulde hinunter; über den dritten in –

Ja! In der Mulde lag etwas!

Er sah es zuerst hinter dem Rand eines Ginsterbusches hervorlugen. Es war hell und etwas zugespitzt, ähnlich wie ein Fuß.

Es wurde ihm ein wenig übel.

»Da ist jemand eingeschlafen«, sagte er laut.

Dann dachte er:

»Komisch – immer lassen sie die Füße herausragen.«

Er kletterte zwischen den Büschen hinunter, rutschte auf dem kurzen Rasen aus und rollte beinahe hinab. Er fluchte ärgerlich. Die Gestalt schlief so merkwürdig. Die Fliegen, die ihren Kopf umschwärmten, mußten sie doch stören.

Er riß sich zusammen und ging weiter. Die Fliegen stiegen wie eine Wolke auf.

Es mußte ein verdammt starker Schlag gewesen sein, dachte er, der den Hinterkopf derart zertrümmern konnte! Das kurzgeschnittene Haar war blond. Das Gesicht lag zwischen den bloßen Armen.

Er drehte die Leiche auf den Rücken.

Ohne Fotografie konnte er nicht – brauchte er nicht sicher sein, daß es Vera Findlater war.

All das hatte vielleicht dreißig Sekunden gedauert.

Er kletterte auf den Rand der Mulde und rief laut.

Eine kleine schwarze Gestalt in einiger Entfernung blieb stehen und wandte sich um. Er sah das Gesicht als weißen ausdrucks-

losen Fleck. Wieder schrie er und schwenkte die Arme. Die Gestalt begann herbeizulaufen, langsam und ungeschickt stolperte sie über den welligen Boden. Es war der Polizist – ein schwerfällig gebauter Mensch, nicht geschaffen, um in der Hitze zu laufen. Wimsey schrie wieder, und der Mann schrie zurück. Wimsey lief ihm entgegen und begann ihm alles zu erklären, obwohl die Entfernung noch zu groß war, um verstanden zu werden. Atemlos trafen sie alle zusammen. Keuchend deuteten sie, machten Notizen, krochen unter die Ginsterbüsche. Wimsey setzte sich. Er war furchtbar müde.
»Peter«, sagte Parkers Stimme, »komm her, sieh dir das an.«
Er erhob sich schwerfällig.
Ein wenig weiter weg in der Mulde waren die Überreste eines Picknicks. Der Polizist hielt ein Täschchen in der Hand – er hatte es unter der Leiche hervorgeholt und durchsuchte es nun. Auf dem Boden, knapp neben dem Kopf des toten Mädchens, lag ein dicker schwerer Schraubenschlüssel – widerlich fleckig, Haare klebten daran. Worauf Parker ihn aber aufmerksam machte, war nichts von alledem, sondern eine graulila Männermütze.
»Wo hast du die gefunden?« fragte Wimsey.
»Alf hat sie oben in der Mulde aufgelesen«, sagte Parker.
»Sie war in den Ginster heruntergefallen«, bestätigte der Pfadfinder, »sie lag verkehrt, als wär sie jemand vom Kopf gefallen.«
»Sind irgendwo Fußspuren?«
»Wohl kaum. Aber an einer Stelle sind die Büsche ganz zusammengetreten und geknickt. Sieht aus, als hätte es dort einen Kampf gegeben. Wo ist der Austin hingeraten? He! Den Schraubenschlüssel darfst du nicht anrühren, mein Junge. Da könnten Fingerabdrücke drauf sein. Es sieht nach einem Angriff durch eine Bande aus. Ist Geld in der Börse? Eine Zehnshillingnote, ein Sixpencestück und ein paar Kupfer – so? Na, die andere Dame hat vielleicht mehr bei sich gehabt. Sie ist sehr vermögend, wissen Sie. Für Lösegeld festgehalten – könnte sein.« Parker beugte sich nieder und legte sacht den Schraubenschlüssel in ein seidenes Taschentuch, das er an vier Ecken faßte. »Nun, ich glaube, wir verteilen uns und suchen nach dem Wagen. Vielleicht steht er dort drüben unter den

Bäumen, der Platz sieht danach aus. Und, Hopkins, Sie müssen mit unserem Wagen nach Crow's Beach zurückfahren und es auf der Polizeistation melden. Bringen Sie dann einen Fotografen mit und auch einen Arzt. Und diese Depesche geben Sie an den Oberkommissar von Scotland Yard auf. Sie müssen auch ein zweites Auto mieten, für den Fall, daß wir den Austin nicht finden — wir können nicht alle in dem einen zurückfahren. Nehmen Sie Alf wieder mit, falls Sie nicht sicher sind, die Stelle wiederzufinden. Ja und, Hopkins, bringen Sie uns auch etwas zum Essen und Trinken mit. Vielleicht brauchen wir hier noch lange. Hier ist Geld — ist's genug?«

»Ja, danke, Herr.«

Der Polizist ging und nahm Alf mit, der zwischen dem Wunsch zu bleiben und noch etwas Detektivarbeit zu leisten, und dem herrlichen Stolz, der erste zu sein, der die Neuigkeit verkündete, hin und her gerissen wurde. Parker sagte ihm ein paar lobende Worte für seinen wertvollen Beistand, die ihn mit Stolz erfüllten, und wandte sich dann an den Polizeikommandanten.

»Sie sind offenbar in dieser Richtung gefahren. Wenn Sie vielleicht von der linken Seite in das kleine Wäldchen gehen möchten, Herr, und du, Peter, kommst von rechts hinein, während ich mich durch die Mitte arbeite.«

Der Polizeikommandant, der durch die Entdeckung der Leiche tief erschüttert schien, gehorchte wortlos. Wimsey packte Parker am Arm.

»Du, hör mal«, sagte er, »hast du dir die Wunde angesehen? Die ist sonderbar, nicht? Es müßte doch mehr Blut sein, meinst du nicht?«

»Ich denke im Augenblick gar nichts«, sagte Parker etwas grimmig. »Wir wollen das Urteil des Arztes abwarten. Weiter! Wir müssen den Wagen suchen.«

»Laß mal die Mütze sehen! Hm, bei einem Trödler in Stepney gekauft. Beinahe neu. Riecht stark nach kalifornischem Mohn — scheint ja ein besonders feiner Gangster zu sein!«

»Ja — die müßte uns auf eine Spur bringen. Gott sei Dank, etwas übersehen sie immer. Also vorwärts!«

Die Suche nach dem Wagen machte keine Schwierigkeiten. Parker stieß fast sofort auf ihn, als er unter die Bäume trat.

Das Verdeck des Wagens war geschlossen, und Parker näherte

sich ihm mit dem unbehaglichen Gefühl, daß er vielleicht etwas Entsetzliches barg. Er war jedoch leer. Die Handbremse war angezogen. Auf dem Sitz lag ein Taschentuch – ein großes Leinentaschentuch, sehr schmutzig und ohne Monogramm oder Wäschereimarke. Parker brummte etwas über die Nachlässigkeit der Verbrecher, ihr Eigentum zu verstreuen. Er ging um den Wagen herum und entdeckte einen weiteren Beweis von Nachlässigkeit. Denn auf dem lehmigen Boden waren Fußspuren – von zwei Männern und einer Frau, wie es schien.

Die Frau hatte den Wagen als erste verlassen – er konnte sehen, wo der linke Absatz schwer eingesunken war, als sie sich aus dem niederen Sitz herauswand. Der rechte Fuß war leichter aufgesetzt – dann hatte sie ein wenig geschwankt und zu laufen begonnen. Aber einer der Männer war dagewesen, um sie einzufangen. Er war – in Schuhen mit neuen Gummisohlen – aus dem Gestrüpp herausgetreten, und Spuren einer Balgerei zeigten an, daß er sie gehalten hatte, während sie versucht hatte, auszubrechen. Dann war der zweite – der ziemlich schmale Füße hatte und spitze Schuhe trug – aus dem Wagen nachgekommen – seine Fußspuren waren klar ausgeprägt, kreuzten ihre und verwischten sie halb. Alle drei waren eine Weile beieinander gestanden. Dann entfernten sie sich, die Frau in der Mitte, und führten bis dorthin, wo die Spur eines Michelin-Reifens erschien. Die Reifen auf dem Austin waren gewöhnliche Dunlops – außerdem war dies offenbar ein größerer Wagen. Er hatte scheinbar einige Zeit dort gestanden, denn eine kleine Lache von Maschinenöl hatte sich gebildet. Dann hatte sich der größere Wagen entfernt, über einen Weg, der durch das Wäldchen führte. Parker folgte der Spur eine kurze Strecke, doch verlor sie sich bald auf dem dicken Teppich von Kiefernnadeln. Er wandte sich wieder dem Austin zu, um weiter zu forschen. Wimsey und Sir Charles Pillington kamen durch das Gestrüpp.

»Nun«, sagte Wimsey, »ich glaube, wir können diese elegante graulila Kopfbedeckung als dem Herrn in den spitzen Schuhen zugehörig betrachten. Er wird ihr nachtrauern. Die Fußspuren der Frau sind von Mary Whittaker, vermutlich.«

»Ich glaube auch. Ich wüßte nicht, wieso sie die von Fräulein Findlater sein könnten.«

»Sie sind bestimmt nicht von Vera Findlater — an ihren Schuhen war kein Lehm, als wir sie fanden. Hallo, was ist das?«
Er fuhr mit der Hand in die Lederpolsterung des Wagens und zog ein amerikanisches Magazin hervor — jene allmonatliche Sammlung von Sex und Sensationen, die unter dem Namen *Schwarze Masken* erscheint.
»Leichte Lektüre, für die unteren Zehntausend«, sagte Parker.
»Vielleicht von dem Herrn mit den spitzen Schuhen mitgebracht«, meinte der Polizeikommandant.
»Eher von Fräulein Findlater«, sagte Wimsey.
»Es dürfte kaum der Geschmack einer Dame sein«, sagte Sir Charles, peinlich berührt.
»Ach, ich weiß nicht. Nach allem, was ich höre, war Fräulein Whittaker stark gegen Sentimentalität und Rosenwasser, und das arme Mädel ahmte sie doch in allem nach. Vielleicht hatte sie in der Lektüre eher männlichen Geschmack.«
»Nun, es ist nicht sehr wichtig«, sagte Parker.
»Sieh mal her. Jemand hat da Striche drauf gemacht.«
Wimsey hielt ihm den Umschlag hin. Ein dicker Bleistiftstrich war unter das erste Titelwort gezogen.
»Meinst du, es soll eine Botschaft sein? Vielleicht lag das Heft auf dem Sitz, und es gelang ihr, unbemerkt den Strich zu ziehen und es zu verstecken, ehe man sie in das andere Auto schleppte.«
»Erfinderisch«, sagte Sir Charles, »aber was soll es bedeuten? ›Schwarze‹? Es hat keinen Sinn.«
»Vielleicht war der Herr mit den spitzen Schuhen ein Neger«, sagte Parker. »Nigger-Geschmack neigt zu ›elegantem‹ Schuhwerk und zu Haaröl!«
»Um Gottes willen!« rief Sir Charles entsetzt. »Ein englisches Mädchen in den Händen eines Niggers! Wie schauderhaft!«
»Nun, wir wollen hoffen, daß es nicht so ist. Sollen wir die Verfolgung aufnehmen oder auf den Arzt warten?«
»Ich glaube, wir gehen zu der Leiche zurück«, sagte Parker. »Sie haben einen so großen Vorsprung, daß es bei ihrer Verfolgung auf eine halbe Stunde mehr oder weniger nicht mehr ankommt.«

21

Der Arzt entpuppte sich als ein dicker, wichtigtuerischer Mann, der über den zertrümmerten Kopf der armen Vera Findlater hinweg fortwährend bedauernde Zischlaute von sich gab, als handelte es sich um einen Anfall von Masern oder selbstverschuldeter Gicht.

»Tz – tz – tz! Schrecklich, schrecklich! Wie mögen wir nur dazu gekommen sein? Tz – tz! Leben ausgeblasen, wie? Oh, schon seit mehreren Tagen, wissen Sie. Herrgott, wie schrecklich für die armen Eltern! Und die Schwestern! Sehr nette Mädchen. Sie kennen sie doch, Sir Charles? Jaja, tz – tz!«

»Es besteht wohl kein Zweifel«, fragte Parker, »daß es Fräulein Findlater ist?«

»Nicht der geringste«, sagte Sir Charles.

»Nun, da Sie sie identifizieren können, wird es möglich sein, ihren Verwandten den Anblick zu ersparen. Nur einen Augenblick, Doktor – der Fotograf muß die Lage des Körpers aufnehmen, ehe Sie ihn bewegen. Herr Andrews, haben Sie schon Aufnahmen gemacht? Nein? – Sie dürfen sich nicht aus der Fassung bringen lassen – ich weiß, es ist recht unangenehm. Eine von hier, bitte, um die Lage des Körpers zu zeigen – dann von oben, vom Rand der Mulde – so ist's recht –, dann eine von der Wunde selbst, ganz nah, bitte. So, danke. Jetzt, Doktor, können Sie sie umwenden – es tut mir leid, Herr Andrews – ich kann mir genau vorstellen, was Sie empfinden, aber diese Dinge müssen eben getan werden. Hallo! Seh'n Sie, wie ihre Arme zerkratzt sind! Sieht aus, als hätte sie sich gewehrt. Am rechten Handgelenk und linken Ellbogen – als hätte jemand versucht, sie niederzuhalten. Auch davon eine Aufnahme, bitte, Herr Andrews – sie mögen wichtig sein. Sagen Sie mal, Doktor, was halten Sie von diesen Spuren im Gesicht?«

Der Arzt sah aus, als zöge er vor, das Gesicht überhaupt nicht anzusehen. Jedoch mit vielen »Tz – tz – tz« rang er sich endlich ein Urteil ab.

»Soviel man in Anbetracht der Veränderungen nach dem Tod sagen kann, sieht es aus, als wären die Partien um Nase und Lippen aufgeschürft oder angesengt worden. Jedoch auf Nasenrücken, Hals und Stirn ist nichts zu sehen, sonst würde ich sie einem starken Sonnenbrand zuschreiben.«

»Und Verbrennungen durch Chloroform?« meinte Parker.

»Tz — tz«, machte der Arzt, ärgerlich, daß ihm das nicht selbst eingefallen war. »Wenn Ihr Herren von der Polizei nur nicht gar so vorschnell wärt! Alles soll in solcher Hast entschieden werden. Ich war gerade im Begriff zu bemerken — wenn Sie mir nicht zuvorgekommen wären und es sich nicht einem Sonnenbrand zuschreiben ließe —, daß es eine solche Möglichkeit gibt. Ich kann unmöglich sagen, daß es die Wirkung von Chloroform *ist* — medizinische Urteile dieser Art dürfen nicht ohne gründlichste Untersuchung abgegeben werden — aber ich wollte bemerken, daß es so sein *könnte.*«

»Dann«, warf Wimsey ein, »könnte sie an der Wirkung des Chloroforms gestorben sein? Wenn sie zuviel bekam oder ein schwaches Herz hatte?«

»Mein lieber Herr«, sagte der Arzt, diesmal tief beleidigt, »sehen Sie sich einmal den Kopfhieb an und fragen Sie sich, ob es nötig ist, da nach einer anderen Todesursache zu suchen. Außerdem, wenn sie an Chloroform gestorben wäre, wo lag die Notwendigkeit eines Schlages auf den Kopf?«

»Genau dasselbe habe ich mich eben gefragt«, sagte Wimsey.

»Ich denke«, fuhr der Arzt fort, »Sie werden wohl kaum meine medizinischen Kenntnisse bestreiten wollen?«

»Gewiß nicht«, sagte Wimsey, »aber wie Sie selbst sagen, ist es unklug, ohne vorsichtige Untersuchung ein medizinisches Urteil abzugeben.«

»Und hier ist nicht der Ort dafür«, warf Parker hastig ein. »Ich glaube, wir haben alles getan, was zu tun war. Wollen Sie, bitte, lieber Doktor, mit der Leiche in die Totenkammer gehen? Herr Andrews, darf ich Sie bitten, mit mir zu kommen und ein paar Aufnahmen von Fußspuren und dergleichen oben im Wäldchen zu machen. Ich fürchte, das Licht dort ist schlecht, aber wir müssen es versuchen.«

Er nahm Wimsey beim Arm.

»Der Arzt ist natürlich ein Dummkopf«, sagte er, »aber wir können ja einen andern befragen. Aber es ist besser, die andern glauben zu lassen, daß uns die oberflächliche Erklärung genügt.«

»Wo liegt die Schwierigkeit?« fragte Sir Charles neugierig.
»Ach, es ist nicht so schlimm«, erwiderte Parker. »Alle Anzeichen deuten darauf, daß die Mädchen von zwei Räubern angefallen wurden, die Fräulein Whittaker im Hinblick auf ein Lösegeld entführt haben, nachdem sie Fräulein Findlater brutal niedergeschlagen hatten, als sie Widerstand leistete. Das ist wahrscheinlich die richtige Erklärung. Kleinere Widersprüche werden zweifellos mit der Zeit aufgeklärt werden. Nach einer gründlichen ärztlichen Untersuchung werden wir wohl mehr wissen.«
Sie kehrten in das Wäldchen zurück, wo Aufnahmen gemacht und die Fußspuren sorgfältig gemessen wurden. Der Polizeikommandant verfolgte diese Tätigkeit mit lebhaftem Interesse und sah Parker über die Schulter, während dieser die Einzelheiten in sein Notizbuch eintrug.
»Hören Sie mal«, sagte er plötzlich, »ist es nicht sonderbar, daß —«
»Da kommt jemand«, unterbrach ihn Parker.
Das Geräusch eines nahenden Motorrades kündete einen jungen Mann an, der mit einer Kamera bewaffnet war.
»O Gott!« stöhnte Parker. »Da ist schon die verdammte Presse!«
Er empfing den Journalisten jedoch höflich, zeigte ihm die Räder- und Fußspuren und erzählte ihm in Umrissen die Räuber-Theorie, während sie zu der Stelle gingen, wo die Leiche gefunden worden war.
»Können Sie uns einen Begriff davon geben, wie die beiden Männer aussahen?«
»Nun«, sagte Parker, »der eine von ihnen scheint so etwas wie ein Geck zu sein. Er trug eine scheußliche lila Mütze, schmale, spitze Schuhe, und, falls das Zeichen auf dem Magazinumschlag etwas bedeutet, kann einer der beiden ein Farbiger gewesen sein. Vom andern können wir nur mit Bestimmtheit sagen, daß er die Schuhnummer zehn und Gummiabsätze trägt.«
»Was ich noch sagen wollte«, sagte Sir Charles, »daß es, was die Schuhe betrifft, merkwürdig ist, daß —«
»Und hier haben wir die Leiche von Fräulein Findlater gefunden«, unterbrach ihn Parker rücksichtslos. Er beschrieb die

Verletzungen und die Lage der Leiche, und der Journalist beschäftigte sich dankbar damit, unter andern auch eine Gruppenaufnahme von Wimsey, Parker und dem Polizeikommandanten unter den Ginsterbüschen zu machen, wobei letzterer mit seinem Stock majestätisch auf die verhängnisvolle Stelle wies.

»Und jetzt haben Sie, was Sie brauchen, mein Lieber«, sagte Parker wohlwollend, »schwirren Sie ab, ja? Und erzählen Sie es den übrigen Jungens. Sie wissen alles, was es zu wissen gibt, und wir haben jetzt anderes zu tun, als Spezialinterviews zu geben.«

»Und nun, Sir Charles«, sagte Parker, als der Journalist abgefahren war, »was wollten Sie vorhin über die Fußspuren sagen?«

Sir Charles jedoch war beleidigt. Der Mann von Scotland Yard hatte ihn förmlich zurechtgewiesen und Zweifel an seiner Diskretion gezeigt.

»Nichts«, erwiderte er. »Ich bin sicher, daß Ihnen meine Schlüsse sehr primitiv erscheinen würden.«

Und während der Rückkehr hüllte er sich in Schweigen.

Der Fall Whittaker hatte fast unmerklich damit begonnen, daß eine beiläufige Bemerkung in einem Restaurant an einem Nebentisch gehört wurde. Er endete mit einem Aufschrei der gesamten Öffentlichkeit, der England von einem Ende zum andern erschütterte. Die Einzelheiten des Mordes und der Entführung erschienen an jenem Abend ausschließlich in einer späten Extraausgabe der *Abend-Nachrichten.* Am nächsten Morgen machten sie sich in den Sonntagsblättern breit, samt Fotografien und vollen Einzelheiten, tatsächlichen und erfundenen. Der Gedanke, daß zwei englische Mädchen von einem Schwarzen – die eine brutal erschlagen, die andere zu unausdenkbar düsteren Zwecken entführt worden war – dieser Gedanke erweckte den heftigsten Sturm von Entsetzen und Empörung, dessen das englische Temperament fähig ist. Reporter überfielen Crow's Beach wie Heuschreckenschwärme – die Dünen bei Shelly Head glichen einem Jahrmarkt voll Autos, Rädern und Touristen, die herbeigeströmt waren, um im Dunstkreis von Geheimnis und Blutvergießen ein frohes Wochenende zu verbringen. Parker, der mit Wimsey im *Grünen*

Löwen wohnte, saß neben dem Telefon und empfing die Briefe und Depeschen, die es von allen Seiten regnete, während ein Polizist am Ende des Ganges alle Eindringlinge abwehrte.
Wimsey lief unruhig im Zimmer herum und rauchte in seiner Erregung eine Zigarette nach der anderen.
»Diesmal haben wir sie«, sagte er. »Sie haben zu weit geschossen, Gott sei Dank!«
»Ja. Hab nur ein wenig Geduld, mein Alter. Sie entkommen uns nicht – aber erst müssen wir alle Tatsachen bereit haben.«
»Du bist sicher, daß unsere Leute Frau Forrest im Auge behalten?«
»Aber gewiß. Sie ist Montag nachts in ihre Wohnung zurückgekehrt – sagte der Garagenbesitzer. Unsere Leute beobachten sie unausgesetzt und werden es uns augenblicklich wissen lassen, sobald jemand ihre Wohnung betritt.«
»Montag nachts?«
»Ja. Aber das ist noch kein Beweis. Montag nachts ist die übliche Zeit, wenn man vom Wochenende in die Stadt zurückkehrt. Außerdem will ich sie nicht erschrecken, ehe wir wissen, ob sie die Hauptschuldige oder nur mitschuldig ist. Sieh mal her, Peter, ich habe da eine Nachricht von einem unserer Leute erhalten. Er hat die Finanzen von Fräulein Whittaker und Frau Forrest untersucht. Fräulein Whittaker hat seit Dezember vor einem Jahr große Summen abgehoben und diesen entsprechen fast genau, Summe um Summe, die Beträge, die Frau Forrest auf ihr Konto eingezahlt hat. Diese Frau hatte große Gewalt über Fräulein Whittaker – seit Fräulein Dawsons Tod. Sie steckt bis zum Hals in der Geschichte, Peter.«
»Ich wußte es. Sie hat die Arbeit getan, während die Whittaker ihr Alibi in Kent hatte. Um Gottes willen, Charles, mach keinen Fehler! Niemand ist auch nur eine Sekunde seines Lebens sicher, solange eine der beiden in Freiheit ist.«
»Wenn eine Frau schlecht und skrupellos ist«, sagte Parker lehrhaft, »ist sie der grausamste Verbrecher der Welt – fünfzigmal schlimmer als ein Mann, weil sie ausschließlich nur an das Ziel denkt.«
»Sie leiden nicht an Sentimentalität, das ist's«, sagte Wimsey, »und wir armen Narren von Männern sind erfüllt von der Idee, daß sie romantisch und gefühlvoll sind. Alles Einbildung, mein

Sohn! Hol der Teufel das Telefon!« Parker ergriff den Hörer. »Ja – ja – bin am Apparat. Was sagen Sie da? Schön. Natürlich müssen Sie ihn festhalten. Ich bin überzeugt, daß das Bluff ist, aber er muß zurückgehalten und befragt werden. Und sehen Sie zu, daß die Zeitungen es erfahren. Sagen Sie ihnen, Sie seien sicher, daß er der Mann ist. Verstanden? Bläuen Sie es ihnen ordentlich ein, daß das die offizielle Ansicht ist. Und – warten Sie einen Augenblick – ich brauche Fotografien von dem Scheck und eventuellen Fingerabdrücken darauf. Schicken Sie sie sofort durch Spezialboten. Er ist doch echt, nehme ich an? Die Bank sagt ja? Gut. Was erzählt er? ... Oh! Und der Umschlag? – Vernichtet – Blöder Kerl. Stimmt. Adieu.«

Er wandte sich erregt an Wimsey.

»Gestern früh kam Hallelujah Dawson in die Lloyds Bank in Stepney und wies einen Scheck auf zehntausend Pfund von Mary Whittaker vor, von der Filiale in Leahampton auf den Überbringer ausgestellt und von Freitag, dem 24., datiert. Da die Summe so groß war und die Geschichte des Verschwindens der Mädchen im Freitag-*Abendblatt* gestanden hatte, ersuchte man ihn, noch einmal zu kommen. Inzwischen setzten sie sich mit Leahampton in Verbindung. Als dort die Nachricht von dem Mord gestern abend bekannt wurde, erinnerte sich der Bankdirektor von Leahampton der Sache und telefonierte an Scotland Yard, mit dem Resultat, daß heute früh Hallelujah zwecks näherer Erkundigungen abgeholt wurde. Er erzählte, daß der Scheck Samstag früh ohne ein Wort der Erklärung in einem Umschlag an ihn gelangte. Natürlich hat der alte Narr den Umschlag weggeworfen, so daß wir seine Erzählung nicht überprüfen können und auch an dem Poststempel keinen Anhaltspunkt haben. Unsere Leute dachten, das Ganze sehe verdächtig aus, also wird Hallelujah zurückbehalten, während der Sache nachgegangen wird – mit anderen Worten: Er wird verhaftet wegen Mord und Beihilfe!«

»Armer alter Hallelujah! Charles, das ist einfach teuflisch! Dieser anständige alte Kerl, der keiner Fliege was zuleide täte!«

»Ich weiß. Nun, er sitzt in der Patsche und muß es durchhalten. Um so besser für uns. Teufel noch mal! Wieder jemand an der Tür! Herein!«

»Dr. Faulkner, Herr«, sagte der Polizist, indem er den Kopf hereinsteckte.
»Ah, gut. Nur herein, Doktor. Haben Sie Ihre Untersuchung beendet?«
»Jawohl, Inspektor. Sehr interessant. Sie hatten recht, das will ich Ihnen gleich sagen.«
»Das freut mich. Setzen Sie sich und erzählen Sie uns alles.«
»Ich werde mich so kurz wie möglich fassen«, sagte der Arzt. Er war aus London, von Scotland Yard geschickt und an Polizeiarbeit gewöhnt — ein magerer, grauer Mensch, sachlich und scharfäugig, das genaue Gegenteil des Mannes, der mit seinem »Tz — tz — tz« Parker am vergangenen Abend so geärgert hatte.
»Also: der Schlag auf den Kopf hatte natürlich gar nichts mit dem Tod zu tun. Sie haben selbst gesehen, daß beinahe gar keine Blutung stattgefunden hat. Die Wunde wurde einige Zeit nach dem Tod zugefügt, zweifellos, um den Eindruck eines Überfalls durch eine Bande vorzutäuschen. Ebenso ist es mit den Schnitten und Kratzwunden auf den Armen. Das ist alles nur Maskierung.«
»Richtig. Ihr Kollege —«
»Mein Kollege, wie Sie ihn nennen, ist ein Esel«, schnaubte der Arzt. »Wenn das eine Probe seiner Diagnosen ist, sollte es mich nicht wundern, wenn die Todesfälle in Crow's Beach eine hohe Ziffer erreichen. Doch dies nur nebenbei. Sie wollen die Todesursache wissen?«
»Chloroform?«
»Möglicherweise. Ich öffnete die Leiche, doch fand ich keine speziellen Symptome irgendeines Giftes. Ich habe, auf Ihren Vorschlag, die betreffenden Organe Sir James Lubbock zur Analyse übersandt, doch, offengestanden, erwarte ich mir nichts davon. Es war auch kein Geruch nach Chloroform beim Öffnen des Rumpfes wahrnehmbar. Entweder war schon zuviel Zeit vergangen, oder die Dosis war zu klein. Ich fand auch keine Anzeichen von Herzschwäche, so daß, um bei einem gesunden jungen Mädchen den Tod hervorzurufen, Chloroform beträchtliche Zeit hätte angewendet werden müssen.«
»Glauben Sie, es wurde überhaupt angewendet?«
»Ja, das glaube ich. Die Verbrennungen im Gesicht deuten

entschieden darauf hin.«

»Das würde auch das Taschentuch erklären, das im Wagen gefunden wurde«, sagte Wimsey.

»Ich vermute«, sagte Parker, »daß es bedeutende Kraft und Entschlossenheit erfordern würde, bei einer kräftigen jungen Person Chloroform anzuwenden. Sie würde sich doch wahrscheinlich heftig widersetzen.«

»Ja«, sagte der Arzt grimmig, »aber das Merkwürdige ist, sie tat es nicht. Wie ich schon sagte, sind alle Anzeichen eines Kampfes nach dem Tod zugefügt worden.«

»Wenn sie aber schlief«, sagte Wimsey, »dann hätte es doch wohl widerstandslos geschehen können, nicht wahr?«

»O ja – leicht. Nach ein paar tiefen Einatmungen hätte sie das Bewußtsein halb verloren, und es konnte dann energischer vorgegangen werden. Es ist leicht möglich, denke ich, daß sie in der Sonne einschlief, während ihre Gefährtin fortschlenderte und entführt wurde, und daß die Räuber dann zu ihr kamen und sie erledigten.«

»Das scheint mir ein wenig unnötig«, sagte Parker. »Wozu noch zu ihr gehen?«

»Meinen Sie, daß beide einschliefen und beide gleichzeitig überfallen und chloroformiert wurden? Das klingt recht unwahrscheinlich!«

»Nein, das meine ich nicht. Hören Sie zu, Doktor – aber behalten Sie es bei sich.«

Er erzählte in großen Umrissen die Geschichte ihres Verdachts gegen Mary Whittaker, die der Doktor mit entsetztem Staunen anhörte.

»Was geschah«, sagte Parker, »ist unserer Meinung nach folgendes: Wir glauben, daß Fräulein Whittaker aus irgendeinem Grund beschlossen hatte, sich des armen Mädchens, das ihr so ergeben war, zu entledigen. Sie richtete es so ein, daß sie einen Ausflug machten und daß es bekannt war, wohin sie gingen. Dann, als Vera Findlater in der Sonne schlummerte, ermordete sie sie – entweder mit Chloroform oder – wahrscheinlicher glaube ich – auf dieselbe Art, die sie bei ihren anderen Opfern angewendet hatte. Dann schlug sie sie auf den Kopf, arrangierte alle anderen Anzeichen eines Kampfes und ließ dann im Gebüsch eine Mütze zurück, die sie vorher gekauft und mit

Brillantine betupft hatte. Ich lasse natürlich nach der Herkunft der Mütze forschen. Fräulein Whittaker ist eine große, kräftige Person – ich glaube nicht, daß es ihre Kraft überschritt, einem widerstandslosen Körper einen solchen Schlag zu versetzen.«

»Und wie ist's mit den Fußspuren im Wald?«

»Dazu komme ich jetzt. Da zeigen sich ein paar sehr merkwürdige Dinge. Erstens: wenn dies das Werk einer Geheimbande war, warum suchten sie sich weit und breit gerade den einzigen feuchten, lehmigen Fleck aus, um dort ihre Fußspuren zu hinterlassen, wenn sie sonst überall hätten kommen und gehen können, ohne die geringste erkennbare Spur zurückzulassen?«

»Ganz richtig«, sagte der Arzt. »Und ich füge noch hinzu, daß sie bemerkt haben mußten, daß sie eine Mütze vergessen hatten. Warum sind sie nicht zurückgekommen und haben sie mitgenommen?«

»Richtig. Dann weiter. Beide Paare Schuhe ließen Abdrücke zurück, an denen sich keine Spur des Getragenseins zeigt, der Gummi auf dem größeren Paar war sichtlich funkelnagelneu. Wir werden gleich die Fotografien bekommen, da werden Sie es sehen. Es ist natürlich nicht unmöglich, daß beide Männer funkelnagelneue Schuhe trugen, aber zumindest unwahrscheinlich.«

»So ist's«, stimmte der Doktor zu.

»Und nun kommen wir zu dem Verdächtigsten von allem. Einer der vorgetäuschten Männer hatte viel größere Füße als der andere, wonach man auf einen größeren und wohl auch schwereren Mann mit größerer Schrittweite schließen kann. Aber was finden wir beim Abmessen der Fußstapfen? In allen drei Fällen – bei dem großen Mann, dem kleinen Mann und der Frau – die gleiche Länge des Schritts. Nicht nur das, die Spuren haben sich auch in genau der gleichen Tiefe in den Boden geprägt und damit angezeigt, daß alle drei dasselbe Gewicht hatten. Wenn man auch die anderen Widersprüche hingehen ließe, bei diesem ist ein zufälliges Übereinstimmen absolut ausgeschlossen.«

Dr Faulkner überlegte einen Augenblick.

»Sie haben Ihre Ansicht bewiesen«, sagte er endlich. »Ich betrachte sie als vollkommen überzeugend.«

»Es fiel sogar Sir Charles Pillington auf, der nicht allzu scharfsinnig ist«, sagte Parker. »Ich hatte die größte Mühe, ihn daran zu hindern, mit der außerordentlichen Gleichheit der Maße dem Journalisten der *Abend-Nachrichten* gegenüber herauszuplatzen.«

»Sie glauben also, daß Fräulein Whittaker, mit diesen Schuhen versehen, hinkam und die Spuren selbst legte?«

»Ja. Geschickt gemacht. Sie hat sich auch nicht geirrt beim Übereinandersetzen der Fußstapfen. Es war alles genau ausgearbeitet, um den Eindruck hervorzurufen, daß drei Leute gleichzeitig dort waren. Ich möchte sagen, intensives Studium der besten Kriminalromane.«

»Und was noch?«

»Nun, ich glaube, daß diese Frau Forrest, die, wie wir glauben, von Anfang an ihre Mitschuldige war, mit ihrem Wagen — dem großen — hingekommen ist und auf sie wartete. Vielleicht hat sie die Fußspuren angelegt, während Mary Whittaker den Angriff inszenierte. Jedenfalls dürfte sie hingekommen sein, nachdem Mary Whittaker und Vera Findlater den Austin verlassen hatten und auf die Dünen gegangen waren. Nachdem Mary Whittaker ihren Anteil an der Arbeit beendet hatte, legten sie das Taschentuch und das Magazin *Schwarze Masken* in den Austin und fuhren in Frau Forrests Wagen davon. Ich habe natürlich dem Wagen nachspüren lassen. Es ist ein dunkelgrüner Renault-Vierzitzer, mit Michelin-Pneus und der Nummer XO 4247. Wir wissen, daß er Montag nachts mit Frau Forrest in ihre Garage zurückgekehrt ist.«

»Aber wo ist Fräulein Whittaker?«

»Irgendwo verborgen. Wir werden sie schon kriegen. Sie kann kein Geld von ihrer Bank bekommen — die ist gewarnt. Wenn Frau Forrest versucht, für sie Geld abzuheben, wird man ihr folgen. Wenn es also zum Schlimmsten kommt, können wir sie mit ein bißchen Glück aushungern. Aber wir haben noch einen Anhaltspunkt. Es wurde ein sehr ernster Versuch gemacht, Verdacht auf einen unglücklichen Verwandten Fräulein Whittakers — einen dunkelhäutigen Pastor mit dem merkwürdigen Namen Hallelujah Dawson — zu lenken. Er hatte gewisse materielle Ansprüche an Fräulein Whittaker zu stellen — nicht vor dem Gesetz gültige, aber solche, die jeder anständige und humane Mensch gelten ließe. Sie hat es nicht getan, und der arme alte Mann könnte wohl Groll gegen sie hegen. Gestern früh versuchte er, einen von ihr ausgestellten, auf den Überbringer lautenden Scheck einzukassieren, während er eine etwas unwahrscheinlich klingende Geschichte, daß der Scheck mit der ersten Post in einem Umschlag, ohne weitere Erklärung, gekommen sei, auftischte. So mußte er natürlich als einer der Bande festgehalten werden.«

»Aber das ist doch sehr plump. Er hat doch sicher ein Alibi.«

»Ich vermute, es wird heißen, daß er Leute aufgenommen hat, um die Arbeit für ihn zu tun. Er gehört zu einer Mission in Stepney — wo jene lilagraue Kappe herstammt — und zweifellos eine Menge schwerer Jungens zu finden sind. Natürlich werden wir genaue Nachforschungen anstellen und in allen Zeitungen Einzelheiten veröffentlichen lassen.«

»Und dann?«

»Nun, dann, glaube ich, wird Fräulein Whittaker irgendwo in sehr aufgeregtem Zustande auftauchen und eine Geschichte von Überfall und Lösegeld erzählen, die sich dem Fall anpaßt. Hat Vetter Hallelujah kein zufriedenstellendes Alibi beigebracht, so werden wir hören, daß er an Ort und Stelle die Mörder angeführt hat. Auch wenn er einwandfrei beweist, daß er nicht dort war, wird doch sein Name erwähnt worden sein oder er wird zu irgendeiner Zeit, die das arme liebe Mädchen nicht genau feststellen konnte, in irgendeiner schrecklichen Lasterhöhle aufgetaucht sein, deren Lage sie nicht anzugeben imstande sein wird.«

»Welch teuflischer Plan!«

»Ja. Fräulein Whittaker ist eine reizende junge Dame. Ich wüßte nichts, wovor sie zurückschrecken würde! Und die liebenswürdige Frau Forrest scheint aus dem gleichen Holz geschnitzt. Selbstverständlich, Doktor, dies alles im strengsten Vertrauen! Sie verstehen, daß es davon abhängt, ob wir Fräulein Whittaker erwischen, daß sie glaubt, wir alle haben ihre irreführenden Indizien geschluckt.«

»Ich bin kein Schwätzer«, sagte der Arzt. »Sie nennen sie eine Räuberbande, und es ist eine Räuberbande, soweit es auf mich ankommt. Und Fräulein Findlater hat einen Schlag auf den Kopf erhalten und ist daran gestorben. Ich hoffe nur, daß mein

Kollege und der Polizeikommandant ebenso diskret sein werden. Natürlich warnte ich sie, nach dem, was Sie gestern abend sagten.«
»Alles ganz schön«, sagte Wimsey. »Aber was für Beweise haben wir eigentlich gegen diese Frau? Ein geschickter Verteidiger könnte das Ganze in Fetzen reißen. Die ganze Sache, die wir ihr *beweisen* können, ist der Einbruch in das Haus in Hampstead Heath und das Stehlen der Kohle. Die anderen Todesfälle wurden bei der Leichenbeschau als natürliche erklärt. Und was Fräulein Findlater betrifft – sogar, wenn wir Chloroform nachweisen – nun, Chloroform ist nicht so schwer zu bekommen – es ist nicht Arsenik oder Blausäure. Und selbst wenn auf dem Schraubenschlüssel Fingerabdrücke waren –«
»Es waren keine darauf«, sagte Parker düster. »Das Frauenzimmer weiß, was sie tut.«
»Weshalb aber brauchte sie Vera Findlater umzubringen?« fragte der Arzt plötzlich. »Nach Ihrer Erzählung brachte das Mädchen ja den wertvollsten Gegenbeweis bei. Sie war die einzige Zeugin, die beweisen konnte, daß Fräulein Whittaker ein Alibi für die anderen Verbrechen hatte – wenn es Verbrechen waren.«
»Vielleicht hat sie zuviel von der Verbindung zwischen Fräulein Whittaker und Frau Forrest entdeckt. Ich habe den Eindruck, daß sie ihre Schuldigkeit getan hatte und gefährlich zu werden begann. Worauf wir jetzt hoffen, ist, eine Mitteilung von der Whittaker an die Forrest – oder umgekehrt – zu erreichen. Wenn wir die einmal haben –«
»Hm!« sagte Dr. Faulkner. Er war ans Fenster getreten. »Ich möchte Sie nicht unnötig beunruhigen, aber ich sehe da Sir Charles Pillington mit dem Sonderkorrespondenten des *Telegramm* reden. Der *Schrei* erschien heute früh mit der Räubergeschichte auf der ersten Seite und einem patriotischen Leitartikel über die Gefahr, farbige Fremde zuviel zu unterstützen. Ich brauche Ihnen nicht erst zu sagen, daß das *Telegramm* bereit wäre, den Erzengel Gabriel zu verleumden, um über den *Schrei* zu triumphieren.«
»Verdammt!« rief Parker und stürzte an das Fenster.
»Zu spät«, sagte der Doktor. »Der Mann vom *Telegramm* ist im Postamt verschwunden. Natürlich können Sie der Redak-

tion telefonieren und versuchen, den Artikel zu verhindern.« Parker folgte dem Rat, und der Redakteur versicherte ihm höflich, daß er die Mitteilung noch nicht erhalten hatte und sich, wenn sie ihn erreichte, an die Weisungen Inspektor Parkers halten werde.

Der Redakteur des *Telegramm* sagte die lautere Wahrheit. Die Mitteilung hatte der Redakteur des *Abend-Banners* erhalten, das Schwesterblatt des *Telegramm*. In kritischen Zeiten ist es manchmal bequem, wenn die linke Hand nicht weiß, was die rechte tut. Und es war schließlich eine ganz einzigartige Geschichte.

22

Donnerstag, der 23. Juni, war der Vorabend des Johannistages. Der Nachmittagsgottesdienst in der Marienkapelle der Kirche von Leahampton war beendet. Die kleine Gemeinde ältlicher Damen erhob sich, mit ihnen Fräulein Climpson. Während sie ihre Handschuhe suchte, fiel ihr das Gebetbuch hinunter, aus dem ein Regen von Heiligen-Bildern, Lesezeichen und dergleichen in den dunklen Winkel hinter dem Beichtstuhl fiel.

Fräulein Climpson entrang sich, während sie alles zusammensuchte, ein kleiner ärgerlicher Ausruf, den sie sogleich als an diesem heiligen Orte ungehörig bereute. Sie schob rasch die Papiere in das Buch zurück, raffte ihre Handschuhe und das Täschchen zusammen und verließ die Kirche, die ihr plötzlich außerordentlich düster und grimmig erschien.

Sie war froh, aus dem Dunkel in die grüne Helle des Juniabends zu kommen. Zu Hause angelangt, schien ihr nach der duftenden Schönheit des Heimwegs ihr Zimmer dumpf; sie riß das Fenster auf und setzte sich davor, um ihre Bildchen zu ordnen. Da, die Karte des letzten Abendmahls gehörte zu den Ostergebeten; die Verkündigung des Fra Angelico hatte ihren Platz vom 25. März verlassen; und da ... was war das? »Ach Gott!« sagte Fräulein Climpson, »das muß ich in der Kirche mit meinen Sachen aufgehoben haben.«

Die Schrift auf dem Blättchen Papier war nicht die ihre; jemand

mußte es verloren haben. Es war nur natürlich, nachzusehen, ob es etwas Wichtiges war.
Fräulein Climpson gehörte zu den Leuten, die sagen: »Ich bin nicht die Person, die anderer Leute Postkarten liest.« Was einer Erklärung gleichkommt, daß sie gerade die Art von Person sei. Das Blättchen war ein sogenannter Beichtzettel, der offenbar unbemerkt zwischen dem Beichtstuhl und dem Kniekissen heruntergeflattert und dem Auge der Putzfrau entgangen war. Da lag nun offen auf dem Tisch vor den Augen eines Unbefugten, was nur dem Priester anvertraut werden sollte.
Um Fräulein Climpson Gerechtigkeit widerfahren zu lassen, hätte sie ihn wahrscheinlich sofort ungelesen vernichtet, wäre ihr nicht ein Satz ins Auge gefallen:
»Die Lügen, die ich um M. W.'s willen erzählte ...«
Im selben Augenblick erkannte sie die Schrift als die von Vera Findlater, und ›es kam über sie wie ein Blitz‹ — wie sie nachher erklärte —, was diese Worte eigentlich bedeuteten.
Eine volle halbe Stunde saß Fräulein Climpson und kämpfte mit ihrem Gewissen. Ihre natürliche Neugierde gebot: ›Lies!‹ Ihre religiöse Überzeugung dagegen: ›Du darfst nicht!‹ Ihr Pflichtgefühl, Wimsey gegenüber, in dessen Diensten sie stand, sagte: ›Bring es heraus!‹ Ihr eigenes Anstandsgefühl aber: ›Tu's nicht!‹ Und eine schreckliche, strenge Stimme sprach: ›Es handelt sich um Mord! Willst du Mitschuldige an einem Mord werden?‹
Mord!
Da war nun tatsächlich eine Möglichkeit.
Aber war es wirklich eine Möglichkeit? Vielleicht hatte sie mehr aus dem Satz herausgelesen, als darin stand?
War es in diesem Fall nicht — beinahe — ihre Pflicht, weiterzulesen und diesen entsetzlichen Verdacht abzuschütteln? Am Ende hatten die ›Lügen‹ gar nichts mit Mary Whittakers Alibi zu tun?
Vielleicht, wenn sie nur einen Blick auf ein oder zwei Worte warf, würde sie sehen, daß es nichts mit — MORD — zu tun hatte, dann konnte sie das Papier vernichten und vergessen. Sie wußte, wenn sie es ungelesen vernichtete, würde sie es bis an ihr Lebensende nicht vergessen, sie würde immer diesen finstern Verdacht mit sich herumschleppen. Sie würde an Mary

Whittaker denken als — vielleicht — eine Mörderin. Wenn sie in diese harten blauen Augen blickte, würde sie sich fragen, welchen Ausdruck sie wohl hatten, wenn die Seele hinter ihnen — MORD — plante. Der Verdacht war ja schon vorher durch Wimsey in ihr aufgestiegen, aber jetzt war es ihr eigener Verdacht. Und der war nun lebendig geworden.

Sie warf noch einen raschen Blick auf das Papier. Diesmal las sie das Wort ›London‹.

»Nun«, sagte sich Fräulein Climpson, »ich will es tun, und wenn es eine Sünde ist, dann möge mir vergeben werden.«

Während eine matte Röte in ihre Wangen stieg, richtete sie ihre Aufmerksamkeit auf das Papier.

Die Notizen waren kurz und schwer verständlich. Parker hätte kaum etwas herauslesen können, doch Fräulein Climpson, die diese Art Schlagworte kannte, war die Geschichte klar, als läse sie sie gedruckt.

›Eifersucht‹ — das Wort war groß niedergeschrieben und unterstrichen. Dann wurde ein Streit erwähnt, bösartige Anschuldigungen und zornige Worte und Gedanken, die zwischen die Seele der Schreiberin und Gott traten. ›Abgott‹ — und ein langer Gedankenstrich.

Aus diesen paar Brocken machte es Fräulein Climpson wenig Mühe, eine jener häßlichen und leidenschaftlichen ›Szenen‹ zu rekonstruieren, mit denen sie ihr hauptsächlich unter Frauen verbrachtes Leben nur zu vertraut gemacht hatte. ›Ich tue alles für dich — du hast mich gar nicht gern — du bist grausam zu mir — du hast mich einfach satt, das ist es!‹ Und: ›Sei nicht so lächerlich. Ich vertrag' das wirklich nicht. Ach, hör doch auf, Vera! Ich hasse es, angeheult zu werden.‹ Demütigende, erniedrigende, erschöpfende, scheußliche Szenen. Aus Mädchenschulen und Pensionaten. Verdammenswerter Egoismus, der sein Opfer satt hat. Alberne Schwärmerei, die alle anständige Selbstachtung fortschwemmt. Unfruchtbares Streiten, das in Scham und Haß endet. — »Scheußliche Blutsaugerin!« sagte Fräulein Climpson entrüstet. »Es ist zu arg, wie sie das Mädchen nur zu ihren Zwecken mißbraucht.«

Doch nun stand die Schreiberin vor einem schwierigeren Problem. Sie hatte gelogen — das war unrecht, wenn es auch einer Freundin zuliebe geschah. Sie hatte ungültige Beichten abgelegt, wo diese Lügen nicht erwähnt wurden. Das mußte gebeichtet und richtiggestellt werden. Aber (fragte sie sich), war sie zu diesem Schluß aus Abscheu vor der Lüge oder aus Groll gegen die Freundin gekommen? Und sollte sie sich nicht damit begnügen, die Lügen dem Priester zu beichten, sondern auch der Welt die Wahrheit sagen?

Fräulein Climpson zweifelte nicht, was ihr der Priester entgegnen würde: »Sie brauchen nichts dazutun, um das Vertrauen Ihrer Freundin zu verraten. Schweigen Sie, wenn Sie können, aber wenn Sie sprechen, müssen Sie die Wahrheit sagen. Sie müssen Ihrer Freundin sagen, daß sie keine Lügen mehr von Ihnen erwarten darf. Geheimhaltung kann sie verlangen — mehr nicht.«

Soweit gut. Aber da kam noch etwas dazu.

›Soll ich es übersehen, wenn sie unrecht tut?‹ — und dazu nebenbei eine Art Erklärung — ›der Mann in der South-Audley-Straße.‹

Das war etwas geheimnisvoll . . . Doch nein! — im Gegenteil, es erklärte das ganze Rätsel, Eifersucht, Streit und alles andere. In jenen Wochen im April und Mai, als man Mary Whittaker die ganze Zeit in Kent mit Vera Findlater geglaubt hatte, war sie nach London gefahren. Und Vera hatte versprochen zu sagen, daß Mary die ganze Zeit bei ihr gewesen sei. Und die Besuche in London hatten mit einem Mann in der South-Audley-Straße zu tun, und es war etwas Sündiges dabei. Das bedeutete wohl eine Liebesaffäre. Fräulein Climpson kniff die Lippen zusammen, doch war sie mehr überrascht als sittlich entrüstet. Mary Whittaker! Ihr hätte sie es nie zugetraut. Aber es erklärte so gut die Eifersucht — das Gefühl, verlassen zu werden. Doch wie hatte Vera es entdeckt? Hatte Mary Whittaker es ihr anvertraut? — Nein; jener Satz, unter der Überschrift ›Eifersucht‹ — wie war er nur? — ›Folgte M. W. nach London.‹ Sie war ihr also gefolgt und hatte gesehen. Und dann war sie einmal mit ihrem Wissen herausgeplatzt — hatte der Freundin Vorwürfe gemacht. Diese Fahrt nach London jedoch müßte vor Fräulein Climpsons Unterredung mit Vera stattgefunden haben, sie schien damals der Neigung Marys sicher. Oder hatte sie sich selbst überreden wollen, daß an der Sache mit dem Mann ›nichts dran‹ war? Wahrscheinlich. Und wahrscheinlich hatte dann irgendeine Roheit Marys den ganzen kläglichen Verdacht zum Überkochen gebracht, und sie hatte Mary mit wütenden Vorwürfen überhäuft. Und so war es weitergegangen, bis zum Krach und Bruch.

»Merkwürdig«, dachte Fräulein Climpson, »daß Vera nie zu mir gekommen ist, mir ihr Leid zu klagen. Aber vielleicht schämt sie sich, armes Kind. Ich habe sie fast eine Woche nicht gesehen. Ich werde sie besuchen, vielleicht erzählt sie mir dann alles. In welchem Fall« – rief Fräulein Climpsons mißhandeltes Gewissen frohlockend –, »in welchem Fall ich die ganze Geschichte rechtmäßig erfahren haben werde und sie Lord Peter in Ehren mitteilen kann.«

Am nächsten Tag, dem Freitag, erwachte sie jedoch mit Gewissensqualen. Das Papier, das noch immer im Gebetbuch steckte, bedrückte sie. Sie ging früh zu Vera Findlaters Haus und erfuhr dort, daß sie bei Fräulein Whittaker sei. »Dann haben sie sich wohl versöhnt«, dachte sie. Sie wollte Mary Whittaker nicht sehen, ob ihr Geheimnis nun Mord oder bloße Unmoral war; aber es quälte sie das Verlangen, die Sache mit dem Alibi für Lord Peter aufzuklären.

In der Wellington-Allee sagte man ihr, die beiden Damen seien am Montag fortgefahren und noch nicht zurückgekommen. Sie bemühte sich, das Mädchen zu beruhigen, doch war sie selbst unruhig. Sie ging in die Kirche und betete, doch ihre Gedanken waren anderswo. Als sie herauskam, fühlte sie, daß ein ordentlicher Spaziergang gut wäre, um ihr die Spinnweben aus dem Kopf zu fegen.

Sie ging also fort, Lord Peter dadurch gerade um eine Viertelstunde versäumend, wanderte über drei Stunden umher und kehrte dann heim, um zu hören, daß Herr Parker und noch eine Menge anderer Herren den ganzen Tag nach ihr gefragt hätten, und ›wie schrecklich, Fräulein! Fräulein Whittaker und Fräulein Findlater sind verschwunden und die Polizei ist auf der Suche nach ihnen, und diese Autos sind so gefährlich, nicht wahr, Fräulein? Es ist nur zu hoffen, daß kein Unglück geschehen ist!‹

In Fräulein Climpsons Hirn tauchten wie eine Eingebung die Worte ›South-Audley-Straße‹ auf.

Sie wußte natürlich nicht, daß Wimsey in Crow's Beach war.

Sie hoffte, ihn in der Stadt anzutreffen. Denn sie wurde plötzlich von dem Verlangen gepackt, das sie sich selbst nicht erklären konnte, sich die South-Audley-Straße anzusehen. Was sie tun sollte, wenn sie hinkam, wußte sie nicht, aber hingehen mußte sie. Es steckte wahrscheinlich die alte Scheu dahinter, offenen Gebrauch von einem Beichtzettel zu machen. Vera Findlaters Geschichte aus erster Hand – das war der Gedanke, an den sie sich halb unbewußt klammerte. Also nahm sie den nächsten Zug nach Waterloo und ließ für den Fall, daß Wimsey oder Parker wiederkämen, einen so rätselhaften und geheimnisvollen Brief zurück, mit so vielen Unterstreichungen und Einfügungen, daß es vielleicht gut für den Verstand der beiden Herren war, daß sie ihn nie zu Gesicht bekamen.

In Piccadilly traf sie nur Bunter an und hörte von ihm, daß Seine Lordschaft mit Herrn Parker in Crow's Beach war, wohin er, Bunter, eben im Begriff war, ihm zu folgen. Fräulein Climpson gab ihm sofort eine Botschaft an seinen Herrn mit, die noch ein wenig komplizierter und rätselhafter war als ihr Brief, dann begab sie sich in die South-Audley-Straße. Erst als sie die Straße hinabging, dämmerte ihr, daß sie eigentlich nach etwas ganz Unbestimmtem suchte, und daß man durch einfaches Entlanggehen einer Straße sehr wenig erforschen könnte. Auch fiel ihr plötzlich ein, wenn Fräulein Whittaker etwas Geheimnisvolles in der South-Audley-Straße triebe, sie der Anblick einer Bekannten, die die Straße abpatrouilliere, veranlassen würde, auf der Hut zu sein. Worauf Fräulein Climpson plötzlich in einer Apotheke verschwand, um sich zu verbergen, und um Zeit zu gewinnen, dort eine Zahnbürste kaufte. Man kann mit dem Aussuchen einer Zahnbürste viele Minuten verbringen, und Apotheker sind manchmal nett und schwatzhaft. Sich im Laden nach weiteren Hilfsmitteln zu längerem Verweilen umsehend, entdeckte sie eine Büchse mit Nasencreme, die den Namen des Apothekers trug, und stürzte sich darauf.

»Ach, geben Sie mir doch auch so eine Büchse!« sagte sie, »ich gebrauche sie schon lange, sie ist so gut gegen Heufieber. Ich habe eine Freundin hier in der Nähe, die so daran leidet, der empfahl ich sie dringend. War sie noch nicht da, eine kaufen?« Und sie beschrieb Mary Whittaker genau.

Der Apotheker hatte jedoch Fräulein Climpsons Freundin noch

nie gesehen. Es blieb ihr daher nichts übrig, als sich zurückzuziehen und über ihre weiteren Schritte nachzudenken. Fräulein Climpson ging, aber vorher ließ sie ihren Wohnungsschlüssel sachte in einen großen Korb mit Badeschwämmen gleiten, der neben ihr stand. Es konnte wünschenswert sein, einen Vorwand für einen nochmaligen Besuch in der South-Audley-Straße zu haben.

Fräulein Climpson zog sich in den nächsten Teesalon zurück und dachte über einen Plan nach, die South-Audley-Straße zu durchforschen. Sie brauchte einen Vorwand und eine Verkleidung. Abenteuerlust regte sich in ihrem ältlichen Busen, aber ihre ersten Einfälle waren zu düsterer Art, um praktisch durchführbar zu sein.

Endlich kam ihr eine wirklich glänzende Idee. Sie hatte — und verhehlte es nicht — genau das Aussehen einer Person, die man mit Wohltätigkeitssammlungen verbindet. Tatsächlich hatte sie eine völlig plausible Ausrede zur Hand. Ihre Kirche in London sammelte für die Elendsviertel des Stadtteils, und sie verfügte über eine Anzahl Sammelkarten, die sie berechtigten, Spenden entgegenzunehmen. Was war natürlicher, als in einem wohlhabenden Viertel von Haus zu Haus absammeln zu gehen?

Die Frage der Verkleidung war auch weniger schwierig, als es zuerst den Anschein hatte. Fräulein Whittaker kannte sie nur gut angezogen und ihrem ganzen Auftreten nach als wohlhabend. Unförmige, plumpe Schuhe, ein Hut von tugendsamer Häßlichkeit, ein schlechtsitzender Mantel und dunkle Augengläser würden sie auf eine gewisse Entfernung genügend verkleiden. Und wenn sie aus der Nähe erkannt würde, tat es nichts, denn hatte sie Mary Whittaker einmal entdeckt, war ihre Aufgabe erfüllt, und sie hatte das gesuchte Haus gefunden.

Fräulein Climpson beeilte sich nun, die Augengläser zu kaufen, denn sie erinnerte sich rechtzeitig, daß heute Samstag war. Nachdem sie ein Paar erworben hatte, das ihre Augen genügend verbarg, ohne übertrieben geheimnisvoll auszusehen, begab sie sich in ihre Wohnung in St. George's Square, um die für ihr Abenteuer passende Kleidung hervorzukramen. Sie wußte natürlich, daß sie mit ihrer Wanderschaft nicht vor Montag anfangen konnte, denn Samstag nachmittags und

sonntags war für Sammlungen nichts zu holen.
Mit der Auswahl der Kleidung und allem, was dazu gehörte, verging der größte Teil des Nachmittags. Als sie endlich befriedigt war, ging sie zu ihrer Hauswirtin hinunter, um sie um etwas Tee zu bitten.
»Gewiß, Fräulein«, sagte die gute Frau. »Ist es nicht schrecklich, Fräulein, mit diesem Mord?«
»Was für ein Mord?« fragte Fräulein Climpson zerstreut.
Sie nahm das Abendblatt aus der Hand ihrer Hausfrau und las die Geschichte von Vera Findlaters Tod.

Sonntag war der schrecklichste Tag, den Fräulein Climpson je verbracht hatte. Sie war eine tätige Natur, und nun zur Untätigkeit verurteilt, hatte sie Zeit, über die Tragödie zu brüten. Da sie nichts von dem wußte, was Wimsey und Parker entdeckt hatten, nahm sie die Entführungsgeschichte in gutem Glauben hin. Einesteils wirkte sie sogar tröstlich, denn so konnte sie Mary Whittaker von der Schuld an dieser oder einer der früheren Mordtaten freisprechen. Sie schrieb sie – mit Ausnahme von Fräulein Dawsons Tod, und auch der war vielleicht kein Mord! – dem geheimnisvollen Mann in der South-Audley-Straße zu. Sie bildete sich eine höchst unheimliche Vorstellung von ihm – blutbefleckt, finster und – das Schrecklichste von allem – Genosse und Gebieter von wüsten und brutalen schwarzen Mördern. Zu ihrer Ehre sei es gesagt, daß sie nicht einen Augenblick in ihrem Entschluß schwankend wurde, das Ungeheuer bis in seinen Schlupfwinkel zu verfolgen.
Sie schrieb Lord Peter einen langen Brief, in dem sie ihm ihre Pläne auseinandersetzte. Bunter, wußte sie, war aus der Wohnung in Piccadilly weg, also adressierte sie ihr Schreiben nach längerer Überlegung an die Polizeistation in Crow's Beach.
Am Montag morgen machte sie sich in ihren alten Kleidern und der Brille frühzeitig auf den Weg in die South-Audley-Straße. Nie war ihr ihre natürliche Neugierde und ihr hartes Leben in drittklassigen Pensionen mehr zustatten gekommen. Sie hatte gelernt, Fragen zu stellen, ohne Zurückweisungen zu beachten, hartnäckig, unempfindlich zu sein und scharf zu beobachten. In jeder Wohnung, die sie aufsuchte, brauchte sie sich nur natür-

lich zu geben, und zeigte so viel Beharrlichkeit, daß sie selten ohne Spende fortging und fast nie, ohne etwas über die Bewohner erfahren zu haben.

Bis zur Teezeit hatte sie eine Seite der Straße und die Hälfte der anderen erledigt, doch ohne Erfolg. Sie dachte gerade daran, etwas zu sich zu nehmen, als sie, ungefähr hundert Schritte vor sich, eine Frau erblickte, die rasch in der gleichen Richtung wie sie ging.

Nun ist es leicht, sich in Gesichtern zu irren, aber beinahe ausgeschlossen, einen Rücken zu verkennen. Fräulein Climpsons Herz tat einen Satz. »Mary Whittaker!« sagte sie sich und schickte sich an, ihr zu folgen.

Die Dame blieb vor einem Schaufenster stehen, Fräulein Climpson zögerte jedoch, sich ihr zu nähern. Wenn Mary Whittaker in Freiheit war, dann – ja dann hatte die Entführung mit ihrer Einwilligung stattgefunden. Verwirrt beschloß Fräulein Climpson, die Entwicklung abzuwarten. Die Dame betrat den Laden. Die Apotheke war beinahe gegenüber. Fräulein Climpson fand dies den geeigneten Moment, ihren Wohnungsschlüssel zu holen. Sie ging hinein und verlangte ihn. Er war schon für sie zur Seite gelegt worden, und der Provisor brachte ihn sofort. Die Dame war noch immer in dem Laden gegenüber. Fräulein Climpson stürzte sich in endlose Entschuldigungen und Erklärungen ihrer Vergeßlichkeit. Die Dame verließ den Laden. Fräulein Climpson gab ihr einen guten Vorsprung, brachte die Konversation zu einem Abschluß und huschte hinaus, die Augengläser, die sie des Apothekers wegen entfernt hatte, wieder aufsetzend.

Die Dame ging weiter, blickte nur ab und zu in ein Schaufenster. Ein Mann mit einem Obstkarren nahm, als sie vorüberging, seine Mütze ab und kratzte sich am Kopf. Beinahe augenblicklich wandte sich die Dame rasch um und kam zurück. Der Obsthändler schob seinen Karren in eine Seitengasse. Die Dame ging weiter, und Fräulein Climpson mußte rasch in ein Haustor verschwinden und ein Schuhband festbinden, um ein Zusammentreffen zu vermeiden.

Scheinbar hatte die Dame nur vergessen, Zigaretten zu kaufen. Sie ging in einen Tabakladen und kam in zwei Minuten wieder heraus, ging an Fräulein Climpson vorüber, die ihr Täschchen hatte fallen lassen und dessen Inhalt zusammensuchte. Die Dame ging weiter, ohne einen Blick auf sie zu werfen. Fräulein Climpson, rot vom Bücken, folgte ihr wieder. Die Dame betrat ein Haus neben einem Blumenladen. Fräulein Climpson war ihr jetzt hart auf den Fersen, da sie sie zu verlieren fürchtete.

Mary Whittaker – wenn es Mary Whittaker war – ging geradewegs durch die Halle zum Aufzug, einer von denen, die man selbst bediente. Fräulein Climpson, die das Schaufenster des Blumenladens bewunderte, sah mit einem Auge den Aufzug entschwinden. Dann betrat sie, ihre Sammelkarte auffällig in der Hand, ebenfalls das Haus. Ein Portier machte Dienst in einem kleinen Glasverschlag. Er fragte Fräulein Climpson höflich, was sie wünschte, Fräulein Climpson wählte aufs Geratewohl einen Namen aus der Wohnliste im Flur und fragte, wo Frau Forrest wohne. Der Mann erwiderte, im vierten Stock, und trat heraus, um den Aufzug herabzuholen. Ein Mann, mit dem er geplaudert hatte, entfernte sich aus dem Verschlag und stellte sich im Torweg auf. Während der Aufzug herunterglitt, bemerkte Fräulein Climpson, daß der Obsthändler zurückgekehrt war. Sein Karren stand nun gerade vor der Eingangstür. Der Portier war mit ihr hinaufgefahren und zeigte ihr die Tür von Frau Forrests Wohnung. Seine Gegenwart wirkte beruhigend. Es wäre ihr lieber gewesen, er wäre in Rufweite geblieben, bis sie ihre Durchsuchung des Gebäudes beendet hätte. Da sie jedoch nach Frau Forrest gefragt hatte, mußte sie hier beginnen. Sie drückte auf die Klingel.

Erst dachte sie, die Wohnung sei leer, aber nach einem abermaligen Klingeln hörte sie Schritte. Die Tür öffnete sich, und eine auffallend gekleidete Dame mit gefärbtem Haar erschien, die Lord Peter sofort, und mit leichter Verlegenheit, erkannt hätte.

»Ich bin gekommen«, sagte Fräulein Climpson und schob mit der Geschicklichkeit der geübten Absammlerin den Fuß in die Tür, »um Sie zu bitten, unserer Mission durch eine Spende beizuspringen. Darf ich eintreten? Ich bin sicher, Sie werden –«

»Nein, danke«, sagte Frau Forrest kurz und in hastigem, atemlosen Ton, als sei jemand hinter ihr, der sie nicht hören sollte, »ich habe kein Interesse für Missionen.«

Sie versuchte, die Tür zu schließen. Fräulein Climpson jedoch hatte bereits genug gesehen und gehört.
»Großer Gott!« rief sie mit aufgerissenen Augen, »Sie sind ja —«
»Kommen Sie herein!« Frau Forrest packte sie beinahe grob am Arm, zog sie über die Schwelle und schlug die Tür hinter ihr zu.
»Wie merkwürdig!« sagte Fräulein Climpson, »ich habe Sie kaum erkannt, Fräulein Whittaker, mit diesem Haar.«
»Sie sind's!« sagte Mary Whittaker. »Sie — gerade Sie!« Sie saßen einander im Salon mit den rosa Seidenkissen gegenüber. »Ich wußte, Sie mischen sich in alles. Wie sind Sie hergekommen? Ist jemand mit Ihnen?«
»Nein — ja, ich kam zufällig«, begann Fräulein Climpson unklar. Ein Gedanke beherrschte sie vor allem. »Wie sind Sie freigekommen? Was ist geschehen? Wer hat Vera getötet?« Sie wußte, daß sie ihre Fragen ungeschickt und dumm stellte. »Warum sind Sie so verkleidet?«
»Wer hat Sie geschickt?« wiederholte Mary Whittaker.
»Wer ist der Mann mit Ihnen?« fuhr Fräulein Climpson fort. »Ist er hier? Hat er den Mord begangen?«
»Welcher Mann?«
»Der Mann, den Vera aus Ihrer Wohnung gehen sah? Hat er —?«
»Also das ist's. Vera hat es Ihnen gesagt. Die Lügnerin. Ich dachte, rasch genug gewesen zu sein.«
Plötzlich sah Fräulein Climpson einen neuen Ausdruck in Mary Whittakers Augen — ein gefährliches Gemisch von Berechnung und Herausforderung. Es war der gleiche Blick, wie er schon Wimsey gewarnt hatte und auch sie hätte warnen sollen. Sie atmete schneller.
»Wer war der Mann?«
»Der Mann?« Mary Whittaker lachte auf einmal. »Ein Herr namens Templeton — kein Freund von mir, versichere ich Ihnen. Es ist wirklich komisch, daß Sie ihn für meinen Freund hielten. Ich hätte ihn getötet, wenn ich es hätte tun können.«
»Aber wo ist er? Was tun Sie? Wissen Sie nicht, daß man Sie sucht? Warum tun Sie —?«
»Deshalb!«

Mary Whittaker warf ihr das *Abend-Banner,* das auf dem Sofa lag, zu. Fräulein Climpson las die riesigen Buchstaben:

VERBLÜFFENDE NEUE ENTHÜLLUNGEN
IM VERBRECHEN VON CROW'S BEACH
WUNDEN NACH DEM TODE ZUGEFÜGT
GEFÄLSCHTE FUSS-SPUREN.

Fräulein Climpson atmete schwer vor Überraschung und beugte sich über das Kleingedruckte. »Wie merkwürdig!« sagte sie und sah rasch auf.

Doch nicht ganz rasch genug. Die schwere Messinglampe verfehlte wohl ihren Kopf, doch traf sie sie lähmend an der Schulter. Sie sprang mit einem lauten Schrei auf die Füße, eben als sich Mary Whittakers starke weiße Hände um ihren Hals schlossen.

23

Keine von Fräulein Climpsons Mitteilungen erreichte Lord Peter. In die polizeiliche Untersuchung vertieft, dachte er nicht daran, nach Leahampton zurückzukehren. Bunter war pflichtgemäß Samstag abend mit dem Auto eingetroffen. Ungeheure Polizeitätigkeit entfaltete sich in der Nähe der Dünen sowie in Southampton und Portsmouth, um die Leute in dem Gedanken zu bestärken, die Behörde glaube, die »Bande« sei noch in der Gegend. Tatsächlich lag Parkers Gedanken nichts ferner. »Lassen wir sie glauben, daß sie sicher ist«, sagte er, »dann kommt sie zurück. Jetzt müssen wir Katze und Maus spielen, mein Alter.« Wimsey war ungeduldig. Er konnte es nicht erwarten, daß die Leiche gründlich untersucht wurde, und war wütend bei dem Gedanken, noch tagelang warten zu müssen. Auch versprach er sich wenig von dem Ergebnis.

»Es ist ja alles ganz schön, wie deine verkleideten Polizisten um Frau Forrests Wohnung herumsitzen«, sagte er gereizt am Montag morgen beim Frühstück, »aber vergiß nicht, daß wir noch immer keinen Beweis für einen Mord haben. In keinem einzigen Fall.«

»Stimmt«, erwiderte Parker ruhig.
»Nun, bringt das nicht dein Blut zum Sieden?« fragte Wimsey.
»Kaum«, sagte Parker. »Dergleichen passiert zu oft. Wenn mein Blut jedesmal sieden würde, wenn es länger dauert, bis wir Beweise haben, hätte ich beständig Fieber. Warum so gereizt? Vielleicht ist es das vollkommene Verbrechen, von dem du so gern sprichst – das keine Spuren hinterläßt. Du solltest entzückt davon sein.«
»Ja freilich. Übrigens bin ich durchaus nicht überzeugt, daß Fräulein Dawsons Tod nicht tatsächlich das vollkommene Verbrechen war – wenn die Whittaker nur bei dem einen geblieben wäre und nicht versucht hätte, es zu vertuschen. Merke wohl, die Todesfälle werden immer brutaler, komplizierter und unwahrscheinlicher. Schon wieder das Telefon! Wenn die Post dieses Jahr keinen Gewinn beim Telefon ausweist, ist es nicht deine Schuld.«
»Es war wegen der Mütze und den Schuhen«, sagte Parker sanft. »Man hat sie aufgespürt. Sie wurden in einem Herrenmodegeschäft bestellt und ins *Peveril-Hotel* in Bloomsbury geschickt, um dort die Ankunft des Ehrw. H. Dawson zu erwarten.«
»Wieder das *Hotel Peveril*!«
»Ja. Ich erkenne die Handschrift von Herrn Triggs geheimnisvoller Dame. Die Karte des Ehrw. Hallelujah Dawson mit der Botschaft: ›Bitte das Paket dem Überbringer auszufolgen‹, wurde am nächsten Tag von einem Botenjungen überbracht, mit der mündlichen Erklärung, daß der Herr doch nicht in die Stadt kommen könne. Der Botenjunge, einer telefonischen Weisung folgend, übergab das Paket auf dem Bahnsteig von Charing Cross einer Dame in Pflegerinnentracht. Als man ihn aufforderte, die Dame zu beschreiben, sagte er, sie sei groß gewesen und habe blaue Augengläser sowie den üblichen Mantel und Hut getragen. Das ist alles.«
»Wie wurden die Sachen bezahlt?«
»Durch Postscheck, im Hauptpostamt zur Zeit des größten Andrangs.«
»Und wann geschah das alles?«
»Das ist das Interessanteste: vorigen Monat, kurz bevor Fräulein Whittaker und Vera Findlater von Kent zurückkehrten.

Dieser Plan wurde vorher reiflich überlegt.«
»Ja. Nun, da hast du noch etwas, das du der Frau Forrest aufpelzen kannst. Es sieht nach einem Machenschaftsbeweis aus, aber ob es auch ein Beweis von Mord ist –«
»Es sollte wie eine Machenschaft des Vetters Hallelujah aussehen, vermute ich. Na schön, da werden wir die Briefe und die Schreibmaschine, auf der sie geschrieben wurden, aufspüren müssen und alle diese Leute befragen. Herrgott, was für eine Tretmühle! Hallo! Herein! Ah, Sie sind's, Doktor!«
»Entschuldigen Sie, daß ich Sie beim Frühstück störe«, sagte Dr. Faulkner, »aber heute früh, als ich wach lag, kam mir eine Idee, und ich dachte, ich müßte sie Ihnen mitteilen, solange sie noch frisch ist. Der Schlag auf den Kopf, wissen Sie, und die Verletzungen der Arme – glauben Sie nicht auch, daß sie vielleicht einem doppelten Zweck dienen? Nicht nur, einen Überfall vorzutäuschen, sondern um andere, kleinere Verletzungen zu verbergen? Es hätte, zum Beispiel, Gift eingespritzt werden können und der Einstich durch nach dem Tod zugefügte Kratzer und Schnitte verdeckt werden können.«
»Wahrhaftig!« sagte Parker, »ich wollte, ich könnte es glauben. Es ist eine sehr gute Idee und mag schon richtig sein. Das Schlimme ist nur, daß bei den zwei früheren Todesfällen, die wir untersuchten, und die wir zu derselben Serie gehörig betrachten wie diesen hier, keine Spur eines Giftes, auch nicht durch die sorgfältigste Analyse, in den Leichen gefunden wurde. Und nicht nur kein Beweis von Gift, sondern überhaupt nichts, das auf einen unnatürlichen Tod schließen ließe.«
Und Parker beschrieb ihm die Fälle mit allen Einzelheiten.
»Merkwürdig«, sagte der Arzt. »Und Sie glauben, bei diesem Fall wird es dasselbe gewesen sein? Dennoch kann dieser Tod kein natürlicher gewesen sein – wozu sonst diese sorgfältig ausgearbeiteten Bemühungen, ihn zu verdecken?«
»War es auch nicht«, sagte Parker, »Beweis dafür, daß – wie wir wissen – der Plan vor fast zwei Monaten vorbereitet wurde.«
»Aber die Methode!« rief Wimsey, »die Methode! Hol's der Teufel – da stehen wir, Leute mit unserm ausgebildeten Verstand und beruflichen Ansehen – und diese halbausgebildete Spitalpflegerin schlägt uns alle! Wie hat sie es zuwege gebracht?«

»Es ist wahrscheinlich etwas so Einfaches und Augenfälliges, daß es uns nicht einfällt«, sagte Parker. »So eine Art Lehrsatz, wie man ihn in der vierten Klasse lernt und nie anwendet. Rudimentär. Wie der Idiot mit dem Motorrad, den wir bei Crofton trafen, der im Regen saß und um Hilfe betete, weil er noch nie von einer Luftblase in der Leitung gehört hatte. Dabei hatte er sicher gelernt – ja, was ist denn mit dir?«

»Herrgott!« schrie Wimsey und schlug mit der Hand auf den Frühstückstisch, daß alles klirrte. »Herrgott! Das ist es ja! Du – du hast es ja gesagt! – augenfällig? Himmel – dazu braucht es ja keine Analyse, jeder Arbeiter aus einer Garage könnte es einem sagen! Die Leute sterben jeden Tag daran. Natürlich war es eine Luftblase in der Leitung.«

»Achten Sie nicht auf ihn, Doktor«, sagte Parker, »so ist er immer, wenn er eine Idee hat. Es gibt sich mit der Zeit. Möchtest du dich nicht näher erklären, alter Junge?«

Wimseys blasses Gesicht war gerötet. Er wandte sich an den Arzt.

»Hören Sie mal«, sagte er, »der menschliche Körper ist doch eine Pumpmaschine, nicht wahr? Das brave alte Herz pumpt das Blut durch die Arterien, dann zurück durch die Venen und so fort, nicht wahr? Das hält die Sache in Gang. Rundum in zwei Minuten – oder so ähnlich, wie?«

»Gewiß.«

»Eine kleine Klappe, um das Blut heraus-, und ein zweite, um es 'reinzulassen – wie eine innerliche Maschine, nicht wahr?«

»Natürlich.«

»Und vorausgesetzt, sie bleibt stehen?«

»Dann stirbt man.«

»Gut. Also passen Sie auf! Stellen Sie sich vor, Sie nehmen eine schöne große Injektionsspritze, die leer ist, stechen in eine Arterie und drücken den Kolben 'runter – was würde geschehen? Sie würden eine große Luftblase in ihre Maschinenleitung hineinpumpen, nicht wahr? Was würde dann aus Ihrem Blutkreislauf?«

»Er würde aufhören«, sagte der Arzt, ohne zu zögern. »Deshalb müssen Pflegerinnen vorsichtig sein, daß die Spritzen immer ordentlich gefüllt sind, besonders bei einer intravenösen Injektion.«

»Ich wußte ja, es war etwas, das man in der vierten Klasse lernt. Aber bitte, weiter: Ihr Blutkreislauf würde stillstehen – es hätte die Wirkung einer Embolie, nicht wahr?«
»Nur in einer Hauptarterie natürlich. In einer kleineren Ader würde das Blut sich einen Weg suchen. Deshalb ist es so wichtig, daß Embolien – Blutgerinnsel – sich so bald als möglich verteilen und nicht im Körper herumwandern.«
»Ja – ja – aber die Luftblase, Doktor – in einer Hauptschlagader – sagen wir, der im Schenkel oder der Ellbogenbeuge – die würde den Blutkreislauf aufhalten, nicht wahr? Wie schnell?«
»Sofort. Das Herz würde zu schlagen aufhören.«
»Und dann?«
»Dann stirbt man.«
»Unter welchen Symptomen?«
»Beinahe gar keinen, außer einem Schnappen nach Luft. Dann ist's einfach aus. Wie ein Versagen des Herzens. Es *ist* tatsächlich ein Versagen des Herzens.«
»Wie ich das kenne ... dieses Schnaufen im Vergaser! Und was wären für Symptome nach dem Tod?«
»Gar keine, das heißt, nur Erscheinungen von Herzschwäche. Und natürlich der kleine Nadelstich, wenn man zufällig danach suchen würde.«
»Sind Sie dessen ganz sicher, Doktor?« fragte Parker.
»Natürlich. Es ist ja ganz klar, nicht? Ein einfaches mechanisches Problem.«
»Könnte es bewiesen werden?« beharrte Parker.
»Das wäre schwieriger.«
»Wir müssen es versuchen«, sagte Parker. »Es ist ingeniös und erklärt eine Menge. Bitte, Doktor, gehen Sie wieder ins Leichenhaus und sehen Sie nach, ob Sie nicht ein Anzeichen eines Stichs an der Leiche finden. Ich glaube wirklich, Peter, du hast die Erklärung gefunden. Himmel, wer ist denn jetzt wieder am Telefon? ... Wie? – *was*? – Teufel noch mal! – Jetzt ist alles aus! Jetzt kommt sie nie mehr zurück! Warnen Sie alle Häfen – alle Bahnhöfe und durchsuchen Sie sofort Bloomsbury, aufs genaueste! Da kennt sie sich am besten aus. Ich komme gleich in die Stadt.« Und er hängte den Hörer mit ein paar kurzen, erlesenen Flüchen auf.

»Dieser dreifache Idiot, Pillington, hat alles, was er weiß, dem Journalisten erzählt! Die ganze Geschichte steht in der Morgenausgabe des *Banner*. Da kann man nichts machen. Mary Whittaker wird nun wissen, daß ihr Spiel verloren ist, und im Handumdrehen entwischt sein, wenn sie es nicht schon ist. Kommst du mit nach London, Wimsey?«
»Natürlich. Ich bringe dich im Wagen hin, wir dürfen keine Zeit verlieren. Klingle nach Bunter, ja? Bunter, wir fahren in die Stadt. Wie bald können wir abfahren?«
»Sofort, Mylord. Ihre und Herrn Parkers Sachen sind bereits gepackt, ich bereite sie vor für den Fall einer schleunigen Abreise.«
»Braver Mann!«
»Und hier ist ein Brief für Sie, Herr.«
»Ah, danke. Richtig, die Fingerabdrücke auf dem Scheck. Hm. Nur zweierlei – außer denen des Kassiers natürlich – die von Vetter Hallelujah und dann weibliche, höchstwahrscheinlich von Mary Whittaker. Ja, klar – hier sind die vier Finger der linken Hand, wie man den Scheck hält, während man unterschreibt.«
»Verzeihung, Herr – aber dürfte ich die Fotografie ansehen?«
»Gewiß. Machen Sie sich eine Kopie, ich weiß, es interessiert Sie als Fotografen. Auf Wiedersehen, Doktor! Wir sehen uns doch einmal in der Stadt? Komm, Peter.«
Sie gingen. Und deshalb kam auch Fräulein Climpsons zweiter Brief zu spät, um ihn noch zu erreichen.

Sie erreichten London um zwölf und fuhren direkt nach Scotland Yard. Sie trafen den Vorgesetzten in ziemlich gereizter Laune – wütend über das *Banner* und ärgerlich über Parker, daß er Sir Charles nicht genügend zum Schweigen verpflichtet hatte.
»Gott weiß, ob wir sie jetzt finden werden. Sie ist wahrscheinlich verkleidet und ihre Flucht wohl vorbereitet.«
»Wahrscheinlich sogar schon weg«, sagte Wimsey. »Sie hätte England bereits Montag oder Dienstag verlassen können, ohne daß man eine Ahnung gehabt hätte. Wäre ihr die Luft rein vorgekommen, hätte sie zurückkommen und wieder von allem Besitz ergreifen können. Nun wird sie eben im Ausland blei-

ben. Das ist alles.«
»Ich fürchte sehr, du hast recht«, stimmte Parker düster zu.
»Was tut indessen Frau Forrest?«
»Sie benimmt sich ganz normal. Man beobachtet sie natürlich genau, legt ihr aber nichts in den Weg. Wir haben jetzt drei Mann dort – einen als Straßenhändler – einen als Freund des Portiers, der alle Augenblicke hinkommt und ihm Renntips gibt, und einen Arbeiter, der etwas im Hinterhof repariert. Sie berichten, daß sie aus und ein geht, Einkäufe macht und so weiter, jedoch ihre Mahlzeiten meistens zu Hause nimmt. Niemand ist zu ihr gekommen. Die Leute, die ihr folgen, wenn sie ausgeht, beobachten sie genau, um zu sehen, ob sie mit jemandem spricht oder jemandem Geld zusteckt. Wir sind ziemlich sicher, daß die beiden sich noch nicht getroffen haben.«
»Entschuldigen Sie, Herr.« Ein Beamter steckte den Kopf zur Tür herein. »Lord Peter Wimseys Diener ist hier, mit einer dringenden Botschaft.«
Bunter trat ein, korrekt wie immer, doch mit funkelnden Augen. Er legte zwei Fotografien auf den Tisch.
»Bitte um Entschuldigung, aber hätten Sie die Güte, einen Blick auf diese beiden Bilder zu werfen?«
»Fingerabdrücke?« fragte der Oberkommissar.
»Ja, das eine ist unsere offizielle Aufnahme der Abdrücke auf dem Zehntausendpfund-Scheck«, sagte Parker. »Das andere – wo haben Sie das her, Bunter? Es sieht wie derselbe Abdruck aus, ist es aber nicht.«
»Sie erschienen meinem unausgebildeten Auge gleich, Sir. Daher hielt ich es für richtig, Ihnen die Sache vorzulegen.«
»Holen Sie Dewsby«, befahl der Oberkommissar einer Ordonnanz.
Dewsby war der Vorstand des Fingerabdruck-Departements und zögerte keinen Augenblick.
»Es sind unzweifelhaft die gleichen Abdrücke«, sagte er.
Wimsey ging langsam ein Licht auf.
»Bunter – sind das die vom Weinglas?«
»Ja, Mylord.«
»Aber das sind doch Frau Forrests Abdrücke!«
»So habe ich es damals auch verstanden, Mylord, und sie unter diesem Namen eingetragen.«

»Dann, wenn die Unterschrift auf dem Scheck echt ist –«

»Haben wir nicht weit nach unserm Vogel zu suchen«, sagte Parker brutal. »Eine zweifache Identität. Verdammtes Frauenzimmer, wieviel Zeit hat sie uns gekostet! Nun, jetzt werden wir sie wohl kriegen, zumindest wegen des Findlater-Mordes, und vielleicht auch wegen der Gotobed.«

»Aber dafür, hörte ich, gab es doch ein Alibi?« fragte der Oberkommissar.

»Es gab eins«, sagte Parker grimmig, »aber die Zeugin dafür war das eben ermordete Mädchen. Sieht aus, als habe sie sich entschlossen, zu reden und sei deshalb erledigt worden.«

»Es sieht aus, als seien verschiedene Leute mit knapper Not dem Tod entgangen«, sagte Wimsey.

»Du inbegriffen. Diese gelben Haare waren also eine Perücke!«

»Wahrscheinlich. Damals trug sie so einen enganschließenden Turban – man sah so wenig vom Haar, daß sie darunter auch kahl hätte sein können.«

»Die Narbe auf den Fingern der rechten Hand hast du nicht bemerkt?«

»Nein – aus dem einfachen Grund, weil ihre Finger bis zu den Knöcheln mit Ringen bedeckt waren. Es steckte ein guter Sinn hinter ihrem schlechten Geschmack. Ich vermute, ich hätte betäubt werden sollen – oder, wenn das nicht gelang, in den Schlummer geschmeichelt und dann – na, sagen wir, außer Zirkulation gesetzt! Höchst peinlicher Vorfall! Verliebter Lebemann stirbt in fremder Wohnung ... Die Verwandten ängstlich bemüht, die Sache zu vertuschen ... Ich wurde vermutlich auserwählt, weil ich in Liverpool mit Evelyn Cropper gesehen wurde. Bertha Gotobed bekam wahrscheinlich dieselbe Dosis. Traf zufällig beim Verlassen ihres Arbeitsplatzes ihre frühere Herrin – Fünfpfundnote und gutes Abendessen – eine Menge Champagner – das arme Kind, schwer betrunken – wird ins Auto geschoben – dort erledigt und zusammen mit einem Schinkenbrot und einer Flasche Bier nach Epping gebracht. Leicht, was? – wenn man weiß, wie!«

»Wenn dem so ist«, sagte der Oberkommissar, »je eher wir sie erwischen, desto besser! Gehen Sie lieber gleich, Inspektor. Nehmen Sie einen Haftbefehl für Whittaker oder Forrest mit

— und jede Hilfe, die Sie brauchen.«
»Darf ich mitkommen?« fragte Wimsey, als sie draußen standen.
»Warum nicht? Du kannst uns helfen. Außer den Leuten, die schon dort sind, brauchen wir niemand mehr.«
Der Wagen flitzte durch die Straßen. In der Hälfte der South-Audley-Straße kamen sie an dem Obsthändler vorbei, mit dem Parker ein kaum merkbares Zeichen tauschte. Einige Häuser vor dem Eingang stiegen sie aus und wurden sogleich von dem Sportfreund des Portiers begrüßt.
»Ich wollte Sie eben anrufen«, sagte dieser. »Sie ist gekommen.«
»Was, die Whittaker?«
»Ja. Ist vor zwei Minuten hinaufgegangen.«
»Ist die Forrest auch oben?«
»Ja. Sie kam knapp vor der andern.«
»Seltsam«, sagte Parker. »Sollten wir uns getäuscht haben? Sind Sie sicher, daß es die Whittaker ist?«
»Nun, sie steckt in altmodischen Kleidern und trägt graues Haar und eine blaue Brille. Aber sie hat die richtige Größe. Ich glaube schon, daß sie es ist — obwohl ich freilich nach Ihren Weisungen mich ihr nicht näherte.«
»Nun, wir wollen sie uns jedenfalls ansehen! Kommen Sie!«
Der Obsthändler war nun auch zu ihnen gestoßen, und sie gingen alle zusammen ins Haus.
»Ist die Alte wirklich in die Wohnung der Frau Forrest gegangen?« fragte der dritte Detektiv den Portier.
»Jawohl. Sie ging direkt zur Eingangstür und begann von einer Sammlung zu reden. Dann zog Frau Forrest sie schnell hinein und schlug die Tür zu. Seither ist niemand heruntergekommen.«
»Gut. Wir fahren hinauf — und passen Sie auf, daß niemand über die Treppe entkommt! Wimsey, sie kennt dich als Templeton, weiß aber vielleicht noch nicht, daß du mit uns arbeitest. Klingle, und wenn die Tür geöffnet wird, steck den Fuß dazwischen. Wir bleiben um die Ecke herum stehen, bereit hervorzustürzen.«
Sie fuhren im Aufzug hinauf. Dann drückte Wimsey auf den Klingelknopf. Niemand kam. Wimsey klingelte nochmals,

dann horchte er an der Tür.
»Charles«, rief er plötzlich, »da drin geht was vor!« Sein Gesicht war bleich. »Rasch! Einen vierten könnte ich nicht ertragen —!«
Parker eilte herbei und horchte. Dann packte er Peters Stock und hämmerte auf die Tür los, daß der Lärm im Aufzugsschacht widerhallte.
»Vorwärts — öffnen Sie — Polizei!«
Und die ganze Zeit hörte man drinnen ein unheimliches dumpfes Aufschlagen und gurgelnde Töne — dann wie das Zerren von etwas Schwerem und dazwischen Lärm wie von einer Balgerei. Endlich ein Krach, als würde ein Möbelstück gegen die Tür geschleudert — gefolgt von einem heiseren Schrei, der brutal erstickt wurde.
»Tür einschlagen!« keuchte Wimsey, dem der Schweiß in Strömen über das Gesicht lief.
Parker winkte dem schweren der beiden Polizisten, der sich mit der Schulter gegen die Tür drückte, daß sie in den Fugen krachte. Parker unterstützte mit seinem vollen Gewicht.
Endlich gab die Tür nach, und sie stürzten keuchend ins Vorzimmer. Unheimliche Stille empfing sie.
»Schnell, schnell!« stieß Peter hervor.
Eine Tür zur Rechten stand offen. Ein Blick genügte — niemand drin. Sie stürmten zur Wohnzimmertür und wollten sie aufreißen, aber sie ging nur fußbreit auf, etwas Umfangreiches stand im Weg. Sie preßten sich so stark als möglich dagegen. Sie gab nach: Es war ein umgefallener hoher Schrank. Wimsey sprang darüber. Zerschlagenes Porzellan war verstreut, das Zimmer trug die Spuren eines heftigen Kampfes — umgeworfene Tische, ein zerbrochener Stuhl, eine zerschmetterte Lampe. Wimsey stürzte ins Schlafzimmer, Parker ihm hart auf den Fersen.
Eine Frau lag matt auf dem Bett. Ihr langes graues Haar hing in einem Zopf über das Kissen, und aus Kopf und Hals floß ihr reichlich Blut. Wimsey hätte bei dem Anblick aufjauchzen mögen — Tote bluten nicht mehr!
Parker warf nur einen Blick auf die Verletzte und eilte dann in das Ankleidezimmer nebenan. Eine Kugel pfiff an ihm vorbei — dann ein Knurren, wie von einem gereizten Tiger, ein Aufschrei — und die Episode war vorüber. Der Polizist schlenkerte

seine gebissene Hand, während Parker seine Beute gepackt hielt. Er erkannte sie sofort, obwohl die gelbe Perücke sich ganz verschoben hatte und die blauen Augen von Wut und Angst verdunkelt waren.

»Das genügt«, sagte Parker ruhig, »das Spiel ist aus! Es nützt Ihnen gar nichts mehr! Seien Sie vernünftig. Sie wollen doch keine Handschellen, wie? Mary Whittaker, alias Forrest, ich verhafte Sie unter der Anklage —«, er zögerte einen Augenblick, und sie sah es.

»Unter welcher Anklage? Was haben Sie gegen mich anzuführen?«

»Zuallererst wegen Mordversuchs an dieser Dame«, sagte Parker.

»Die alte Närrin«, sagte sie verächtlich, »sie drang hier ein und griff mich an. Ist das alles?«

»Höchstwahrscheinlich nicht«, sagte Parker. »Ich warne Sie, daß alles, was Sie sagen, zu Protokoll genommen und als Belastungsmaterial verwendet werden kann.«

Der dritte Kriminalbeamte hatte tatsächlich schon ein Notizbuch hervorgeholt und machte unbewegt Notizen: »Als man ihr die Anklage vorhielt, sagte die Beschuldigte: ›Ist das alles?‹« Die Bemerkung fiel ihm als unvorsichtig auf, er leckte befriedigt seinen Bleistift.

»Ist ihr nichts geschehen — wer ist es?« fragte Parker, der zurückkam.

»Es ist Fräulein Climpson — Gott weiß, wie sie hierhergeraten ist. Ich glaube, es ist ihr nichts Ernstliches geschehen, aber es muß schlimm für sie gewesen sein.«

Wimsey wusch ihr besorgt den Kopf mit einem Schwamm, und in diesem Augenblick öffnete sie die Augen.

»Hilfe!« stammelte sie. »Die Spritze — Sie dürfen nicht — oh!« Sie wand sich matt, da erkannte sie Wimseys besorgtes Gesicht. »Herrje!« sagte sie, »Lord Peter! So ein Wirrwarr! Haben Sie meinen Brief bekommen? Ist alles in Ordnung? . . . Ach Gott! Wie ich aussehe! Ich — diese Person —«

»Beruhigen Sie sich, Fräulein Climpson«, sagte Wimsey, sehr erleichtert, »alles ist in schönster Ordnung, aber Sie dürfen noch nicht sprechen. Später müssen Sie uns dann alles erzählen.«

»Wie war das mit der Spritze?« fragte Parker, auf seinen Fall bedacht.
»Sie hatte eine Spritze in der Hand«, keuchte Fräulein Climpson und versuchte sich aufzusetzen. »Ich glaube, ich fiel in Ohnmacht – so ein schrecklicher Kampf –, und etwas traf mich am Kopf. Ich sah sie mit dem Ding auf mich zukommen und schlug es ihr aus der Hand, an das Weitere erinnere ich mich nicht. Aber ich bin sehr zäh«, sagte Fräulein Climpson froh. »Mein seliger Vater pflegte immer zu sagen, ›Die Climpsons sind nicht umzubringen‹!«
Parker suchte den Boden ab.
»Da ist sie«, sagte er. Er hielt eine Injektionsspritze hoch.
»Sie ist verrückt, das ist's«, sagte die Gefangene. »Das ist doch nur die Spritze, die ich für meine Injektion benütze, wenn ich neuralgische Schmerzen habe. Da ist doch nichts dran.«
»Stimmt, bis auf eine kleine Abweichung«, sagte Parker mit einem bedeutungsvollen Blick auf Wimsey. »Es ist – nichts *drin.*«

Dienstag abend, als Mary Whittaker unter der Anklage des Mordes an Bertha Gotobed und Vera Findlater und des Mordversuchs an Alexandra Climpson dem Gericht eingeliefert worden war, speiste Wimsey bei Parker. Er war bedrückt und nervös.
»Die ganze Sache war scheußlich!« brummte er. Sie waren über der Diskussion des Falles bis lange nach Mitternacht aufgeblieben.
»Interessant«, sagte Parker, »sehr interessant. Übrigens schulde ich dir sieben Shillinge und sechs Pence. Wir hätten die Forrest-Sache früher durchschauen müssen, aber es war kein Grund vorhanden, an der Aussage der kleinen Findlater, des Alibis wegen, zu zweifeln.«
»Ich glaube, was uns irreführte, war, daß alles so früh anfing. Es schien keinen rechten Beweggrund zu haben, aber wenn man auf Triggs Geschichte zurückblickt, ist es ganz klar. Mit jenem leeren Haus nahm sie ein schweres Risiko auf sich, und sie konnte nicht immer auf leere Häuser rechnen, in denen sie Leute umbringen konnte. Sie wollte sich eine zweite Persönlichkeit schaffen, damit, wenn je Verdacht auf Mary Whittaker

fiele, diese still verschwinden und aus ihr die schwache, aber sonst unschuldige Frau Forrest werden könnte. Ihr einziges Versehen war, daß sie vergaß, Bertha Gotobed die Fünfpfundnote wieder abzunehmen. Wäre das nicht gewesen, so hätten wir vielleicht nie etwas von einer Frau Forrest erfahren. Sie muß entsetzt gewesen sein, als wir bei ihr erschienen. Danach war sie der Polizei schon in beiden Rollen bekannt. Die Findlater-Sache war ein verzweifelter Versuch, ihre Spuren zu verwischen — und mußte mißlingen, weil sie so kompliziert war.«

»Ja. Aber der Dawson-Mord war wundervoll in seiner Mühelosigkeit und Einfachheit.«

»Wäre es bei dem geblieben und hätte sie weiter nichts getan, hätten wir ihr nie etwas nachweisen können. Den können wir ihr auch jetzt nicht nachweisen, darum habe ich ihn auch nicht in die Anklage einbezogen. Ich glaube, ich habe noch nie einen so herzlosen und habgierigen Mörder angetroffen! Sie muß wirklich gedacht haben, daß jeder, der ihr unbequem war, kein Recht zu leben hatte.«

»Habgierig und heimtückisch! Wenn man denkt, daß sie die Schuld dem armen alten Hallelujah zuschieben wollte. Vermutlich hatte er das unverzeihliche Verbrechen begangen, sie um Geld anzugehen.«

»Nun, er wird's jedenfalls bekommen, das ist das Beste dran. Die Grube, die sie Vetter Hallelujah grub, ist zu einer Goldgrube geworden. Der Zehntausendpfund-Scheck wurde ausgezahlt. Ich habe dafür gesorgt, ehe die Whittaker sich daran erinnern und ihn sperren konnte. Wahrscheinlich hätte sie das überhaupt nicht tun können, da er letzten Samstag ordnungsgemäß präsentiert wurde.«

»Gehört das Geld rechtmäßig ihr?«

»Natürlich. Wir wissen, daß es durch ein Verbrechen errungen wurde, aber wir haben sie dieses Verbrechens nicht angeklagt, so daß es vor dem Gesetz kein solches Verbrechen gibt. Ich habe Vetter Hallelujah nichts davon gesagt, sonst hätte er es vielleicht nicht genommen. Er glaubte, es wurde ihm in einem Anfall von Reue geschickt, der gute Alte!«

»Also werden Vetter Hallelujah und die kleinen Hallelujahs reich sein. Das ist herrlich! Und was geschieht mit dem Rest des Geldes? Fällt es schließlich doch an den Staat?«

»Nein. Wenn sie es nicht jemand anderm vermacht, fällt es an den nächsten Whittaker-Verwandten – einen Vetter ersten Grades, glaube ich, namens Allcock. Ein sehr anständiger Mensch, der in Birmingham lebt. Das heißt«, fügte er hinzu, von einem plötzlichen Zweifel befallen, »wenn Vettern ersten Grades nach dem verflixten Gesetz erben.«

»Ich glaube, Vettern sind sicher«, sagte Wimsey, »obwohl heutzutage nichts sicher scheint. Immerhin, hol's der Teufel, müssen doch einige Verwandte Aussichten haben, was würde sonst aus der Heiligkeit des Familienlebens? Das ist noch das Erfreulichste bei dieser scheußlichen Sache. Weißt du übrigens, als ich Doktor Carr anrief und ihm alles erzählte, zeigte er kein bißchen Interesse oder Dankbarkeit. Sagte, er habe immer etwas Ähnliches vermutet, und er hoffe, wir würden das alles nicht wieder ausgraben, weil er jetzt diese Erbschaft bekommen habe, von der er uns erzählte, und sich in Harley Street etabliere, daher einen neuerlichen Skandal nicht brauchen könne.«

»Ich hab' den Mann nie gemocht. Die Pflegerin Philliter tut mir leid.«

»Das braucht sie nicht. Da habe ich mich übrigens auch blamiert. Carr ist jetzt viel zu großartig, um eine Pflegerin zu heiraten – wenigstens glaube ich, daß das der Grund ist, daß die Verlobung auseinandergegangen ist. Und ich freute mich so, für zwei verdienstvolle junge Leute Vorsehung gespielt zu haben«, fügte Wimsey pathetisch hinzu.

»Na, das Mädel soll froh sein, daß sie ihn los ist. Das Telefon! Wer in aller Welt –? Irgendeine neue verdammte Sache vermutlich. Um drei Uhr früh! Hallo – Oh – ich komme sofort hin. – Der Fall ist erledigt, Peter.«

»Wie?«

»Selbstmord. Die Whittaker hat sich mit einem Leintuch erdrosselt. Ich muß hin, denke ich.«

»Ich komme mit.«

»Ein schlechtes Weib, wenn es je eins gab!« murmelte Parker, während sie den erstarrten Körper mit dem geschwollenen Gesicht und der tiefen roten Furche um den Hals betrachteten. Wimsey sagte nichts. Es war ihm kalt und schlecht. Während Parker und der Gefängnisdirektor die notwendigen Anordnungen trafen, saß er elend zusammengekauert auf seinem Stuhl. Die Stimmen leierten endlos. Es hatte bereits vor einiger Zeit sechs Uhr geschlagen, als die Herren sich endlich erhoben. Es erinnerte ihn an die acht Schläge der Uhr, die das Hissen der schwarzen, verhängnisvollen Flagge anzeigen.

Als sich das Tor öffnete, um sie hinaus auf die Straße zu lassen, traten sie in eine bleiche, schaurige Halbdämmerung. Der Junitag war schon längst angebrochen, doch nur ein blasser, gelblicher Schein erhellte die verödeten Straßen. Es war bitterkalt und regnete.

»Welch ein Tag!« sagte Wimsey. »Wie der Weltuntergang.«

»Nein«, sagte Parker, »nur eine Sonnenfinsternis.«

Higgins in Hochform

**288 Seiten/
Leinen**

Scherz

**Zwischen zwei gleichwertigen Geheimdienst-Spezialisten entwickelt sich ein Kampf, der seine faszinierende Spannung aus der Meisterschaft des Autors bezieht, wie kaum ein anderer die Fäden dramaturgisch zu ziehen.
Die Schlinge wird immer enger, die Jagd psychologisch und von der Aktion her immer furioser. Bis zu einem Finale, das so verblüffend nur ein Higgins zu präsentieren versteht.**

Der literarische Super-Thriller des Jahres

Scherz

360 Seiten/Leinen

**»Die geheimnisvolle Spannung – unerreicht.
Die Handlung – absolut außergewöhnlich.
Das Tempo – atemberaubend.
Die Atmosphäre – dicht und hinreißend.«**

New York Times

»Dies ist der überzeugendste Polit-Thriller seit Jahren.«

Harrison E. Salisbury

Scherz

336 Seiten/Leinen

»Die bisher atemberaubendste, faszinierendste Darstellung der ›Großen Konfrontation‹. Etwas Fesselnderes kann man nicht erwarten ...«

General Sir John Hacket